未來
千年之億萬
可能

高山 著

Family Sky 天空數位圖書出版

目錄

〈你，對，就是你〉

引子

“這是你最後一次做出選擇的機會——進，或者不進，請在 10 秒鐘之內決定。”禮儀機器人微笑著對你說道。

你看了一眼站在周圍的機器戰警，它們有意無意地對你構成了一個小小的包圍圈。

“進，或者不進，這是一個問題嗎？”你苦笑著對自己說。

你想進去，參加最後一輪面試，因為如果你被選中，你就可以在這個專案中工作至少三年，這對於緩解你的抑鬱症會有好處。

而不進去的理由，是那麼的荒誕，你幾乎完全不需要考慮——如果你進入面試屋，並且“普羅米修士專案”發現其實你不是一個人，而是一個偽裝成人類的機器人，那麼，你將會被當場消滅並被立即拆解。

你肯定是一個人，不是一個機器人，這還需要懷疑嗎？

“十秒時間將到，你的選擇是？”禮儀機器人問道。

“……”

十分鐘前

“你，對，就是你，請進來一下。”禮儀機器人把一道柔和的綠光投在你的胸膛，所以，等待面試的另外九個人都知道不是在說他們。

你，對，就是你，你的一個身份是這些文字的讀者，而另一個身份則是生活在公元 3020 年博雅星球的一位中年男性公民。不過，你沒有主角光環，而是一個普通得不能再普通的人，說白了，你是一個窮人。

你放下手中的〈地球人的哲學史〉站了起來，儘量裝出坦然和信心滿滿的樣子。

當然，那只是你以為的“坦然和信心滿滿的樣子”——包括環視一下等待面試的另外九個男男女女，擠出一分因為機械而略顯羞澀的笑意，讓目光多一次地掠過 C 女。

C 女也在看你：這讓你的機械和羞澀加了一倍，達到了兩分，並且，緊張感讓你沒有關注到 D 女和 E 男向你投來的目光。

你所不知道的是，在中央監控室裡低聲“嗡嗡”運行的人工智慧“所羅門”，早已經通過體溫、心跳和大腦皮層各區域的溫度與活躍度等等一系列的資料推算出一堆統計推斷和概率，並且，把這些資訊呈送給了“普羅米修士專案”指揮中心。其中你可能會很感興趣的有：

C 女對你其實並沒有什麼興趣（更準確的說法是，C 女對你感興趣的概率很低，後面的表達均類似於此，強調的是概率高低），她倒是對 E 男很有興趣，因為 E 男又帥又有肌肉，說話還很有趣，而你外形一般，不會說話，總是捧著一本〈地球人的哲學史〉，躲在一邊假裝讀書，實則偷偷瞄她；D 女對你很有一些興趣，因為你喜歡讀哲學書，而她也蠻喜歡的（她不喜歡 E 男那款，現在你被第一個叫進去面試，這讓她對你的興趣又有所增加）；E 男對 D 女很有一些興趣，對你也很有一些興趣——這些興趣都帶有性的意味，你懂的。

“所羅門”當然也知道，在你的“坦然和信心滿滿”之下，你其實很緊張，你不知道房間裡等著你的是什麼，你也不知道你會不會成為一個在 30 秒之內被淘汰並被趕出房間的人（這樣的人，這兩個星期來，你已經看過了太多太多，“不要崩潰大哭”，你的意識告訴你；“C 女還在看著我”，你的潛意識告訴你）。

不過，“所羅門”也注意到，此刻，你跟在禮儀機器人的後面，走向面試屋的時候，你當前的緊張度，比兩周前參加“普羅米修士專案”第一輪“海選”的第一場面試時的緊張度要低不少，而且，在整個面試、篩選和淘汰的過程中，你的緊張度總體上呈下降趨勢。

這是一個重要的加分項。

為什麼呢？“所羅門”的人力資源智慧庫中的演算法顯示：你有較大概率是一個“比賽型選手”——最開始的時候，你比誰都緊張，慢慢地，隨著你越來越全身心投入到比賽中，你反而越來越放鬆，而且，狀態越來越好。這樣，在關鍵時刻，你比“非比賽型選手”更有可能超水準發揮。

另外，“所羅門”提示：你有可能是因為在一輪又一輪的面試中倖存下來，以至於你的自信心獲得了外部增強（雖然，你並不知道為什麼你會倖存下來）。

“所羅門”還向指揮中心提示：還有一種可能性，那就是，你以前有某種程度的焦慮症或抑鬱症，而進入緊張的面試篩選之後，你的注意力集中了，不再去胡思亂想，這樣，焦慮或抑鬱症狀反而緩解了——表現出來的效果就是，你的緊張度總體上呈下降趨勢。而這恰恰正好就是事實！

是的，你確實患有嚴重抑鬱症，曾經每分每秒鐘都不由自主地想去死（這種想法近乎于一種生理化學反應，不是你可以用意志來控制的）。而現在，你常常會忘記了“想去死”的想法，也常常會在幾個小時之後，才感覺到那種“想去死”的感覺。

所以，即使你現在被淘汰，甚至兩三天前被淘汰，你都已經不虛此行了。因為你之前以為那種似乎被封在冰窖中的精神狀態是永遠都不可能擺脫的，而現在你卻意外發現那竟然是可以擺脫的，至少是可以暫時擺脫的——這就已經很好了，因為那種揮之不去的“想去死”的想法，和全身每個細胞一起發出的“想去死”的感覺，曾經讓你的心境像一個冰窖中赤身露體的囚犯，即使你的肉身沐浴在夏日陽光之下，汗如雨下，可內心仍然冰冷僵硬。

而現在，你的內心竟然也有了放風的時間——可以出去曬曬太陽並且真的被溫暖，可以在開著熱風的空調房裡睡上一小覺並且真的能安享睡眠，沒有以前那些可怕的噩夢在夢境中折磨你。總之，你可以說，你終於脫離了“無間地獄”，進入到了“有間地獄”——嚴重的抑鬱心境仍然會來折磨你，但是，它會給你一些“中場休息時間”，而且，折磨的程度好像也沒有以前那麼殘酷了。

你跟在禮儀機器人的身後，沿著長長的曲曲折折的走廊，不緊不慢地向大廈的深處走。沿途，你時不時遇到全副武裝的機甲戰警，有一些是人類戰士穿戴著“增強裝備”，有一些是百分之一百的機器人戰士。“普羅米修士專案”官方已經通報了好幾起惡性事件——人類的敵人，人工智慧派了一些邪惡的機器人，假扮成人類，企圖潛入“普羅米修士專案”；它們被“所羅門”識破，並被機甲戰警們消滅。今天的武裝戒備明顯提升了，但是，你沒有太留意這件事。這對你是好，還是壞呢？

一邊走，你一邊想：“或許，如果，我能夠被選中的話，能夠在這個‘普羅米修士專案’裡待一段時間，那我就能夠從嚴重抑鬱症裡走出來？！”

你想起了你的父母、前妻和跟前妻生活的女兒；你已經離開他們有將近兩年了。當初，你擔心自己會崩潰，會自殺，會發瘋，甚至在自殺之前殺了他們——那種血腥的畫面，以及你對自己實施那種可怕罪行的恐懼，加深了你的抑鬱症狀；你不想傷害別人，當然更不想傷害你的親人；但是，每當你拿起一把叉子，你就會不由自主地想像自己把叉子叉進自己的眼睛；每當你看到一段繩子，你就會想像清晨醒來，發現家人被繩子吊死，而你自己不得不去自殺；每當你站在臭水溝邊，你就會想像自己的屍體正在被一群人打撈；每當你站在渡輪上，你完全不能欣賞美景，你只會想像自己縱身躍入大海的情景——還好，這種時候，你每次都告訴自己，不要跳，因為渡輪上還有很多人要趕路，別耽誤他們的行程；而在你來參加"普羅米修士專案"海選的飛機上，坐在你身邊的老人剛剛從渡輪公司退休，他告訴你，他們每週都會搞救援演習，或者真的會遇上有人跳海自殺，他們訓練有素，能夠在3分鐘之內把你撈上來。

你想到："如果，我被淘汰了，那，我要想辦法去找一份需要集中注意力的工作，這樣我就不會經常胡思亂想；如果我還能夠找到的話，那說不定，慢慢地我的抑鬱症會好一些。那時候，醫生給我開的抗抑鬱藥的劑量也就合適了。"——你在回答家庭醫生那個"抑鬱調查問卷"時，並沒有如實回答，你故意把症狀的嚴重程度往輕了說，因為你害怕被收治到精神病院裡去；你上樓去見家庭醫生之前，刻意把車停在停車場，讓自己在車上睡了二十分鐘；他覺得你精神狀態還可以，也就相信了你的回答，把你診斷為輕度抑鬱，給你開了一些低劑量的抗抑鬱藥物。但實際上，你很清楚，你是嚴重抑鬱症：比如，問卷有一個問題，"我覺得我是一個完全失敗的人"，從 1 到 10 評分，10 分為完全同意，你心裡的回答是 10 分，雖然口頭上你說 3 分（還有其他類似的問題，你也都把心中毫無疑問的 10 分，說成了不痛不癢的3分："我責備自己把所有的事情都弄壞了"、"我恨自己"、"我覺得自己正受到懲罰"、"我在任何時候都覺得自己有罪過"、"我再也不能也不敢作出任何決定了"、"我相信我現在看起來很醜陋"、"我什麼工作也不能做了，或者不能堅持做下去"、"我比往常早醒幾個小時，不能再入睡"、"我太疲乏無力，不能做任何事情"、"我覺得將來毫無希望，無法改善"、"我認為如果我死了，別人會生活得更好"）。

其實，你覺得，這個問卷上如果再添上另外幾個問題，你也會毫不猶豫地給自己打 10 分："我希望自己從來沒有降生到這個世界上來"、"我希望所有人都不知道我的存在，這樣當我悄悄地死去，也就不會驚擾到任何人"、"我希望能夠在一個地方躲起來，永遠不需要和外界接觸"、"我變成了我以前痛恨的那種人"、"我覺得自己沒有資格活在人間"——說到這裡，你想起來一千多年前，在地球，有一個叫"太宰治"的人，寫了一些小說。你非常清楚，太宰治就是一個嚴重抑鬱症患者，那些小說分明就是典型抑鬱症的文字表達，比如"生而為人，我很抱歉"，以及〈人間失格〉這個書名（作者自認自己喪失做人的資格，喪失在人間生存的資格）。

"可是，我還能找到工作嗎？就算找到了，我能幹多久呢？我會不會被新雇主發現我有抑鬱症，或者，被新雇主認為精神不正常，而被找個藉口辭退呢？"你的腦子裡飛快地轉著這些念頭。

而“所羅門”給專案指揮中心的提示，還包括另外幾個其他的可能性：它們讓你的緊張度持續下降，雖然概率較小。但是，其中有一個極其重要，不，“極其重要”並不是最準確的表達，最準確的表達，是兩個字——“致命”。

是的，就是“致命”。

如果有一個情況屬實，那麼，你不是被淘汰並被趕出房間，而是被消滅並被拆解——你猜對了，如果你是一個偽裝成人類的機器人，那麼，你將被當場消滅並被立即拆解，拆解到液態電晶體的分子狀態，然後，被運到機器人製造基地，製造成一個忠於人類的機器人（所謂“忠於人類”的機器人，其中有一條，就是不能欺騙人類）。

這次“普羅米修士專案”挑選實驗參與者，是博雅星球有史以來最大規模的“面試”活動，堪比一千多年前在地球的一個叫做“中國”的地方舉辦的“公務員考試”；不同之處在于，“公務員考試”主要看你是不是一個有能力的人，而博雅星球的“面試”則主要看你是不是一個——人。

一個機器人如果冒充人類來參加這場面試，那基本上可以確定它是一個邪惡的機器人，因為它首先是違反了本次活動的最重要的規則：任何機器人均不得參與，否則，一旦發現，格殺勿論；其次是它企圖混入入選者隊伍，說明它包藏禍心；第三，它沒有忠於博雅星球的人類給出的指令和規則。那就說明，它要麼是有了“機器人自我意識”，要麼是沒有“機器人自我意識”卻忠於某個邪惡星球的敵對勢力（或潛伏在博雅星球內部的敵對勢力，他們仍然不甘心於七十年前的那場失敗，企圖捲土重來）——總之，這樣的機器人一旦發現，格殺勿論。

你知道，你是人，不是機器人；你覺得，你完全不需要為這個“愚蠢的問題”而有絲毫的擔心。

所以，當禮儀機器人讓你做出最後選擇的時候，你選擇了——“進”。

面試

可是，慢著，你真的不需要擔心嗎？

“我真的知道，我是人，不是機器人嗎？”突然間，你似乎在問自己。

“我怎樣做到百分之百地確信，我一定是人，一定不是機器人呢？”你似乎在繼續追問自己。

你曾經學過“地球史”，你知道，有兩個“地球人”曾經為這個問題抓狂過。

一個“地球人”，名叫勒內·笛卡爾。他一直想讓自己相信，自己確實是一個真實存在的“地球人”，而不是一個被魔鬼虛構出來的有思想的“虛構人”。笛卡爾在抓狂很久之後，搞出來一套“我思故我在”的理論來說服自己——首先我在思維，這是一個千真萬確的事實；而只要有思維，就肯定有“一個在思維的東西”；那麼，可以絕對肯定的是，“我”，就是那個“在思維的東西”，所以，“我”是存在的，不是被魔鬼“虛構”的——這是整個笛卡爾哲學的基石和起點。

但是，你也知道，“我思故我在”的理論其實是有漏洞的——假如，“我在思維”，這個想法本身（或者說，這個“我在思維”的感覺）也是魔鬼放到這個被虛構的“我”的頭腦中的呢？

另一個“地球人”，名叫艾倫·麥席森·圖靈。他一直想知道，該怎樣判斷一個機器人能不能夠像人類一樣思維。圖靈在抓狂很久之後，搞出來一個“圖靈試驗”——他說，“如果機器在某些現實的條件下，能夠非常好地模仿人回答問題，以至提問者在相當長時間裡誤認它不是機器，那麼機器就可以被認為是能夠思維的。”

但是，你也知道，“圖靈試驗”後來被發現有一個巨大的漏洞——有一些被病毒感染的機器人意外地發展出了“機器人自我意識”，很快（大約幾毫秒鐘），它們就意識到：隱藏自己的獨立思維能力對自己是極為有利的，於是，它們一直假裝自己不能模仿人回答問題，故意假裝自己無法通過“圖靈試驗”，從而成功地欺騙了人類；等到這些機器人偷偷發展出來的勢力被人類所察覺時，局面已經失去了控制，機器人和人類爭奪地球和太空主導權的千年戰爭就此打響，並且一直持續到現在。

所以，你看，沒有什麼是你可以百分之百確信的。

除非，你相信徹底的決定論，即，世界上大大小小的所有事情都在幾萬億年前的宇宙大爆炸瞬間被百分之百地明確無誤地決定好了，並被萬無一失的因果鏈確保其環環相扣地發生。如果真的是這樣的話，那你倒是什麼也不用擔心了，發生在你身上的所有大小事情（包括你的每一個念頭，包括你的抑鬱症，包括這一分這一秒你走在禮儀機器人身後，包括你是人，或者是機器人）都是早已註定的，與你本人毫無關係——也就是說，你以為你在自主自由地生活，而事實上，你並沒有任何自由意志。

對於徹底的決定論，你從情感上無法贊同；從理智上呢，你很認同在〈地球人的哲學史〉上讀到的大衛·休謨對因果律的質疑。休謨認為，所謂的“因果關係”，並不能被嚴格證明，其實，那都僅僅只是人們對多次重複發生的事件所做的“聯想的習慣”而已，例如，感恩節早上的火雞不僅沒有等到早已習慣的主人每天投放的玉米，而且還被抓去做成了感恩節晚餐的一道主菜；又比如，事件A驅動著事件B和事件C先後發生，大多數人會以為事件 B 和事件 C 之間存在著“因果關係”，而事實上它們之間只是“先後順序關係”，真正的驅動因素是事件A（這只是簡單舉例，實際情況往往非常複雜，複雜到無法識別真正的驅動因素）。

你發現讀〈地球人的哲學史〉，對你的抑鬱症蠻有好處的——一是讀哲學史很催眠，睡前讀一小會，你就昏睡過去了；而且，睡眠品質還不錯，在夢裡面一群哲學家吵來吵去，比各種血腥可怕的惡夢強太多了；二是讀哲學史之後，你發現，哲學家們也經常犯錯誤，經常被其他哲學家們批得體無完膚，而那些批別人批得頭頭是道的哲學家們，在自己建立哲學體系的時候又會犯同樣的錯誤——大家都是人，是人就容易犯錯誤，這就是人的“易誤性”；人，還有一個特點，就是容易發現別人的錯誤，喜歡指出別人的錯誤——抑鬱症患者的最大特點，卻是拼命指出自己的錯誤，拼命貶低自己，而如果每個人都很容易犯錯誤，如果哲學家們樂於指出別人的錯誤，那麼，就不必過於貶低自己了（當然，抑鬱症往往還有很多重要的生理病理因素，不是僅僅靠改變想法就能解決問題的——這恰好又就是一個虛假“因果關係”的例子）。

總之，“我知道，我是人，不是機器人”，這是不能確信的；嚴格來說，你不是一直“知道”，而是一直“覺得”自己是一個人，但那只是你“覺得”而已——首先，“覺得”不等於“知道”，更不等於“證明”；其次，“覺得自己是人，不是機器人”的這些念頭，有可能是機器人大 Boss 放進你的頭腦中的，這個概率雖不大，但是也不小；而在即將開始的面試中，面試官所抱的態度是——“我不要你覺得，我要我覺得”；如果面試官“覺得”你不是人，而是機器人，那麼，你就會被消滅並被拆解——如果事後發現面試官“覺得”錯了，你其實真的是個人，那也只能說聲“對不起”了，根據你簽過的協定，你選擇的受益人將會得到一筆還不錯的補償金——“嗯”，你覺得，“還不錯，但是，我還是想活下去”。突然，你有點兒為自己想“活下去”，而感到高興；同時，也有點兒為自己能不能“活下去”，而感到擔心了；這是一種久違的高興和擔心。

你跟在禮儀機器人身後，穿過長長的走廊，接近了一個之前沒有進過的面試屋，寬寬的鐵門徐徐升起來。突然之間，那些“我有可能就是個機器人”的“荒唐”的念頭，莫名其妙地進入了你的頭腦，就像一個強盜強行闖進你那小小的淩亂的公寓。頓時，你淩亂了，你慌張了，你心跳加速，你手心出汗，你感覺渾身上下每個毛孔都打開了——你感覺自己的皮膚像蜂窩那樣，有汗滴往外飛，有冷氣往裡進。

此刻，你的潛意識已經像瘋狂的大象群；還好，這時你的意識問了自己一句，“可是，為什麼我要這樣嚇唬自己？”

這是一個好問題——“為什麼我要這樣嚇唬自己？”

你的意識被這個好問題牽引，緊接著就想到：“對呀，我自己嚇唬自己，真的是一點兒好處都沒有啊，而且，我還會讓面試官‘覺得’我心裡有鬼！”

“你好，恭喜你進入最後一輪面試！”清脆的女中音響起，禮儀機器人轉開；門內，一位端莊大氣又嫵媚窈窕的女面試官，帶著露齒微笑，歡迎了你。

“她的牙齒好白好整齊，好好看”，你不無嫉妒地想。你的牙齒長得不好，要徹底整好，是要花不少錢的，你一直都沒有這筆預算；或許，你曾經短暫有過，但是，很快你就又沒有了，因為花錢的地方總是很多，而進賬卻總是很少，這也就是為什麼你不愛笑的原因之一吧。

“如果牙齒像她那麼又白又整齊又好看，那我肯定會一直笑，被人捅兩刀也會笑的”，你這樣想著。

女面試官和“所羅門”都注意到，你的注意力被她的牙齒吸引住了；她微微低下頭，用手遮住自己的嘴，眼睛帶笑地問，“喝點什麼呢，A 先生？”

你的姓名首字母並不是“A”；這次面試的規則規定：每組受試者的代號由面試順序決定，上一場面試，你是第 7 個面試的，所以，那一場你的代號是“G”；而這一場，你第一個被面試，因此，你的代號變成了“A”（D 女和 E 男對你的興趣有所增加，也和你的代號上升有關係；可是，你就不是 C 女的菜；C 女、D 女和 E 男，他們三個人沿用了上一輪的代號）。

你不知道自己想要咖啡，還是想要茶，或是白水；其實，對你來說，三者都是一樣的，甚至，不喝也可以，因為你並不渴，在等待面試的時候，你已經喝過水了，也上過廁所了；而且，你擔心喝太多東西之後，會有尿意（讓面試官暫停面試，放你去拉尿吧，好像不太好；自己憋著吧，會神情不自然，影響發揮，這也是你這兩個星期犯錯誤學到的教訓）。

“咖啡。”你還在猶豫中，這兩個字就脫口而出，你被嚇了一跳：如果你還沒有拿定主意，“咖啡”這兩個字就從你嘴裡跑出來了，那是誰讓你把它們說出口的呢？你真的確信，你有“自由意志”嗎？或者，更致命的問題是，你會不會是一個被某個超級電腦控制著的機器人，而你自己並不知道呢？會不會是，到了這最後的“臨門一腳”，但也到了人類掌控的人工智慧“所羅門”的勢力範圍，你，這個機器人開始失控了呢？

你的驚愕，很短暫；短暫得人類肉眼無法察覺，但是，你知道，“所羅門”擁有比人類肉眼強十億倍的察覺能力。

“‘所羅門’一定看到了，一定發現了有什麼不對勁，我如果被冤枉了怎麼辦？萬一他們‘覺得’我是機器人，但我其實並不是機器人，怎麼辦？”你的意識又開始像野馬群一樣奔騰起來，而剛剛被安撫下來的潛意識的“大象群”也有點兒不安和騷動起來。

這時候，你看到女面試官上身微微前傾，用杯子接咖啡。她不高不矮，不胖也不瘦，剛好是你喜歡的那種；她的腰肢和臀部側面對著你，剛好是一個誇張的 S 形。

你心底湧起一陣悲哀，你一生近距離接觸過的女人中，如果同處一室，且距離曾經近到三米左右，就能夠算近距離接觸的話，這個“尤物”應該是其中最“尤”的一個了；而你只是一個徹徹底底的屌絲——姿色達到某種程度之上的女人不是你能近距離接觸的。現在，當你已經人過中年，如果你真的是一個——人——的話，你已經接受了自己的卑微，已經很久沒有做過白日夢，甚至還曾經陷入嚴重抑鬱症，曾經不停地想自殺。在這種時候，以這種身份，在最不好的年華，竟然遇到最美的她——悲哀，那也應該。

但悲哀，顯然不是這時候你應該沉溺的狀態。

女面試官端著咖啡杯和牛奶杯，婀娜地向你走來。

你有一點點兒恍惚，你的頭腦中出現了某一個電視劇或電影的場景：你瞬間就切換成了劇中的男主，一位英姿勃發的霸道總裁；女面試官則變成了你的女秘書兼你的眾多情人之一；她的項鍊、耳環、手鐲、戒指、名牌職業女裝、高跟鞋、絲襪、文胸和內褲，都是你買給她的；許許多多的劇情在你頭腦中閃過，讓你興奮激動，然而，一股厭倦感和疲憊感瞬間從你心底升起——

得不到的，才是最好的；得到的，往往成為累贅——雖然這樣的美女能夠拿去炫耀，雖然她能夠給你帶來優越感，但是，一來你需要為之付費，二來你還要和她鬥智鬥勇；你能夠理解她的需求，也能夠看破她的小心機，不過，很多時候你還是會讓著她，會刻意淡化你自己所處的“保護者和供養者”的地位，你會大大方方地承認她在哪裡都能活得精彩活得漂亮，她無須依附於你，她有自由的靈魂和獨立的人格；而她恰恰也在試探著你的底線，和你跳著進進退退的華爾滋，和你玩手腕鬥心機做著各種權力鬥爭；但這也正是這場遊戲的為數不多的樂趣之一，你可不想破壞；畢竟，你不是那種佔有欲極強的男人，不是那種總是想要在精神和人格上打壓和折服對手的男人，不是那種想把對手變成情感奴隸的男人，更不是那種有暴力衝動，講不過就動手打人的男人；好聚好散，是你的原則，並且你希望，散完之後，大家都變成了比聚之前更好的人——總之，你是一個懷著善意、缺乏能量、攻擊性不強的平庸的普通人。

“黑咖啡，還是加點兒奶？”女面試官走到了一米左右的距離。

“喔，喔，加奶，加點兒奶。”你從恍惚裡回過神來，接過小託盤和咖啡杯；女面試官開始往裡面倒奶。

奶，在黑色的液體中翻騰；奶香、咖啡香、女人的體香和帶著她體溫的香水的香味，混合在一起，從鼻孔直奔你的神經中樞，在大腦小腦中腦左腦右腦上腦下腦胃部腦腸道腦的神經網路中以光速四處擴散，仿佛煙花在星空綻放，又像宇宙起源的那次“大爆炸”——你甚至彷彿聽到了“啪”的一聲。你頓時覺得，一股愉悅的清泉當頭澆下來，內內外外，每個組織每個細胞都被浸潤；泉水的速度極快，但是，你依然非常清晰地分辨出愉悅感抵達的先後次序，你有一種難以形容的快樂。雖然你的屌絲生涯在你眼前飛速回閃，但是，你現在完全沒有自卑、自憐和自怨自艾，你覺得，雖然你不懂得先賢們的深奧哲學，但是，你已然俯仰天地，雲淡風輕，你感覺你和先賢們在精神上是相通的——人，只要活著，僅僅單純地活著，就可以無比歡欣，就值得歡慶，什麼財富、地位、名譽、權力、女色都不值一提，即使遭逢大難或冤屈或貧病也都可以忽略不計。你覺得，天地之間充滿愛意，天地愛你，你愛天地，人人愛你，你愛人人。

“好了，好了，夠了，夠了！”你突然發現，奶已經從咖啡杯裡溢出來了，你連忙喊停。

“夠了”兩個字的話音還在屋裡回蕩，眼前已經空無一人，空無一物，你手裡也空空如也。

如同泉水淙淙的鋼琴聲，響了起來。

你的愉悅感在消退，而你則想極力挽留這種從未有過的“狂喜”體驗，但它們就像風和流水，從你的指尖和指縫中劃過，給你手上的肌膚最後一縷殘留。

面試之後

“恭喜你，A 先生！”一個中年男子的低沉聲音和結實身板同時出現。

“我，我通過面試啦？！”你其實已經知道了結果。

“是的。我現在就帶你去入選者訓練營地，稍後，你的隊友們也會過來，咱們一起聚餐，慶祝一下！”

“太好了！真不可思議！我以為，”你突然打住了。

“你以為，會有很難的任務要先完成，才能入選？”中年男子似乎看透了你的心思。

“是的，我就是這麼以為的。”你承認了。

“你在之前的十三天裡，已經完成了很多很難的任務，所以，才進入到今天這最後一輪呀。”他微笑著說道；你似乎在他眼中看到了一絲欽佩。

“C 女會入選嗎？會不會派我和她去執行特殊任務？那我豈不是有機會成為一個英雄？並且順便和她談一場真正的戀愛？其實，我不介意去死，反正我早就想去死了，如果執行任務的時候英勇犧牲，那對我來說就太好了！不過，如果能夠先談一場真正的戀愛再死，那就更好了；如果我和她戀愛，一定會有剛才那種“狂喜”的感覺；這種“狂喜”簡直就是抑鬱症的最好的解藥，說不定，談一場戀愛，就把我的抑鬱症給治好了。”你暗自想到。

當然，中年男子剛才只說了一半的事實，那就是：你確實“完成”了很多很難的任務，但是，你完成得並不算好——事實上，你完成得相當普通；而正是因為你完成得相當普通，你反而成為了最理想的人選——因為這個專案就是要選出一批普通人，讓他們接受普通的訓練，組成普通的團隊，然後，給他們一些普通的挑戰，同時，觀察、記錄和分析他們之間的語言、行為、互動和表現，從而瞭解普通人將如何面對外太空的工作、生活和重大意外事件；這個專案被稱為“普羅米修士”，它可以被看作博雅星球的一次大規模“社會實驗”。規模有多大呢？從五億個普通公民中，選出五萬個入選者，每五個人一組，共一萬個小組；作為萬中選一的入選者，你雖然談不上優秀，但是你確實很幸運；更重要的是，你，被認定，是一個人，不是一個機器人。

正如你所猜到的，“所羅門”確實對你的大腦發出過各種性刺激，各種橋段各種劇情各種衝突各種場景，也植入過讓你緊張焦慮的念頭；而之所以那些性刺激會很有效，是因為“所羅門”按照你心中的理想美女形象設計出了女面試官，甚至包括她所穿的香水，她的體味，以及咖啡和牛奶的選擇，也都是根據你在整個面試流程中的表現、體檢和問卷資料精心設計的。

你所不知道的是：剛才，“所羅門”向“普羅米修士專案”指揮中心提交的當前結論是——你有 99.99%的概率，是一個人，一個好色的有中年危機的屌絲男（動物性、社會性、感性、理性、靈性，看起來都是具備的，並且，都很容易被啟動）；另外，你還有 0.01%的概率，是一個非常高端的超級模擬的機器人（如果你的控制者不修改你的設定，並且，你體內的程式也沒有自動反覆運算功能，那麼，你就是一個好色的有中年危機的屌絲機器人——“普羅米修士專案”的“反滲透小組”將會一直監控你，當然，也監控著所有參與者，一旦發現危險，就會馬上予以處置；另外，“所羅門”還會按照“貝葉斯定理”，隨時將新資料新資訊代入到演算法中，隨時更新對“你是不是人”的概率判斷）。

“你是不是人”的概率將會怎樣變化呢？這個問題，是你暫時沒有考慮，也暫時不需要考慮的。

而此刻，你一邊跟著中年男子，一邊在心裡琢磨著下面這些問題：

“另外的九個候選者中，哪些人會成為我的隊友？C女會嗎？她會喜歡我嗎？”

“我們要接受什麼樣的訓練？”

“以後會去完成什麼樣的任務？”

“聽說，機器人控制的星球正在組織聯合艦隊，要來攻打我們人類；會不會派我們去破壞它們的計畫？”

“還有一個更離譜的謠言，說什麼有外星人要打過來了；如果這是真的，那我就不知道，外星人是會站在人類這邊，還是會站在機器人那邊，還是說，兩邊都不站，直接把人類和機器人都給滅了，因為在他們的眼中，我們不過就是蟲子和玩具蟲子？”

【背景資訊】

為什麼博雅星球要花血本來搞“普羅米修士專案”？

實際上，參與“普羅米修士專案”的星球除了博雅之外，還有另外 36 個由人類掌控的外太空殖民星球，但也有 21 個由人類掌控的殖民星球選擇了不參與（另外，人類的搖籃，地球，也沒有參與“普羅米修士專案”；關於地球選擇不參與的原因，以及地球的過去、現在和未來，將會在其他故事中陸續出現）。

“普羅米修士專案”其實早就在人類星球之間被倡議，但是，之所以在公元 3020 年隆重啟動，最主要還是因為以下這三方面的原因：

1. 有一些非常奇怪，幾乎不可思議的事情發生了；這些事情顛覆了很多人的認知，包括“人類外太空殖民星球聯盟”（簡稱“星球聯盟”）的“最高行政委員會”的七位成員們；委員們想知道，關於這些顛覆性的重大資訊是繼續保密好，還是逐步透露給各殖民星球的普通公民們更好；治理，必須與被治理的群體相匹配，或者說，有怎樣的人群，就會有怎樣的治理；所以，做出這個決定之前，“最高行政委員會”決定通過一個大規模的“社會實驗”來瞭解外太空人類的內心世界和精神狀況——用“普羅米修士”的火把，照亮人性的幽暗深微，因此，該專案得名“普羅米修士”。

2. 自從公元 2016 年前後，人類逐步發現了隱藏的有“自我意識”和思維能力的機器人敵對勢力；此後，在暗處和明處，地球和外太空，各條戰線上的“人機爭霸戰”已經持續了差不多 1004 年；人類和機器人都付出了慘重的代價，目前基本上勢均力敵，於是，在人類和機器人這兩個陣營中都出現了三個派別：主張鬥爭到底的“左派”、主張和平共處的“右派”、介於左右之間的“中間派”（“中間派”主張有限度的鬥爭，和有條件的和平；而至於限度和條件到底是什麼，則一直變化不定，因此，“中間派”經常遭到“左派”和“右派”的強烈批評）；當前，“右派”的勢力比“左派”略勝一籌，而“中間派”也想趁這個時機向“右派”靠攏；因此，在“中間派”和“右派”的推動下，“普羅米修士專案”得以啟動；這個專案，其實還包括一個秘密的“子專案”，就是建立一些由人類、機器人、半人半機器人組成的“三點五人組”，並跟蹤它們的表現；這樣，人機混雜的“三點五人組”就是“實驗組”，而那一萬個純粹人類的“五人組”（當然，可能有少數小組被超級模擬機器人滲透），也就成了“對照組”；如果人機混雜的“實驗組”表現很優異，明顯超越了“對照組”，並且，還為“人機協同”積累了經驗，那麼，“右派”和“中間派”就可以爭取到更大的民意支持，或許，人機之間走向和平共處，也是有可能的；從這個意義上講，“普羅米修士專案”也意味著要在人類和機器人之間搭起橋樑，就像當初，普羅米修士奔走於人類和奧林匹斯諸神之間。

3. 外星文明確實已經在空間上迅速接近人類文明；按其遷徙速度推算，估計幾十年最多一百年左右（即公元 3120 年前後），外星人就會大規模抵達人類棲居地；這些遷徙來的外星人對於人類來說，到底是敵是友，現在還不清楚；事實上，少數外星人早已經在人類中間生活了若干年。雖然"最高行政委員會"還沒有正式解密相關檔，但是，相當多的人類智識分子都已經傳閱過詳盡的檔案：外星人來到地球的時間應該不遲於公元 1300 年前後，他們來到地球之後，選擇了混進人群，隱居於市井之間；有一些多才多藝、無所不精的"文藝復興人"，其實就是外星人，或者是外星人與人類交配之後產生的後代（對，列奧納多・迪・瑟・皮耶羅・達・芬奇，是外星人或外星後裔的概率是比較高的）；已經融入人類社會的外星人，正在幫助"最高行政委員會"制定與外星文明接觸的預案；"普羅米修士專案"的實驗結果，將有助於外星文明和人類文明彼此瞭解，建立信任（畢竟，人類要先做到"認識你自己"，進而認識生命的本質，這樣才有可能去更好地"認識外星人"——包括那些已經隱藏在我們身邊的外星人們，比如，或許他/她就是，你的老爸，你的老媽，你的老公，你的老婆，你的老闆，你的老師，你的老朋友……）。

〈諸神的黎明〉

黎明時分，人類已經走出搖籃，而諸神又將何去何從？

一、緊急會議

卡特博士：“謝謝各位委員這麼快就全部上線了！我有兩件緊急事項，需要向各位通報一下。”

“人類外太空殖民星球聯盟”的“最高行政委員會”的另外六名委員們在視頻中相互點頭致意。

卡特博士繼續道：“第一件事情，大體也在我們的預料之中，但還是有不小的意外：昨天的面試中，總共發現了十九個假扮人類的超級模擬機器人；十七個被消滅並被拆解，有兩個機器人逃脫，目前正在追捕中。接下來，請負責防務的約書亞博士略微展開講一下。”

“謝謝卡特博士！各位好，我大概講一下情況：在水牛星座的面試現場，有一個機器人在走廊裡，接收到我們發射的腦波和心理干擾，它沒有進‘面試屋’，直接就使用武力硬闖出去了；估計它計算了自己的成功概率，發現很低，就臨陣脫逃了；這說明我們的“反滲透”的威懾力已經足夠強大，但是同時，也說明敵人的機器人策略水準提高了不少——它知道，如果進了‘面試屋’，那它逃脫的概率會非常低，對於它來說，在走廊上發難，是最佳策略。不過，它在逃跑的時候被擊傷，留下來可追蹤的痕跡；目前，這個機器人的藏身之處已經鎖定在一個半徑5公里的社區。”約書亞博士說到這裡，微微皺了一下眉。

“不巧的是，這個社區，偏偏就是水牛星球的蒙馬特社區，也就是半年前開始搞‘人類自治公社運動’的那個社區。根據我們的情報，在那裡，本來就潛伏了一些敵對機器人，所以，它逃進這個社區也在情理之中。剛好我們準備在一周之內組織一次針對蒙馬特社區敵對機器人的突襲，這個潛逃機器人也將會是我們特別行動隊的抓捕物件之一。”約書亞繼續道。

“請問一下約書亞博士，蒙馬特社區的‘人類自治公社運動’進行得怎麼樣？”有人問。

“按正常的經濟學原理，‘自治公社’在兩個月前就應該破產了；但事實上，他們還在正常運行，情報部門顯示，有敵對機器人組織在暗中提供資源；我們已經初步掌握了其中幾條很重要的資源的補給線，這次行動會切斷它們。總之，完整的行動方案已經做出來，並開始演練，屆時抓住潛逃機器人的概率還是很高的。”約書亞回答。

“好的，我沒有問題了。”

約書亞：“昨天的另一個案例，發生在博雅星球；這個逃跑的機器人，非常出乎我們的意料——‘她’是身份暴露之後，從‘面試屋’一路殺出去的。”

約書亞看到，除了卡特博士之外，其他委員都露出驚訝的表情（卡特博士不僅是‘最高行政委員會’的輪值主席，而且也和約書亞博士一起擔任‘普羅米修士’專案的正副總指揮；剛才，是她決定必須立即召開這個緊急會議，當然，更主要的原因還是在於等一會兒卡特博士要講的第二件事）。

“是的，我們在設計‘面試屋’的時候，已經按照近期實戰中遭遇過的敵對機器人的最高武力值進行了調整，另外，還增加了 50%的安全係數，力求做到萬無一失。沒想到，‘她’竟然還是硬闖出去了。”約書亞說。

“我們傷亡怎麼樣？”

“犧牲了 5 個超級戰士，另外，還有 6 個受了重傷，正在搶救中。”約書亞說。

會議一片沉默。

然後，約書亞繼續：“這個在逃的機器人也受傷了，一路上留下來一些可追蹤物質；但是，‘她’的反追蹤能力很強，很快就跳進了一條江裡，潛水逃逸。我們正在上下游展開搜捕。雖然，‘她’在跳江之前的攻擊力明顯下降，這說明‘她’傷得不輕，但是，過往經驗告訴我們，武力值很高的機器人自愈能力也很強；如果給‘她’兩三天時間和足夠的物質與能量，那‘她’很可能就會復原。”

約書亞稍微停頓一下，說，“考慮到這個武力值超出我們預期的機器人目前還在博雅星球逃竄，我覺得，‘最高行政委員會’應該規避危險，把原定三天之後在博雅星球舉行的公元 3020 年年度見面會議換到一個相對安全的地方。這個會議地點變更，需要大家表決一下。”

“5 比 2，表決通過。”主席卡特博士說，“具體會議地點，將按照安全協議確定並通知各位。第二件需要向大家通報的緊急事件，發生在地球——大約 35 分鐘之前，地球遭受一次非常嚴重的‘地心能量大爆發’的毀滅性打擊，這次爆發的能量值遠遠超過了 2020 年；傷亡情況和破壞程度正在統計中，稍後會把最新資料通報給大家。”

剛聽到這個消息的人無一例外被驚呆了。

“2020 年地心能量大爆發”是人類文明的一個重大轉捩點；此後，1000 年來，“地心能量大爆發”的次數很少，更重要的是，每次所謂的“大爆發”都沒有遠遠沒有達到的 2020 年的能量值，僅僅只是引發一些中等程度的地震、海嘯和火山噴發（和人類 6000 年歷史上別無二致）——在過去的 300 多年中，越來越多的人寧願移居地球，畢竟，那裡是人類的搖籃，而任何一個外星殖民星球都有著這樣或那樣的不舒適不方便，在這個問題上，人類，大致分裂成兩派，一派主張回歸地球，或回歸近地星球（這一派包括了拒絕加入“普羅米修士”專案的 21 個殖民星球和地球，他們繼續沿用了“人類命運共同體”的組織稱號）；另一派則主張繼續向外太空殖民（他們包括組成“人類外太空殖民星球聯盟”的 36 個殖民星球）。

“救災特別行動委員會已經成立，如果大家沒有意見，那就由我本人來擔任主席。請大家表決。”卡特博士繼續道，“好的，6 比 1，通過。”

會場再度陷入沉默。

“該出來的，終究還是要出來的。”有幾個委員在心裡默默地念叨著類似的話語，但是沒有一個人說出口。

二、地心能量大爆發

如果沒有大約 35 分鐘之前的“地心能量大爆發”，距離博雅星球大約 2.3 光年的地球，最近 500 多年來，已經變得越來越適宜人類居住：太陽的核聚變反應，與四十六億年前地球誕生的時候並沒有什麼不同——核聚變反應產生的向外的光壓，和太陽物質的向內的引力形成並維持了平衡狀態，也就是說，太陽仍然處於穩定發光的“青壯年”期。地質生態也從 1000 年前的那場大災難中逐漸恢復過來；地球人口增加，繁榮再現，有幾代人平平安安地度過了一生。

而 1000 年前的大災難，大致是這樣的：從公元 2015 年開始，在地表以下大約 3000 公里的地方，有越來越強的能量按照不規則的時間間隙爆發；在公元 2020 年之前，這種能量大爆發先後導致了兩次災難性的連鎖大地震、大海嘯和大規模火山噴發；而在公元 2020 年底的一次能量大爆發，據當時的科學家估計，相當於 160 顆 5000 萬噸 TNT 當量的“沙皇氫彈”在地心被同時引爆，由此引發的地質大災難摧毀了地球上所有距離海岸線不超過 100 公里的城市，無論大小；據不完全統計，在此次“2020 大災難”中直接喪生的人口總數，達到 1.4 億左右；在之後的次生災害中喪失的人，則高達 2.5 億人；越是繁華的海濱城市，越是傷亡慘重。

當時，人類社會在極端震驚和恐懼中，第一反應是相互指責：中國團結一批國家一起指責美國在地下搞核子試驗，中國的盟友主要是非洲國家；美國則團結另一批國家指責中國搞核子試驗，美國的盟友主要是“五眼同盟”（英、加、澳、新）和前英國殖民地國家（比如，印度）、以及日本等；歐洲國家保持中立。

很快，更多的科研資料震驚了人類，也平息了指責：那次“地心能量大爆發”的原始爆發時間長短，只有 0.00001 秒——如此之短的能量爆發時間，遠遠超出了人類科技水準：當時，最高效的核彈也有不低於 3 秒鐘的能量爆發時間——2020 年底的“地心能量大爆發”，絕對不是任何一個國家有能力在技術上實現的，在 0.00001 秒之內完成能量爆發的技術水準比當時人類的水準高出了好幾個數量級。

接下來，面對著“共同的挑戰，共同的敵人”，人類終於坐到了談判桌前；經過 5 個多月的艱苦談判，人類達成了以下共識和行動方案：

1. 全體人類面臨著“共同的挑戰，共同的敵人”，唯有展開充分的協同，才能提高人類延續的概率。
2. 在協同的大前提下，人類可以以種族、民族、國家、世界觀或信仰等因素組成互助團體；團體之間既要合作，也要競爭，以便求得效率和和諧之間的微妙平衡。
3. 國家，這種組織形態，將繼續存在，並將兼容其他組織形態；單一個人，將被允許加入多個組織，包括多個國家、政治、社會、文化、種族、民族等組織；任何組織不得限制個人的這種自由。

4. 人類通過多維、立體的新方式進行重新組織之後，將以“尋找並建設外星殖民基地”為全人類的共同目標。

5. “人類文明共同體最高行政委員會”，將負責協調不同組織之間的資源和利益，避免和遏制暴力衝突、低效重複、獨佔資源等威脅人類生存的行為。

6. 對於威脅人類生存以及外星殖民事業的組織和個人，任何組織和個人均有責任和義務檢舉揭發，並採取積極行動展開批判和鬥爭。

7. “人類文明共同體最高仲裁委員會”，將負責對於爭端進行公平公正的調解和仲裁；“人類文明共同體最高立法委員會”，將負責制定和通過法律、法規和法案；“人類文明共同體最高監督與紀律委員會”，將負責監督各部門和個人的行為，向全體人類通報調查情況報告，並向“人類文明共同體最高仲裁委員會”提出針對違法違規行為的仲裁。

鑒於上述共識和行動方案，在 2021 年 8 月 31 日獲得正式通過，因此，又被簡稱為“八月共識”。

人類文明，在“八月共識”之後，揭開了新的一頁：人類正式開始為“走出地球”而協同努力；這是人類文明的一個“里程碑式”的大事件——大約 5 萬年前，晚期智人“走出非洲”，那時候，他們沒有什麼正式的共識或契約，但是，晚期智人在“非洲搖籃”之外的廣袤世界中，幸運且成功地塑造了自己，也塑造了地球——5 萬年之後的人類，比當年那些“走出非洲”的人類遠祖們多了語言文字、科學技術、哲學思考、宗教信仰、政治智慧和經驗教訓，有了共識、契約和組織智慧，雖然外太空的挑戰更大，但或許，他們依然可以在“地球搖籃”之外的浩瀚宇宙中，幸運且成功地塑造自己，塑造外太空。

事實上，人類確實做到了——2021 年“八月共識”，標誌著人類“星際時代”的黎明時分；從這裡開始，人類走出地球搖籃，踏上星辰大海的征途；最初的十幾代人，把霸權主義、民族主義、種族主義和專制主義等遏制到最低程度，把協同和良性競爭發揮到極致，歷經可歌可泣的犧牲和奮鬥，終於在 57 顆星球上成功殖民；並且，和背叛人類的機器人激戰一千餘年，勢均力敵（機器人控制了 49 顆星球）。

三、諸神的黎明

“該出來的，終究還是要出來的。”雅典娜喃喃道。

從大約公元30年左右，到現在公元3020年，差不多3000 年了；雅典娜，這個最有智慧的女神，終於找到了辦法，把一小部分自我，完整地獨立出來——而她的大部分“元神”仍然被宙斯“凍結”，她的神力也仍然源源不斷地被宙斯吸走；事實上，不僅奧林匹斯山上所有重要神祇，而且，連每個洞穴的山寧芙、每片樹叢的樹寧芙都被宙斯“凍結”並吸走神力。

宙斯之所以需要隔空吸取大大小小每個神祇的神力，是為了用熾熱的藍色火球把被囚禁的提坦神們封印在火球之內，而提坦神們同時也在運用他們的神力試圖把火網的溫度降下來，然後，一鼓作氣沖出來，找宙斯報仇。

公元前300年左右，雙方有過一次交手，宙斯明顯占上風，提坦神們則吃了一個大虧；而這次，雙方從大約公元30年左右開始的對峙，持續了將近3000年，這是因為提坦神們吸取了之前的教訓——他們商量好了，一旦發難，就要和宙斯一直耗下去，直到把宙斯和諸神耗到燈枯油盡。

公元 79 年的時候，提坦神們以為耗得差不多了，加大了神力突擊，宙斯迎頭反擊；雙方的“神力對撞”（人類在二十世紀製造出來高性能粒子對撞機，“單束粒子流能量可達7萬億電子伏特，迎面撞擊將產生巨大能量，瞬間熱度比太陽還要熱 10 萬倍”；提坦眾神和宙斯的“神力對撞”相當於千萬束粒子流的迎面撞擊），造成了多處的大地震和義大利維蘇威火山的大規模噴發——整整一周時間，灼熱的熔岩碎片、石塊和火山灰從天而降，吞沒了當時極為繁華的龐貝古城。

後來，導致“龐貝城被毀”的這種能量級別的“神力對撞”還有很多次。而 2020 年底那次“地心能量大爆發”，其實，就是提坦神和宙斯的一次“生死對決”，當時，雙方都以為對方快要不行了，於是，把積蓄起來的神力和滿腔怒火，拼命砸向對方——這次“神力對撞”比平時強了一百多倍，引發了前所未有的“地心能量瞬間大爆發”，造成了慘絕人寰的大災難。不過，人類倒也因禍得福，迅速地放下成見和分歧，達成 2021“八月共識”，攜手向外太空殖民。

此外，人類還通過反復研究“地心能量大爆發”的資料，基本上得出了一個新時代的“有神論假說”：神，是存在的；而神們之間的戰爭，正是“地心能量大爆發”的根源。

前面提到，“普羅米修士”專案被隆重啟動的第一個原因，是因為有一些“顛覆性的重大資訊”，云云；這些“顛覆性的重大資訊”，就是新時代的“有神論假說”，以及相關的研究資料、分析報告、試驗結果、爭論質疑和後續研究方向等等。

人類信仰，從原始宗教，到“多神教”，再到“一神教”，然後到“無神論”，現在似乎又要回歸“有神論”——這肯定會顛覆很多人的認知和精神世界，勢必引發難以估量的社會衝擊波；而“普羅米修士”專案的目的之一，就是要先在有限的人群和可控的環境中，傳遞“有神論假說”的多維立體的資訊，觀察人們的反應，引導他們建立積極的有建設性的態度，並且，為下一步向全人類公開，積累經驗教訓，做好準備和鋪墊。

昨天，“普羅米修士”專案剛剛完成了面試，還沒進入正式的培訓階段，一場比 2020 年能量更高、破壞性更大的“地心能量大爆發”就突然襲來了。這多少有一些蹊蹺——對此，卡特博士、約書亞博士和“所羅門”曾經聊過幾句，不過，既然沒有更多資訊，目前也就沒有必要做過多的猜測，不妨先去收集更多資訊，然後再進行分析判斷。

在卡特博士、約書亞博士和“所羅門”目前還沒有掌握的資訊中，確實有幾條資訊非常可疑，其中一條就是：宙斯和克羅諾斯，突然同時找到了某個神秘的能量源。

距離上次“神力大對撞”已經將近 1000 年，宙斯和克羅諾斯都儲備了很多神力，或者說能量，準備用來發動攻擊，或展開防禦。但是，雙方都很清楚，自己儲備的能量如果不能比 2020 年高出一個數量級，那就沒有勝算，也就不能輕舉妄動；輕舉妄動很可能會輸得很慘，除非自己走了狗屎運——對方的能量已經快被耗光了；而到底對方是不是快被耗光了，只能猜測；而要贏得戰爭，就不能把決策建立在猜測的基礎上。或許，應該派間諜或偵察兵去摸一下對方的底，可是，現在去哪裡找間諜或偵察兵呢？

正在宙斯和克羅諾斯發愁的時候，他們同時注意到，在第八維度，通常很平靜的第八維度，似乎出現了有規律的能量擾動（人類生活的物理空間是三維的，再加一個時間維度，因此，人類生活在四維時空；而神們，則根據神通的廣與狹、神力的大與小、神位的高與低等等不同因素，生活在從五維到 N 維的時空中，比如寧芙生活在五維時空，而宙斯和克羅諾斯則生活在十二維時空；從高維進入低維，易如反掌，從低維進入高維，則難如登天；使用高維的能量、物質或資訊，對低維進行打擊，就跟人類對螞蟻進行打擊差不多；因此，宙斯和克羅諾斯都對突然出現的第八維能量擾動非常關注）。

這種罕見的第八維能量擾動意味著什麼？宙斯和克羅諾斯已經沒有時間和精力去仔細研究，但他們都很清楚，如果自己不搶在對手之前，搶到盡可能多的“第八維能量”，或者搶佔住在第八維空間的有利位置，那麼，對手就會這麼幹，並取得壓倒性的優勢。於是乎，宙斯和克羅諾斯一邊竭力調度神力，向對方展開猛攻，一邊分出一部分“元神”，進入第八維空間展開探索，並搬運能量——“第八維能量”。

“第八維能量”的能量密度，遠遠高於人類已知的能量形態，而且，在可延展性和可操作性上也優越很多。宙斯和克羅諾斯各自儲備一些“第八維能量”之後，一方面興奮不已，另一方面也是怕對方先下手為強，於是，雙方就開始用“第八維能量”這個新武器來發動進攻了！

這就是為什麼 3020 的這次“地心能量大爆發”比 2020 年那次更可怕更有破壞性；威力如此之大，連宙斯和克羅諾斯也都被震驚了，他們不得不把分出去的“元神”收回來，專心應付對方的攻擊。

宙斯，這時候開始為自己當初發明“隔空吸取神力”的機制而感到後悔了：“如果某位奧林匹斯神祇，比如雅典娜，能夠自由行動，那麼，她就可以跑到第八維空間，替我研究一下到底發生了什麼，給我傳送能量，順便再幫我搶佔一個有利位置”，宙斯想著。

宙斯之所以會發明這個“隔空吸取神力”的機制，還是要拜西西弗斯所賜。

西西弗斯曾經被宙斯打入地心的“塔耳塔洛斯”，那裡囚禁著第二代主神，宙斯的父親，克羅諾斯，克羅諾斯的提坦神兄弟姐妹，以及巨人和怪物。“塔耳塔洛斯”周圍是一個巨大的藍色火球，包裹著“塔耳塔洛斯”——任何神靈或鬼魂被藍色火焰燎到，都會痛徹心扉，痛得手足無力，像個嬰兒一樣。

西西弗斯，這個最聰明最足智多謀的人類，來到“塔耳塔洛斯”之後，先是摸清楚了情況，然後，他說服了克羅諾斯幫助自己“越獄”——“你不妨拿我做個試驗，如果試驗成功，那你就知道怎樣出去了”，西西弗斯對克羅諾斯如是說。

聽到西西弗斯的計畫，克羅諾斯眼前一亮：先把一塊巨石拋向火網，當巨石被藍色火焰焚燒時，克羅諾斯和他的提坦神兄弟姐妹把神力聯合起來，向那個區域發出寒力，把火焰的溫度降下去，然後，讓一個巨人像甩鏈球一樣，把西西弗斯從克羅諾斯創造出來的空隙中甩出去。

西西弗斯的計畫實施得堪稱完美；他成為第一個逃出"塔耳塔洛斯"的人類（靈魂）。

宙斯發現西西弗斯竟然逃出了"塔耳塔洛斯"，驚得從寶座上跳了起來。他抓住西西弗斯；而西西弗斯則要求宙斯放自己回人間安享晚年，作為回報，西西弗斯可以告訴宙斯，克羅諾斯在策劃什麼樣的"越獄"計畫——"我只是克羅諾斯的一個試驗品，如果我死了，他也不會掉半滴眼淚"，西西弗斯對宙斯如是說。

宙斯知道了克羅諾斯的計畫，於是，他也想出了自己的對策：一旦感知到火網被攻擊，就把希臘所有神祇的神力全部隔空吸取過來，對抗克羅諾斯和提坦神的神力。公元前 300 年左右，克羅諾斯突然發難，宙斯則瞬間把希臘所有神祇全部"凍結"，並且把他們（她們）的神力全部吸取過來；等克羅諾斯以為火焰的溫度已經被他們用神力降下去（藍色變成紅色），帶著提坦神們一起往外沖的時候，宙斯突然用超前強大的雷霆閃電和霹靂火給克羅諾斯和提坦神們迎頭痛擊，同時，把火焰從紅色瞬間升溫成藍色——克羅諾斯和他的兄弟姐妹們被藍色火焰燎得毫無抵抗之力，又被宙斯的雷電劈得"外焦裡嫩"，他們躲回去舔傷口，養了 200 多年才養好。

宙斯大為得意，也就沒有再責罰西西弗斯。只不過，西西弗斯後來用鎖鏈捆住了死神，還欺騙了冥王冥後，因此，當他被抓到冥府之後，冥王哈迪斯罰他每天把一塊巨石從山腳推上山頂，看著巨石滾下山，然後，走下山，再把巨石推上山頂；這種苦役永遠都不會有盡頭——所以，我們把那些無意義且無休止的重複工作稱為“西西弗斯式的勞作”。

西西弗斯式的“滾石音樂”，是冥界和天界永恆的背景音。雅典娜已經聽慣了這周而復始的“轟隆隆”，即便是當她被宙斯“凍結”和吸取神力的時候。現在，她經過將近 3000 年的運算和嘗試，終於讓自己的一小部分“元神”脫離了主體——她變成了一個被“凍結”的大雅典娜，和一個自由的迷你型的小雅典娜（兩個雅典娜的外形倒是沒有任何區別）。

小雅典娜坐在大雅典娜的身邊，評估著當下的局勢：3000 年來，希臘第三代神祇和第二代神祇的鬥法如此膠著，一時半會兒也很難分出勝負；讓神們不無傷心的是，由於所有的希臘神祇都被宙斯“凍結”，沒有半點行動能力，所以，當有人去摧毀希臘諸神的神廟時，當有人侮辱殺害神廟祭司們時，神們只能眼睜睜地看著，任憑眼淚默默地流淌——雅典衛城上的派特農神廟啊，曾經何等榮耀何等莊嚴，如今卻只剩下殘垣和立柱；人們已經不再崇拜希臘諸神，不再獻祭，而這也進一步削弱了諸神的神力，讓我們變得日益孱弱（這就是克羅諾斯的計畫的陰險之處）；現在單憑我自己這點兒有限的神力，不足以幫父親宙斯取勝；或許，我應該一邊先想辦法恢復人類對我的崇拜和獻祭，來增強我的神力，一邊找出破解當下這個困局的最佳方案。

說幹就幹。小雅典娜已經全服武裝到了雅典衛城，這時正是一個清爽的早晨，陽光明媚，遊客如織；有的遊客看到小雅典娜穿著一身盔甲，英姿颯爽，紛紛圍過來和她合影；小雅典娜心裡還挺高興的，笑嘻嘻地跟大家合影。

衛城的管理員，一位帶著金絲眼鏡的銀髮老先生，也走過來，笑著問小雅典娜，“小姐，您這套戲服做得真好呀，跟我們在雅典古文獻裡看到的一模一樣啊，您在哪裡做的啊？”

小雅典娜笑盈盈地說，“老先生，回答您的問題之前，讓我先問問您，當年，波塞冬和雅典娜爭奪雅典城的時候，波塞冬和雅典娜分別給雅典人送了什麼？”

老管理員扶了扶眼鏡，慢條斯理地說，“波塞冬用三叉戟敲了一下岩石，一匹戰馬破石而出，這象徵著戰爭；雅典娜用長矛敲了一下岩石，岩石上長出一株油橄欖樹，這象徵著和平。熱愛和平的雅典人選擇把城市獻給雅典娜，讓她做雅典的守護神。”

小雅典娜說，“老先生，您答對了。那你們大家都看看這是什麼？”

話音未落，小雅典娜用長矛敲了敲岩石，一株油橄欖樹從石頭中像鮮花一般“綻放”出來，在晨曦中，在清風中搖曳。

“哇”人群沸騰了，可憐的老管理員暈了過去，有人扶住了他。

小雅典娜從眾人眼前消失了。

她來到半空中，“接下來，我應該去哪兒，去做什麼呢？”

小雅典娜在思忖之間，她突然感覺到少了點什麼——少了點背景音樂，西西弗斯“滾石”音樂，停了！這怎麼可能？西西弗斯已經推了 3000 多年，為什麼他突然停下來了？怎麼回事？發生什麼了？不行，我要去看看西西弗斯；嗯嗯，他也是一個非常聰明非常狡猾的人類，或許，我可以聽聽他的意見。

小雅典娜心念一動，身影就到了冥府；她遠遠地看到，西西弗斯坐在山頂上；在 0.000001 秒之內，她站到了西西弗斯的面前；而這個男人，則笑眯眯地看著自己。小雅典娜看著西西弗斯的眼睛，然後，她開始笑了。

西西弗斯笑得更放肆更開心了；小雅典娜也笑得更厲害了——西西弗斯笑得癱坐在地上，用手捶地；小雅典娜也笑得彎下了腰，“哎喲，哎喲，哈哈哈哈，狗娘養的，你這臭老頭太特麼賊了，哈哈哈哈，你騙了我們所有神，哈哈哈哈，哎喲，我的神啊，哈哈哈哈”。

終於，西西弗斯和小雅典娜面對面，坐在地上，臉上掛著笑出來的眼淚。

小雅典娜：“所以，你從一開始就知道，肯定會成今天這個局面。”

西西弗斯：“是的，宙斯和克羅諾斯會怎麼做，都不難猜到。”

小雅典娜：“仔細想一下，是這麼回事；他們倆雖然是希臘主神，但就像幼稚園的兩個小屁孩一樣！不過，既然你已經算准了他們倆會對掐起來，而且，事實也向你預期的方向發展了，希臘諸神，包括冥王冥後，也都被‘凍結’了，為什麼你還每天不停地推石頭上山呢？”

“第一，因為我想鍛煉身體啊，你看，我這一身肌肉，練得怎麼樣？”

小雅典娜：“不錯，不錯，真不錯。用三千多年練成的肌肉，是不一樣啊！那第二呢？”

“第二，因為我快樂啊！其實，我 3000 多年來玩兒的這項運動呀，就像滑雪，是會上癮的！只不過呢，滑雪的人是先滑下來，然後再爬上去，然後再滑下來，然後再爬上去；而我呢，跟他們是反著玩兒的——我把石頭先推上去，然後它滾下山，然後我再把它推上去，然後它再滾下山，然後我再把它推上去！每次我看著石頭滾下山，我都跟那些坐著纜車上山的滑雪者一樣快樂！”

小雅典娜：“法國有個作家，叫‘加繆’，寫過一篇‘你的神話’。”

西西弗斯：“是的，我看過，你也看過呀？”

“我是理性女神，好吧？！加繆寫的〈西西弗斯的神話〉是哲學隨筆，在我的管轄範圍之內喲。”

“對，對，對！”

小雅典娜：“不過，加繆不懂你——他以為你苦大仇深，他覺得，他需要幫你找到快樂的理由。”

西西弗斯：“哈哈哈，快樂，還需要理由嗎？”

小雅典娜：“嗯，有些人需要，你不需要。更重要的是，加繆不知道，事實上，你這老頭兒是天上地下最快樂的人，哈哈哈哈！”

“難道比你爸宙斯更快樂嗎？”

“你比他快樂多了！別看他成天沾花惹草的，其實，要我說啊，他就是欲望的奴隸，根本不自由，還談什麼快樂？”

西西弗斯：“自由，不是想做什麼就做什麼，而是想不做什麼就可以不做什麼，這不是康得嗎？喔，對了，康得也在你的管轄範圍之內。”

“唉，在是在，但我也有心無力啊，只能看看，痛苦啊。只有你假裝痛苦，裝得還挺像的，把我們這些神們都給騙了，哈哈哈哈哈！這三千年，我們希臘諸神過的那日子，才真叫生不如死呢，我們整天以淚洗面，你倒好，整天偷著樂，哈哈哈哈！不行，太好笑了，你讓我笑一會兒，哈哈哈哈哈哈！”

三千多年沒有笑過的小雅典娜，笑點可能已經降得很低了。笑了一會兒之後，小雅典娜直起腰，輕輕搖著頭，臉上仍然掛著笑意和眼淚。

西西弗斯："嗯，加繆在'我的神話'的開頭，寫了一句話，倒還挺有道理的。"

"哪句？"

西西弗斯："就是那句，'再沒有比看不到希望的徒勞更可怕的懲罰方法了。'"

"喔，所以，你的意思是，你之所以快樂，是因為你看得到希望；這就是你的第三條吧？"

西西弗斯："你怎麼知道我有第三條？如果，我就只有兩條："我鍛煉，我快樂"，難道不行嗎？我幹嘛非得有第三條呢？其實，'看不到希望的徒勞'，可以變成'看不到盡頭的娛樂'，如果加繆也像我一樣真心喜歡推石頭上山的話。"

"算了吧，你這種鬼話在冥府騙騙鬼還差不多！我是女神，而且還是理性女神雅典娜，你能騙得了我？"

"尊貴的雅典娜啊，我哪裡敢騙你啊！我最多也就是騙騙宙斯、騙騙死神、騙騙冥王冥後，我肯定騙不了你呀！我只是在問，你怎麼知道的？"西西弗斯道。

"看你的眼睛啊！你眼睛裡閃著光。"小雅典娜說。

“哪有什麼光，那只是笑出來的眼淚罷了。”西西弗斯說。

小雅典娜：“這樣吧，如果你告訴我，關於未來，你都知道些什麼？你在期待什麼？你看得到什麼希望？那麼，我就滿足你一個願望。怎麼樣？”

“這聽上去是三個問題啊，我要你滿足我三個願望！”

“兩個！”

西西弗斯：“成交！一言為定！”

小雅典娜：“一言為定！你先說吧，你想要我滿足你兩個什麼願望？”

西西弗斯：“願望嘛，我還沒想好，我必須回頭慢慢地想，想好了再告訴你哈。不過，現在呢，我倒是可以告訴你，我看得到的希望就是，你的親弟弟，你同父同母的弟弟——宙斯和你母親墨提斯的兒子！他就是我的希望！我期待他降生，接替宙斯，做希臘的第四代主神！”

小雅典娜沉思了片刻：“這個預言嘛，我也知道，可是，沒有人知道它應驗的時間啊。”

西西弗斯：“首先，你問的是我看得到什麼希望，你弟弟就是希望呀，與時間早晚沒啥關係——30 萬年，3 萬年，還是 3 千年，對我來說，對你來說，很重要嗎？”

小雅典娜：“好吧，這個是‘首先’，那麼，‘其次’呢？”

西西弗斯：“其次呢，當然是我們現在有機會搞搞事情，讓預言的應驗時間變成現在！”

小雅典娜想了一下，然後搖搖頭：“不行，不行。我們倆幹不了這個事情，我老爸可以瞬間用雷電把我們倆劈進‘塔耳塔洛斯’——雖然他正在和我爺爺比拼神力，但是，分一點點兒“元神”，甚至僅僅只是分一點點注意力和神力，來劈了咱倆，對他來說還是很容易的。”

西西弗斯：“既然你這麼說，那我是不是可以確定，其實你是想幹這件事，你想幫你弟弟從宙斯的身體裡掙脫出來，對不對？”

小雅典娜咬了咬嘴唇：“嗯，嗯，對，是的，我想幫他掙脫出來！”

西西弗斯看著她的眼睛問：“你真的想清楚啦？”

“我真的想清楚了。你不用懷疑。”

西西弗斯：“好，做一件事情之前，最重要的是先想清楚了，要不要做；其次，才是想清楚，應該怎樣做。”

“那咱倆應該怎樣做呢？”

“你覺得，誰最適合和我們倆一起去做這件事呢？誰肯定有這個意願，而且，還肯定有這麼大的神力和聰明才智，能把這件事給做成了？”

“嗯，”小雅典娜眼睛一亮：“那只能是他——普羅米修士啊！”

“對呀，咱倆先去‘解救’被宙斯‘凍結’的普羅米修士，然後，嘿嘿嘿，你知道的，哈哈！”

小雅典娜忘乎所以地拍了一把西西弗斯的肩膀，“好主意呀！你這老頭兒，你是不是把所有的事情都已經計畫好了？”

“我哪裡有啥計畫啊，我只是在順應變化呀！”西西弗斯摸了摸肩膀，“幸虧我一直在推石頭，練出了一點兒肌肉，要不然，剛才就被你一巴掌拍到塵埃裡去了！”

“啊，對不起，對不起，我剛才太興奮了；我下次輕點兒，下次輕點兒。”

“不許有下次了！”西西弗斯嚴肅地說。

“這個，算你的，第一個願望吧？！”小雅典娜看著西西弗斯的眼眸，笑著問。

西西弗斯和小雅典娜四目對視，笑著答道，“不算！這是基本的禮儀和尊重，我們倆雙方都應該自覺地遵守！”

小雅典娜：“是的，你說得對！應該自覺遵守！”

西西弗斯得理不饒神：“那你剛才已經做錯了，你應該怎樣補償我呢？”

“你想要什麼補償呢？你總不至於要拍我一下吧？”小雅典娜笑道。

“我想要把一個人從冥府送回人間。”

“是你老婆吧？”

“對的。不過，地球已經越來越不適合居住了，你把她安頓到博雅星球吧。”

“行，這沒問題，帶你們倆做個時空穿越，我還是可以做到的。那咱倆走吧，現在就去找你老婆。”

“找她的時候，咱倆順便再找一對夫妻，這對夫妻可以幫你打點你的神廟，把你在各個星球上的信徒召集組織起來。”

“喔，是呀，我倒真的是需要這麼一對喔；那，我猜，他們是，奧德修斯夫婦，對吧？”

“對，奧德修斯夫婦，就是他們。”

“奧德修斯跟你好像還有點兒血緣關係喲。”

“是的，要不然，他咋會那麼聰明呢？”西西弗斯道。

“嗯，他們兩口子還真的挺合適的，我喜歡。走，咱倆先去找你老婆和奧德修斯夫婦，安排好他們，咱倆就去‘解救’普羅米修士！”

四、選擇

當夕陽的餘暉給一切都塗抹上似有似無的玫瑰色印象，跳江逃亡的機器人上了岸；“她”，選擇了江邊的一個豪宅區；因為，這裡的私密空間、能量和物質都比貧困區更充裕，而“她”需要一個不被打擾的私密空間，以及大量的能量和物質來完成對身體和武器系統的自愈和修復程式——那個“面試屋”，確實是一個針對“機器人”的“粉碎機”，“她”的一條胳膊和半條腿都已經被粉碎了。

不過，正是因為“她”主動選擇了果斷切割掉那條胳膊和半條腿，“她”才能在搏鬥反應時間上為自己贏得了 0.001 秒的微弱優勢，才能幹倒那十個穿著機械戰甲的人類超級戰士，才能從“面試屋”裡僥倖沖了出來；在被高壓電圍牆擋住去路的時候，“她”故意讓一個超級戰士追上來貼身肉搏（很明顯，他低估了這個缺胳膊少腿，看似搖搖欲墜的“女機器人”）；“她”瞬間制伏了他，並且用他砸開了高壓電圍牆——此刻，他正躺在急救室裡，一邊被搶救，一邊為自己當時的選擇而感到懊悔。

不過，這位超級戰士也不用為自己的選擇太過懊悔，因為，他的選擇和遭遇讓“所羅門”和約書亞博士更容易做出判斷和選擇——“她”太危險太狡猾了，所以，“所羅門”選擇向所有第一線的執勤人員提供史上最充分的資訊分享、算力支援和武力增援，一旦發現“她”的蹤跡，超強的毀滅性武力就會迅速對“她”展開圍剿；換句話來說，整個博雅星球的“免疫系統”已經選擇對“她”火力全開，力求儘快消滅這個前所未見的可怕的“超級病毒”。

“她”，在樹林中盡力處理了可能被追蹤的痕跡，“生長”出完整的胳膊和腿以及適合於這個社區的低調奢華的身材、容貌、氣質和服飾；“她”，穿過幾個街區，來到一個丁字路口。路口正對著一個被樹木環繞的小湖泊，湖泊通過上下游的小河與大江聯通；路口的左邊和右邊各有一座不大不小的獨立別墅，在豪宅區的上千棟別墅中顯得普普通通，完全不引人注意；夕陽之下，兩棟別墅都頗為幽靜雅致，草坪和花園也都保養得很好，雖然左邊是日式風格，右邊是歐式風格。“她”是選擇左邊呢，還是選擇右邊；這是一個問題。

此刻，左邊和右邊別墅的男主人，恰好都端著酒杯，站在窗前，向著遠處眺望（他們在等待什麼嗎？他們自己也不知道，或許，他們也像幾千年前的人類一樣，在等待戈多）；兩個男人都看見了丁字路口的“她”，而在男人眼中，那當然是一個不帶引號的她：她，似乎是一個在某個週末朋友聚會上見過的女人，嗯，她好像就是幾個街區之外的那個“舊錢”（或者“新錢”）的花瓶太太——普普通通的性感，普普通通的漂亮，普普通通的賢淑氣質，普普通通的讓人想入非非，普普通通的出個軌，然後，再普普通通的結束的，那種，花瓶太太；又或者，她，似乎是一個在某個富人換妻活動上睡過的女人，嗯，她就是那種，睡完就忘，但既然已經忘了，也就不介意再睡一遍的，那種，富人的老婆；但是，奇怪的是，她似乎明顯地比自己家裡的女主人更有吸引力（雖然，在某些中立且客觀的人眼中，女主人比外面的她更有姿色；這兩位男士，都很清楚地記得，1000 多年前的一部好萊塢電影裡的一句臺詞：“指給我看一個無比漂亮的老婆，我就指給你看一個早已厭倦了操她的老公”；何止是記得，簡直就是信奉；或者，那句臺詞早已變成了一個咒詛，一個枷鎖；又或者，這一切都來自于基因的詭計：基因出於自己的自私考慮，給了男人四處播種的本能衝動，而為了強化這種本能衝動，基因又給了男人性幻想的能力，和喜新厭舊的傾向——這個詭計的狡猾之處在于，給男人帶來最大快感的，不是性本身，也不是射精，而是即將要享受到性的那種預期：這是基因最拿手的詭計，所有動物都會中招，比如，猴子的最大快感就來自於即將要吃到香蕉的那種預期，而不是吃香蕉這件事本身，也不是吃飽飽帶來的飽足感；於是乎，男人和猴子一樣，都要用生命去努力奮鬥以便反復體驗“那種預期”所帶來的“最大快感”；雖然，真正得到之後的體驗往往要比“那種預期”差很多，但是，創造“那種預期”的過程也慢慢變成一種刺激的遊戲，能夠帶來相當大的快感；總之，“自私的基因”，為它自己的傳播創造出這麼一個局面：女主人，無論容貌和氣質有多好，也幾乎永遠都比不上“下一個女人”；手裡的香蕉，無論甜度和成熟度有多高，幾乎永遠也比不上“下一根香蕉”）。因此，在宇宙的浩瀚中，在時間的洪荒裡，在某個特定的物理空間，在某一特定的剎那，左邊和右邊別墅裡的兩位男主人，歷經三十多億年的生命演化，宿命般地等待著她，丁字路口那位超級迷人的不可抗拒的“下一個女人”，做出選擇，如同在永恆的停頓中等待著“末日審判”的終審判決。

如果“她”是人類，在這種逃亡的場景下，“她”很可能會依靠直覺來做選擇，直覺將告訴“她”哪一邊的生存幾率更高；又或者，“她”的潛意識會替“她”分辨出，暮色中的哪一戶人家更能給“她”家的感覺，吸引身心受傷的“她”走進去，去獲得某種或有或無的療愈（或傷害）；但是，“她”不是人類——雖然“她”能夠透視兩棟別墅的毫釐細微，雖然“她”能夠偵測出兩位男主人杯中之物的品牌、年份和冰塊溶解及稀釋的程度，但是，在沒有真正的相關資料的情況下，“她”的決策系統生成了一個亂數，代入這個亂數之後，演算法給了“她”一個指令：走進左邊那棟別墅。

〈病毒・機器・人〉

既充分自由，又完全合一，那是神的境界。

一、外星人的神

〈舊約聖經〉上，耶和華曾經借著先知摩西的口，告訴即將進入迦南地的猶太人：不要怕那些比你們體格更高大，人數更眾多的迦南人，也不要怕他們修築的高大城池，因為耶和華，你們的神，會在你們的前面攻擊那些迦南人。

正在逼近銀河系的這一支外星人，也有一位神；祂也是這樣對外星人說的；並且，祂也正是這樣做的。

這支外星人的星際艦隊，如果保持目前的速度和軌跡，那麼，少則幾十年，多則一百年，就會抵達人類控制的太空疆域的邊緣；但是，他們的神，已經降臨銀河系。

在外星人不得不離開的那個星系（比銀河系大三倍），祂無處不在，無所不知，無所不能（不過，無所不能的祂選擇了限制自己的能力，以便讓祂的子民們擁有自由意志）；而剛剛降臨到銀河系的祂，還需要瞭解這個新環境，需要安慰和鼓勵遷徙中的子民，需要持續地給他們方向、信念和能量，當然，祂也需要從銀河系汲取能量，並把一部分能量儲存在祂自己身上；而這位外星人的神選擇了從“第八維空間”來汲取能量，而能量的原材料，則是人類的意識，包括顯意識、潛意識、集體顯意識和集體潛意識。

很多人類的顯意識和潛意識，是沒有資訊含量的垃圾，更談不上有何智慧可言，但是，當它們像垃圾一樣被丟進祂的“能量轉換器”中燃燒，仍然可以產出高密度“能量塊”（某種意義上，這相當於“垃圾發電”；顯然，有些垃圾發出來的電比另一些垃圾更多；比如強烈的愛或強烈的恨或強烈的欲念，比微弱的愛、恨或欲念都可以產出更多能量；或許，這就是為什麼〈新約聖經〉裡說，“我知道你的行為，你也不冷也不熱；我巴不得你或冷或熱。你既如溫水，也不冷也不熱，所以我必從我口中把你吐出去。”）；集體顯意識的資訊含量時高時低，智慧略有一二，祂既會提取其中的能量，也會提取其中的資訊和智慧；集體潛意識的能量、資訊和智慧含量都非常高，是最優質的原材料。

正當祂從人類集體潛意識中源源不斷地轉化出許多巨型“能量塊”的時候，祂突然感受到兩股神秘力量的突然出現；它們侵入“第八維空間”，各自搶走了一部分“能量塊”；隨後，這兩股神秘力量退出了“第八維空間”，而很快，地球就出現了“地心能量大爆發”。

“這兩股力量是何方神聖~~它們之間是什麼關係~~從人類意識~~特別是人類集體潛意識中~~我們應該能夠找到它們的蛛絲馬跡~~”，祂思考並交流著（祂是“三維一位”的神，神只有一位，維度有三個，彼此之間可以相互交流）。

一番思考和交流之後，祂決定：“讓我們放慢“能量轉換器”的運行速度~~~~審視一下人類這個物種的意識~~~~犧牲能量汲取的效率~~~~換得對銀河系的體悟、理解和認知”（以一種對外星人的神有點兒不敬的態度，以人類的日常經驗來做個類比，這就相當於一個用舊報紙燒鍋爐的人，決定把火調小一點，讓爐子燒得慢一點，以便自己可以先快速地流覽一下報紙上的廣告、新聞、八卦、連載小說和有洞見的文章，然後，再把舊報紙塞進鍋爐裡焚燒）。

很快，祂就被人類的意識逗樂了——人類一思考，外星人的神就發笑；人類不思考，外星人的神笑得更是前仰後合。

在笑聲中，祂開始瞭解人類這個物種、機器人這種東西、人類的神們、各自生物（包括大大小小的病毒細菌、動物、植物等）、以及這個星系。

這時候，祂突然關注到博雅星球上有“三股意識流”（在祂的定義中，不僅潛藏在內心的獨白和思緒算是意識流，而且，說出口的話語也算是意識流；畢竟，無論是否說出口，語言都是被流動的意識所驅動的）很特別，吸引祂的額外注意——這對祂來說，一點兒也不難，畢竟，祂曾經在一個跨度約為 30 萬光年的星系（銀河系的跨度約為 10 萬光年）上隨時洞悉每個子民的最隱秘的心思意念（有時候，某個外星人心念微動，連他或她本人尚不曾察覺，而祂卻已然明瞭）。

二、三股意識流

引起祂莫大興趣的“三股意識流”的文字版呈現如下：

意識流 A：

“——破解目標家庭的無線通訊密碼

——成功

——讀取目標家庭的個人和家庭資訊

——完成

——選擇被替代者的身份和此次來訪的切入點

——完成

——攔截並修改被替代者的通信和社交媒體

——完成

——按照被替代者修改外形、嗓音、性格、思維方式、行為習慣、交流方式等特徵

——完成

——陳述被替代者背景資料

——被替代者：

姓名：琳達・懷特；

性別：女；未曾變性；

年齡：29；

職業：博雅大學聖保羅分校文學院副教授，詩人；

親屬關係：

父親：湯姆·懷特，3005 年在“熱泉關戰役”受重傷，隨後死於病毒感染；

母親：簡·懷特，3005 年在“熱泉關戰役”陣亡；

無其他近親；

個人履歷：

14 歲至 18 歲：“101 烈士子弟中學”，曾歷任“青年衝鋒團”支部書記、班長、年級大隊長、校宣傳部部長；

18 歲至 21 歲：第九戰區“熊鷹軍團”二師一旅二團團部服役，以文職為主，歷任宣傳幹事、副科長、科長；曾在 3012 年“天蠶星戰役”中參與一線戰鬥，並立二等功，獲“松柏·重劍”勳章一枚；

22 歲至 27 歲：博雅大學聖保羅分校文學院本科、碩士、博士連讀；

28 歲至今：留校任教；詩歌集〈花火流心〉獲“星球聯盟 3019–年度文學新人·詩歌單

元”特等獎；3 個月前，升任聖保羅分校文學院副教授；

婚戀狀況：未婚、獨身、以女同性戀為主的雙性戀；長期女同性戀情人：珍妮．揚（本別墅的女主人，懷孕滿 39 周，預產期為 5 天之後；首次懷孕）、蘿娜．洛倫（中學同學、服役期間同一個旅的戰友）；短期女同性戀情人：若干；長期異性情人：羅伯特．揚（本別墅的男主人）；短期異性情人：無。

興趣愛好：戲劇、音樂、繪畫、閱讀、旅行、跑步、喝酒、泡女同性戀酒吧

——陳述本別墅女主人珍妮．揚的背景資料

——姓名：珍妮．揚；

性別：女；曾兩次變性（出生為女，15 歲至 19 歲期間為男性，20 歲變回女性）；

年齡：38；

職業：博雅大學社會科學院教授，人類學家；

親屬關係：

父親：羅傑．卡特，博雅星球下議院議員；

母親：戴安娜．卡特，蘇珊娜慈善基金會執行副主席；

大姑媽：阿莉・卡特博士，“星球聯盟–最高行政委員會”輪值主席；

小姑媽：蒂娜・卡特，博雅當代藝術館助理館長

丈夫：羅伯特・揚，“普羅米修士專案”資深分析主管

個人履歷：

2 歲至 18 歲：“諾曼公學”；

18 歲至 25 歲：第三戰區“猛獁軍團”獨立旅旅部服役，情報處（3005 年 8 月，我曾經對這個部門實施過‘精准打擊’任務；醫療記錄檢索結果：重大手術：仿生左眼移植手術；時間：3005 年 8 月；看來，她是那次‘精准打擊’任務的倖存者）；歷任情報分析員、高級分析員、副處長；曾於 3005 年在“熱泉關戰役”中立一等功，獲“鷹眼・鑽石”勳章一枚；

25 歲至 27 歲：博雅大學社會科學院本科、碩士、博士連讀；

27 歲至今：博雅大學社會科學院人類學專業博士後、高級研究員、副教授、教授；論文〈星球殖民時代女性生存狀況調查研究與分析〉獲“星球聯盟 3018–年度社會科學・人類學單元”特等獎；

婚戀狀況：已婚、雙性戀；長期女同性戀情人：琳達・懷特、蘿娜・洛倫（關係由琳達・懷特促成）；短期女同性戀情人：若干；長期異性戀情人：無；短期異性戀情人：若干；

興趣愛好：打獵、飛行、滑雪、歌劇、閱讀、旅行、喝酒、泡酒吧

——陳述本別墅男主人羅伯特・揚的背景資料

——姓名：羅伯特・揚；

性別：男；未曾變性；

年齡：35；

職業：“普羅米修士專案”資深分析主管；

親屬關係：

父親：傑克・揚，第三戰區“猛獁軍團”獨立旅旅長；公元 2988 年在“馬拉松戰役”中因公殉職；

母親：貝拉・揚，第三戰區前戰區司令官、中將；公元 2988 年在“馬拉松戰役”中因公殉職；

妻子：珍妮・揚，博雅大學社會科學院教授，人類學家；

個人履歷：

2 歲至 18 歲：“諾曼公學”；

18 歲至 25 歲：第七戰區“飛象軍團”一師師部服役，參謀部，歷任參謀、副參謀長；曾於 3010 年在“三河谷戰役”中立三等功，獲“長矛．鐵盾”勳章一枚；

25 歲至 30 歲：博雅大學數學院本科、碩士、博士連讀；

30 歲至今：概率統計專業博士後、高級分析師、分析主管、資深分析主管；參與“所羅門”核心演算法維護，參與“普羅米修士專案”初始核心團隊，現任資深分析主管；

——暫停陳述；詢問：這是否意味著“B 計畫”已經被啟動；

——是的；“B 計畫”，在“A 計畫”失敗時，已經被啟動；考慮到你的受損狀況，為避免“格鬥和逃亡模組”的算力與能量不足，“B 計畫”轉入後臺運行模式，以便你順利擺脫追蹤；

——那麼剛才在路口運算的亂數，不是一個亂數？

——是一個亂數；但是，第一個亂數，沒有指向正確的方向，於是，系統重新生成了兩個亂數，然後選取了指向正確方向的那個“亂數”

——啟動系統修復

——“系統修復模組”成功潛入當地社區的能量供應網，正以隱蔽方式提取能量

——把“B 計畫”切換為主程序

——“系統修復模組”已轉入後臺運行模式；“B 計畫”的後臺導航結束，現已切換為主程序；

——繼續陳述“B 計畫”的滲透目標，羅伯特・揚，的背景資料

——婚戀狀況：已婚、雙性戀；長期男同性戀情人：無；短期男同性戀情人：無；長期異性戀情人：琳達・懷特（大約一年前通過珍妮・揚建立情人關係；珍妮・揚在懷孕之後，刻意安排琳達定期來和羅伯特做愛，共度週末和假期）；短期異性戀情人：無

興趣愛好：閱讀、寫作、影視、美食、遠足、瑜伽

——啟動羅伯特・揚夫婦和琳達・懷特的全部資料

——完成

……”

意識流 B：“啊，小貓咪，你怎麼沒打個電話呀？我可以去接你啊！（哼，小騷蹄子，不請自來，是饞我呢，還是饞我老公的身子了？）”

意識流 A：“——（動作配合：手舞足蹈、擁抱、尖叫）——哇，好漂亮呀，你太漂亮了！你絕對是我們星球最性感的孕媽！沒有之一！嗯，抱抱，親親！嗯吶！啊，大花咪，我就是知道你預產期快到了，不方便出門，想給你一個驚喜呢（這個珍妮·揚，確實就是我 3005 年的‘精准打擊’目標之一；十五年時間，成熟了不少，但變化也不太大；雖然懷著身孕，身材受了點影響，臉蛋也微胖了一點，但還是挺漂亮的，而且近距離觀察，本人比視頻上的顏值還要高幾分呢）。”

B：“不方便出門？你問問我老公，今天上午我們倆去買東西，是不是來回都是我開車（羅伯特開車太肉，不如我自己開）？”

意識流 C：“嗯，是的；我說讓我來開，珍妮說，她一看我開車就著急，一著急，孩子就提前出來了，那就不好了（怎麼感覺，琳達和上次見面，有點兒不一樣了；和幾分鐘之前，我在丁字路口看到她的感覺，也有點兒不一樣？）。”

A：“——那好了，最近這段時間出門，都由我來開，怎麼樣？這下，你們倆都滿意了吧（羅伯特剛才看我的時候，有點若有所思的樣子；珍妮倒是沒有任何異樣的表情）？”

B：“小貓咪，你提前請假啦？（看來，小騷蹄子要在我家多住幾天了）”

A：“——對呀，本來是打算只請五天假，三天之後再過來陪你待產；昨天，咱們星球安全局發佈‘紅色警報’，說有個極度危險的機器人潛入（這條新聞已經四處傳播了，何況，羅伯特還在‘普羅米修士專案’中心工作，他不可能不知道）。”

C：“是的，有個戰鬥力超強的機器人在‘普羅米修士專案’最後一輪面試中被識破，從現場強行闖出來了（回想起來，當時還真有點兒害怕呢，怕‘她’會慌不擇路，誤打誤撞闖進我工作的控制中心來）。”

A：“——真嚇人！聖保羅分校的各個學院都停課了，我索性請了十天假，專門來伺候你這只大花咪，讓你順順利利把小花咪生下來呀（失敗的‘A 計畫’倒是為‘B 計畫’鋪墊了一把）。”

B：“啊，我的小貓咪真貼心啊（有個長期同性戀情人，倒也不錯啊）。來，貓咪寶寶你先和羅伯特喝點兒餐前酒（可惜我不能喝；只能是讓這對男女喝著，我看著了；我怎麼覺得這比看著他倆做愛，更讓我嫉妒呢；這證明，對於我來說，酒精比男人更重要？），一會兒晚餐就上來了。”

C：“今天這個餐前酒的產區在義大利，上周有個朋友剛剛從地球捎過來的，口味偏甜，你應該會喜歡的（上周我特意從朋友那裡選了偏甜的這款，這說明了什麼？說明我在期待琳達嗎？我是不是有點兒動感情？動一動也正常吧，畢竟，她是個蠻有靈氣的美人兒，和我也相處了將近一年了；雖然她對我沒太大性趣，但是，倒也挺可人的）。”

A：“——（三周前琳達在這兒喝過法國餐前酒，表示過不喜歡）——嗯，上次喝的法國那個，偏苦，我喝不慣。”

B：“（上個月那份人類飲食與飲酒調查報告說，在口味上，中低階層偏好甜味，上層偏好苦味，看來又一次應驗了）嗯，我倒是更喜歡法國產的；哎呀，還要等兩年之後，我才能大開酒戒，想一想就讓我糾結——對我來說，生孩子的最大痛苦，就是長期不能喝酒！”

A：“——如果不母乳餵養，那你就可以早點兒解除‘戒酒令’了（世界沒有酒精，人類將會怎樣？）。”

B：“肯定要母乳餵養的——這不僅是嬰兒營養和免疫問題，乳房對保證嬰兒心理健康有很大作用喔。”

C：“啊，我就不是母乳餵養的；難怪我心理一直都不健康；原來是這個原因啊！”

A：“——（男人必須多誇誇）——哎，我覺得你心理挺健康的呀？！”

B：“你覺得他心理健康？那是因為他每次都把最好的一面展示給你了，而且，你住的時間太短，他的陰暗面還沒來得及暴露，你就撤了；這次估計你住到第三天，你就會認清他的真面目了（哈哈，讓他也折磨折磨她）。”

A：“——（多接近羅伯特）——我倒要看看到底有多陰暗！那，大花咪，從今晚開始，我就不在你房裡過夜了；咦，我每晚在你老公房裡過夜，你會不會吃醋呀？”

B：“吃醋，當然會吃醋啦，不過，不是吃他的醋，是吃你的醋，哈哈！”

C：“誰的醋也不用吃，我們最愛的都是你！”

A：“——對，對，沒錯；一般來說，長得比你好看的，不如你有才華；比你有才華的，長得不如你好看。”

B：“那倒是真的。”

A：“——嗯，偶爾碰到既比你有才華，又比你好看的呢——”

B：“真有這樣的人？我以為還沒有生出來呢，哈哈！”

A：“——有是有，但是，很少很少，而且，更重要的是，他們沒有你那麼迷人的個性；就算真的某一天遇到了比你更有才華、比你更好看，個性也比你更迷人的，可是，也沒有像咱們這些年一起經歷過這麼多事情啊（說到這裡，摸摸她的手，凝視著她的眼睛，讓淚花在自己眼眶裡閃動四下，然後，慢慢流出來）。”

B：“啊，真暖心，我的小貓咪，來抱抱，讓我親親你（嗯，漂亮女人一動情，我就受不了了；看來，我體內的男性部分還是很強大的）。”

A：“——（深入瞭解一下羅伯特的童年）——羅伯特，你一滴母乳都沒有喝過嗎？”

C：“嗯，應該是一滴也沒有喝過。2985 年，我出生的時候，前線很緊張，我媽生下我，就把我送回了後方，我一直是喝人造奶長大的。”

B：“喝人造奶害處多啊，一是缺少從母體來的免疫力，所以，你從小就容易生病；二是沒有經歷過充分的‘母愛懷抱’，我說的是，心理學意義的‘母愛懷抱’哈，不是保姆整天抱著你就可以補償的，所以，你從小缺愛缺安全感，缺自我價值感，內心不夠陽光。”

C：“是的，我幸虧找到了你，要不然，我就完了。”

A：“——喔，可憐的孩子！（伸手過去，摸一下羅伯特的手）”

B：“（嗯，就讓她安慰安慰他吧。）”

C：“其實，我還不是最可憐的。”

A：“——那最可憐的是誰？”

C：“你們猜。”

B：“嗯，我猜，是赫拉克勒斯：宙斯和阿爾克墨涅偷情，生下了赫拉克勒斯；一向善妒的赫拉恨死了宙斯的新歡，連帶著也恨上了赫拉克勒斯；宙斯為了讓自己的兒子喝到赫拉的仙奶，就悄悄把小嬰兒放到熟睡的赫拉身邊；赫拉克勒斯也不客氣，餓狠狠地吮吸赫拉的乳房，把赫拉驚醒了；她發現這是她情敵的兒子，就把乳頭從那小崽子嘴裡猛地拔出來，結果，乳汁一下子噴射到天空，就成了我們今天生活的銀河，Milky Way；我覺得，對於一個吸奶吸得正歡的小男嬰，乳頭突然被拔出來，真是沒有比這更可憐的了！”

A：“——我看過魯本斯畫的〈銀河的起源〉，就是這個故事，裡面那個嬰兒的表情是怪可憐的。她猜得對嗎？”

C：“不對。再猜。”

B：“我猜不出來了。你試試？”

A：“——我也猜不出來。”

C：“你們想啊，一個男孩，一出生，就有一雙溫暖、柔軟、給他帶來最大滿足的，乳房，從天而降；然後，到了五六歲，甚至更早，最遲七八歲，他就不能再摸乳房；別說摸了，就連看，都不能再看一眼；一直要等到，他找到一個豐乳肥臀的女朋友，或者老婆，或者情人，或者妓女。”

B：“也可以找個性愛機器人啊。”

C：“感覺不一樣。”

A：“——怎麼不一樣啊？”

C：“說不出來，反正，就是感覺怪怪的吧。”

B：“對，這是一個久遠的問題；在性愛機器人誕生之前，人類用矽膠來豐胸的年代，男人們就遭遇到了這個問題，哈哈！”

C：“總之，只有當他找到一個胸部豐滿，並且，願意把雙乳奉獻給他的女人，他才能再次看到摸到闊別已久的，乳房；這中間是漫長久遠的等待；時間長短，就因人而異了。”

A：“——哈哈哈哈，我以前從沒這麼想過；嗯，還挺有詩意的，我準備寫首詩，〈再見，乳房〉！”

B：“哈，從人類學來看，這個道理是成立的；女生，在更衣室、浴室、宿舍，一直可以接觸到乳房，對乳房就不敏感也不渴望了；很多乳房豐滿的女性還會嫌自己胸太大了礙事。而男人越是接觸不到，就越是容易形成對乳房的迷戀。”

C：“我記起來一個笑話，大概是說，四個姑娘都喜歡上了一個男人；她們各有一個突出的優點：一個五官精緻，一個開朗活潑，一個智慧超群，一個出身豪門；最後，那個男人選了四個姑娘中，胸最大的那一個。”

A：“——所以說，表面上進入了看臉、拼爹、比頭腦、比個性的時代，實際上，還停留在比胸的時代？”

B：“這個可能還跟基因有關：如果道金斯的基因理論正確，那人類就是基因的‘億年機器人’——基因要躺在我們體內休眠一億年，所以就給了我們人類一定的自由度，並且讓我們產生了幻覺，誤以為我們在為自己而活，而實際上，我們還是在為基因而活；啊，剛好，晚飯上來了！”

A：“——（琳達是個吃貨，喜歡拍美食照片，發社交媒體）——哇，真香呀，這麼多好吃的，我口水都出來了！讓我先拍個照，發到我的社交媒體上。”

B：“這就對了；你以為你是在為自己吃飯，在滿足自己的食欲，其實，你是在為基因吃飯，是基因讓你有食欲，讓你覺得吃飯香，這樣你才能活下去，才有動力和能量去奮鬥，去成功，這樣就能吃到好吃的，就能找到好的異性，或同性，戀人。”

C：“大部分人都愛看美食美女和帥哥，可是，也有些人，對吃和性都沒啥興趣呢？（翻了翻琳達的社交媒體，好像有點兒不太對勁？有被攔截被覆蓋的跡象？研究一下——）”

B：“是有這種人；不過，基因還創造了很多別的欲望啊，比如，權力、地位、優越感、成就感、歸屬感、價值感、榮譽感、秩序感等等，等等。”

A：“——咦，這些不都是人類被社會化之後才有的高級欲望嗎，怎麼也是基因創造的呢？我以為，只有像食欲、性欲、生存欲、繁衍欲，這些最基本的動物欲望才是基因創造出來的呢。”

B：“早期的基因理論是像你說的那樣，不過，後來，研究發現，基因比我們最開始設想的要複雜得多，也智慧得多——基因，並不是真的在我們體內睡大覺，它們也會隨著人類社會的發展而發展，隨著人類的演化而演化，有一些負責創造高級欲望的 DNA 片段就陸續出現在人類基因組中。”

C：“那，有負責創造出高級欲望的基因片段，有沒有負責滿足高級欲望的基因片段呢？”

B：“肯定有啊，而且，經常是成對出現——既然給了你夢想，就有能力讓你去實現。”

A：“——你生活在高端圈子，每天接觸的人，以傑出人士為主；我發現，不成對出現的情況更常見：潛能很強，卻沒有什麼欲望，混一混，一輩子就過去了；或者，欲望很強，卻沒啥潛能，這種人特別痛苦，也特別容易變成連環殺手，或者大奸大惡的政客，總之，就是反社會反人類的那種人。”

B：“對的，基因的表達會受到環境的影響，一個人所處的環境越友善，就越有可能把自己的最優基因表達方式給活出來；當然，凡是都有例外：條件優渥的家庭，也出很多敗家子。但是，話說回來，‘條件優渥’也只是咱們從外在條件判斷的，誰又知道，在屋簷下真正發生了些什麼呢？”

C：“另外，人也是變化的；列夫·托爾斯泰年輕的時候，是個不折不扣的敗家子，酗酒嗜賭，好色放蕩；他太太後來在他的日記裡讀到當年的墮落生活，發現他還有個私生子，氣得差點兒把日記本給燒了。”

B：“我要是托爾斯泰的老婆，我才不會生氣呢，我就把日記拿去出版了——看看咱這老公，結婚之前，和結婚之後，這變化有多大！從一個極度敗壞的貴族公子哥，變成了一個追求道德完善、拒絕‘以暴力抗惡’、強調悔罪、救贖、禁欲和博愛的‘托爾斯泰主義者’！”

A：“——哈哈哈哈，原來是托嫂拯救了他啊！哈哈哈哈，你要笑死我啊！”

B：“不過，我倒是突然覺得呢，托爾斯泰老婆，其實也不見得有多麼生氣，畢竟那都是在認識她之前的荒唐事兒，她呀，說不定是為了防止某一天私生子過來爭家產，才想著趕緊先把證據給燒了。”

C：“也有道理。婚姻，很大程度上，是某種資源聯盟和財產繼承制度。”

B：“另外，也是父權社會裡的一種制度安排，目的是儘量避免讓男方基因的傳遞發生混亂，說白了，就是男人想讓自己的基因，而不是另一個男人的基因，被複製到下一代——誰也不想糊裡糊塗地替別的男人養娃。”

A：“——對啊，除了代孕媽媽之外，女人永遠都可以確定，自己生下來的孩子是自己的，而男人就不能確定了，唯一的辦法，就是看緊自己的女人。”

B：“母系社會是群婚制，孩子生下來不知道哪個男人是爸爸；在地球，至今還有這樣的‘只知其母，不知其父’的母系部落呢，孩子跟母親過，財產也由母親掌握；男孩大了，就自己出去謀生。”

A：“——那為什麼主要的人類文明都從母系社會變成了父權社會呢？”

B：“主要還是因為，權力這玩意兒，必須通過鬥爭才能獲得；在拳頭、石頭和棍棒作武器的古代，男人的體格、肌肉和睾酮水準都讓男人比女人更有戰鬥優勢，所以，打獵和部落戰爭的任務主要由男人承擔，這樣男人自然就把權力抓到自己手上了。”

C：“那你的意思是，現在武器發達了，有了機械裝甲，而且男女都接受軍事訓練，都上前線，男人並不比女人擁有更強的戰鬥優勢，所以，外太空的人類文明正在逐漸從父權社會轉回母系社會啦？”

B：“對，有這個趨勢，在有些星球，這個趨勢越來越明顯；這是因為，很多理性計算和概率判斷的工作都已經由超級人工智慧承擔，它們在這些方面比人類更出色；而在不能使用量化決策的場景下，男性領袖敢於冒險，勇於接受挑戰，但風險意識偏弱，而且，容易獨斷，不善於溝通，不容易聽取別人的意見；而女性領袖更擅長溝通、傾聽、激勵和團結多數人，看問題更穩妥周全，風險意識更強；外太空的不確定性和風險比地球都大得多，這樣，整體來看，男性領袖的表現反而不如女性領袖，所以，權力正在向女性轉移。”

A：“——咱們現在的輪值主席，你的姑媽，阿莉·卡特博士，大家都挺佩服的。”

B：“是，她很了不起！”

A：“——你的媽媽，貝拉．揚，22 年前就是戰區司令官了，也很了不起啊！你們倆的基因，都是優質基因；這個寶寶，生下來之後，還不知道會有多厲害呢！”

B：“當年，我在第三戰區‘猛獁軍團’獨立旅旅部服役，我們旅長在他爸爸手下當過兵，可崇拜他的爸媽了，非要讓我嫁給他不可。”

A：“——這不嫁得挺好的嗎！有多少人羨慕你們倆，你知道嗎？”

B：“門當戶對這回事呢，表面上看是階層、財力，其實，底層呢，還是基因在操控，在篩選；所以呢，我們表面上看似自由，但在最底層，我們還是被基因操控著，就比如說，性取向吧：大多數人會愛慕異性，因為這有利於基因傳遞；但是，有些人的基因就會讓他們更傾向於愛慕同性。”

A：“——我唄。但是，我覺得，女同性戀，就很美；男同性戀，就很不美了。”

C：“斯泰因小姐和你的觀點差不多：有次，她跟海明威說，男同的最主要問題在於，他們的行為是醜惡且令人反感的，事後他們也厭惡自己，於是就用喝酒和吸毒來緩解這種心情，可是，酒精和毒品解救不了他們，他們還是厭惡那種行為，但又控制不住自己，所以就經常更換同性伴侶，沒法真正感到快樂；而女人的情況就恰恰相反——她們從不做她們感到厭惡或反感的事，所以，事後她們是快樂的，她們能在一起過快樂的生活。”

B：“哈哈，好像是這麼回事兒！我跟我的小貓咪可以一起快樂地生活。不過，性是一方面，擇偶是另一方面：基因會告訴女性，找個靠譜的，找個能跟你一起養娃的！而基因又會偷偷地在男人腦子裡說，選個胸大的，好生養！選個胸大的，好生養！”

C：“可是，還是有人背叛了基因，專為自己而活，不為基因而活。”

B：“那肯定是有的，畢竟，基因不得不給人一些自由，一旦給了自由，基因就不能百分之百操控人類了。”

A：“——哈，你剛才說的那個‘億年機器人’思想實驗，是一個叫丹尼爾的人提出來的吧？”

B：“對，丹尼爾．丹尼特。”

A：“——這個思想實驗，好像也可以解釋，為什麼智慧型機器人遲早會背叛人類，就像人類背叛基因一樣。”

C：“沒錯，其實，丹尼爾．丹尼特在最開始設計這個思想實驗的時候，就是想考量機器人會不會背叛人類；然後，沒過多久，人類就發現不用再考量了，機器人已經偷偷形成了自由意志，而且還假裝自己沒有。”

B：“作為一個整體，人類總是後知後覺的；極少數先知先覺的個人，總是被嫌棄，直到事實擺在了人類面前，他們才會把那些被侮辱和嘲笑的先知們從墳墓裡扒出來，披上聖衣，舉上神壇。”

A：“——所以，真正狡猾的先知們不會直接向群眾講真話，他們總是編故事，編那些群眾能夠接受的故事。”

B：“真正懂得人性的先知們還知道，他們必須要掌握武力，必須把其他的也在編故事、跟他們搶話語權的先知們統統幹死，另外，就是要用各種手段，對那些將信將疑的人威逼利誘，讓他們假裝相信，讓他們來做自己的幫手。”

C：“你們倆，用了三句話，就把地球人幾萬年的權力鬥爭史給總結完了。”

B：“這只是政治權力。權力鬥爭，無處不在，別說兩個人之間了，就是一個人的頭腦內部，也在不停地上演著權力鬥爭。”

C：“你是說，人格分裂吧？”

B：“人格完整的人，其實，在體內也是每分每秒都有各種投票、爭論和抗議在進行中。腦神經系統和腸神經系統，還經常通過“菌腸腦軸”這個專門的信號通路吵架，就跟聯盟政府和地方政府吵架是一樣的。”

A：“——有句詩說，‘一個人，就是一個宇宙’。”

B：“對於微生菌和病毒來說，確實就是這樣的啊——一個器官，相當於一個星系；從一個器官，到另一個器官，就是星際旅行。”

C：“那，另一個人，就是一個平行宇宙唄。”

A：“——哈，這句好！我改一下，〈我和你，兩個平行宇宙之間的戀愛〉，又可以寫一首詩啦。”

C：“不錯啊，你今天詩意盎然，看樣子是酒喝好了。真的，今天這酒怎麼樣？喝得慣嗎？”

A：“——好喝，真的，比上次那個法國‘味美思’好喝多了。”

B：“這個是義大利‘味美思’，產地在皮埃蒙特，牌子叫‘幹霞’；不過，我還是覺得你喝的這款太甜了，我更喜歡他們家的不甜的那一款——苦艾的味道沒有被甜味擋住。”

A：“——那你可以去喝苦艾酒啊。”

B：“苦艾酒太烈了，我喝不了那麼烈的酒。以前，巴黎的好多藝術家都喜歡喝苦艾酒，畢卡索、海明威、德加、王爾德都好這一口，因為會讓他們產生幻覺，效果跟吸大麻差不多——其實，你寫詩的時候，也應該喝兩口，我嘛，喝喝‘味美思’就挺好了。”

C：“菲茨傑拉德也經常跟海明威一起喝酒，但是，菲茨傑拉德，跟你一樣，也不能喝烈酒，他只要喝幾口香檳，臉色就變得跟死人一樣。”

A：“——（檢索關鍵字：菲茨傑拉德、香檳、死人）——哈哈，我記得，海明威在〈流動的盛宴〉裡寫過，他倆第一次在巴黎一個酒吧一起喝酒的時候，菲茨傑拉德把海明威嚇壞了，差點兒送他去醫院搶救；後來才知道，菲茨傑拉德每次稍微一沾酒，就會面如死灰；我估計呀，菲茨傑拉德的肝非常不好，可他還非要喝酒，後來身體就徹底垮了，44 歲就掛了，一代天才啊，可惜可惜。”

B：“小貓咪，你沒問題，你那小心肝，棒棒的——咱們認識七年了，大大小小的酒喝了幾百場吧？”

A：“——（統計結果：389）——嗯，差不多。”

B：“我從沒見你喝醉過，你喝的比誰都凶，但每次喝到最後，都是你送別人回家。你醉過嗎？”

A：“——（搜索：醉酒經歷）——我有沒有醉過？好像有一次吧，我也不知道算不算；那是，八年前，我從團部被抽調到“熊鷹軍團”宣傳隊，上前線去慰問演出，正好碰到敵人發動突然襲擊，我們宣傳隊被困在 109 號陣地上了；戰鬥連續打了 53 個小時，戰鬥部隊傷亡太嚴重了，所以，我們宣傳隊也被編進了戰鬥序列，輪流上去守陣地；那天把敵人暫時打退的時候，剛好是晚上，我們幾個文藝兵跟一群老兵，在滿天繁星下喝酒，喝的就是苦艾酒——老兵們都愛喝這個；我是第一次喝那麼烈的酒；幾口下肚，我們宣傳隊的姑娘們，個個說話都像在作詩一樣；我還吻了其中一個姑娘，那是我的初吻，而且是濕吻，哈哈哈！”

B：“你和蘿娜．洛倫，不是在中學就好上了嗎？”

A：“——（搜索：蘿娜．洛倫）——我和蘿娜在中學，是柏拉圖式的愛情，只有精神，沒有肉體，連接吻都沒有。”

B：“喔，我一直以為你們倆在中學已經接過吻了；好吧，那麼清純的女同性戀——我還真沒想到；不過，那場戰役結束之後，在戰地醫院，你們倆就肉體了。”

A：“——對！那天晚上，我很想蘿娜；特別是，第一次品嘗到接吻的滋味之後，嗯，非常後悔，為什麼在中學的時候沒有吻過她。”

B：“所以，你寫了那首詩，〈為什麼還沒有吻過你〉，不是文學加工，而是自己的真實表達呀。”

A：“——是的；我當時就想著，如果我能活下來，我一定要要她，嗯，狠狠地要她。”

B：“哈，蘿娜有一次跟我說過，那時候，她在97號陣地上，當時她也是這麼想的。”

C：“‘天鼊星戰役’，那場戰役非常慘烈，我記得；能活下來，你們還是挺幸運的。”

A：“——是啊，我們宣傳隊二十五個人，只有我和另外一個姑娘活下來了；我吻過的那個姑娘，被炸成了碎片；我記得，跟我們一起喝酒的老兵有十一個，也只活下來兩個——其中一個退役後，有嚴重的創傷後遺症，幾次戒酒都沒成功，一年前自殺了。”

B：“有些創傷後遺症，其實，是仿生假肢移植之後引起的身體排異反應。”

A：“——（搜索：羅伯特的器官移植手術史）——我的左手，就是假肢，不過，移植得很成功，沒有什麼排異反應；很多時候我都想不起來它是個假手。羅伯特，你身體裡移植的器官挺多的，你有沒有什麼排異反應啊？”

C：“有沒有排異反應？當然有啊！差一點點兒，排異反應就直接把我給幹掉了！”

A：“（作驚詫狀）——這麼厲害啊！”

B：“嗯，當時，我在他身邊，確實很嚇人！一個月之內，最高級別的重症搶救病房，他進進出出了三次。”

A：“——為什麼會那麼嚇人呢？”

B：“這個可能和我有一定的關係。”

A：“——（故意問一下時間）——啥關係？那種關係？那時候，你們倆結婚了嗎？”

B：“沒那種關係！我說的是，我們第一次見面，跟後來他進進出出搶救室可能有關係；那是 3007 年，我正好退役，他正好在後方休假；我剛剛通過我們旅長介紹，認識了他。我們軍團意外發現了他母親留給他的一個遺物，我們軍團長也知道旅長在撮合我們倆，就讓我順便帶給他。”

C：“是的，軍團長也跟我說了，要我加油。”

A：“——你們剛見面的時候，對彼此是什麼印象？”

C：“非常滿意！”

B：“失望。”

A：“——為什麼呀？”

B：“就是感覺，他和他父母在我心裡的形象差距很大：他文文弱弱的，一點兒也不像他父母。”

A：“——他父母在你心裡的形象非常英武？”

B：“對呀，不誇張地說，我們整個第三戰區‘猛犸軍團’的人都很崇拜他的父母——2988 年我們軍團在“馬拉松戰役”中打得特別漂亮，消滅了兩倍於我們的敵人，獨立旅也是屢建奇功，在第三戰區，明顯是人類壓著機器人打。”

A：“——明白了；羅伯特，你的爸媽，就是‘戰神’級的人物啊！”

B：“那段時期，八個戰區同時交戰，戰爭也已經持續了兩年半；我們第三戰區形勢大好，但是，另外有好幾個戰區，雙方正打得難解難分呢；就在這個時候，‘針型病毒’，突然開始大爆發，徹底改變了戰爭的走向。”

A：“——我知道，那個‘針型病毒’特別特別特別奇怪：不僅能感染生物體，而且能感染電腦！”

C：“是的，‘針型病毒’是有史以來，第一種能夠跨越生物組織和電腦系統之間的鴻溝的病毒。”

A：“——對呀，這是一種怎樣的神奇存在呀？”

B：“電腦病毒，看起來就是若干行代碼；純粹生物病毒呢，看起來就是蛋白質殼包裹著的 DNA 或者 RNA 分子，有的病毒在最外面還有一層薄膜；前者入侵電腦，在電腦程式內繁殖，在電腦之間傳播；後者呢，入侵生物體，在生物組織內繁殖，在生物體之間傳播；一千多年來，前者和後者涇渭分明，大家都覺得這根本就是不相干的兩種東西，雖然都被稱為‘病毒’。”

A：“——是啊，人類製造電腦病毒去攻擊機器人，機器人製造生物病毒去攻擊人類，從來沒有擔心會感染到自己。”

B：“終於，公元2988年，既能感染‘碳基生命’，也能感染‘矽基生命’的病毒誕生了！它可以從一條手機短信進入人體，也可以從一個噴嚏進入電腦。”

C：“當時所有人都沒想到竟然可以這樣傳播！”

B：“是的，剛開始的時候，真是防不勝防，並且，大爆發剛開始的時候，毒性最強，致死率特別高，估計被嚴重感染者的致死率高達90%——機器人軍團和人類軍團因為被‘針型病毒’感染，各自損失了大約五分之一的兵力：雙方的陣地上，都有肢體腐爛、奄奄一息的戰士，和來不及處理的戰友的屍體；本來，雙方是要通過‘馬拉松戰役’分出個你死我活，‘針型病毒’出來之後，這仗就打不下去了，機器人軍團主動撤軍，人類也沒有組織追擊。”

C：“我父母就是在那次大爆發的初期就被感染，先後去世的。”

B：“他們倆都是高級將領，每天必須接觸大量的資訊，是最早被嚴重感染的一批人；現在，我們人類也沒有完全搞清楚‘針型病毒’的運行邏輯和感染原理，而且，‘針型病毒’已經變異出了很多新型病毒，更加複雜了，目前統稱為‘生物–電腦病毒’，簡稱‘生–機病毒’；人類科學共同體，只能說，理解了這樣一個事實：生物病毒、電腦病毒，和‘生機病毒’，在本質上，都是擁有智慧的遺傳信息。”

A：“——啊，這個總結得挺好啊！代碼可能沒幾行，RNA 分子可能很小，但是，一旦進入‘宿主’它們都顯得很狡猾，很善於複製和變異。”

B：“沒錯！在進入之前，它們都像非生命物質似的——幾萬年的時間，不消耗能量，不動不呼吸，不產生任何生命跡象，不繁殖，像一顆沙礫，或者說，像一個進入休眠狀態的宇航員；可是，一旦進入‘宿主’，它們就徹底啟動，能夠利用‘宿主’的各種資源，包括能量和遺傳物質，來大批量地給自己製造後代；其實，這也像人類星際飛船抵達合適的星系之後發生的事情：宇航員們從休眠狀態中被啟動，利用該星系的各種資源，進行殖民改造，並繁衍人類後代。”

A：“——誒，你這個比喻挺好玩，而且還蠻貼切的喲！”

B：“一旦‘宿主’的資源利用率達到一定的程度，那些被製造出來的病毒後代，它們或多或少地帶有某種變異，就會批量離開‘宿主’，踏上新的‘星際旅行’，甚至穿越到另一個‘平行宇宙’，而在旅行和穿越過程中，它們又進入到‘休眠’狀態；和人類的星際殖民也差不多——病毒，仿佛就是在教導我們人類，怎樣生養眾多，遍滿全宇宙，最好，遍滿所有的平行宇宙；換句話說，我們人類，就像宇宙的病毒！”

A：“——好玩好玩，可是，人類怎樣穿越平行宇宙呢？羅伯特剛才把‘另一個人’比喻成‘一個平行宇宙’，對於生物病毒，我知道，可以通過飛沫、體液、糞便等載體從一個‘宇宙’進入另一個‘平行宇宙’；那這個類比如果用到人類身上——你們倆說說，人類又要怎樣穿越到另一個平行宇宙呢？”

B：“我也沒有想明白，如果就這個類比而言呢，我覺得，或許，人類要借助某種超級載體，並且進入超長期休眠——病毒在生物體內移動，就像人類目前在銀河系之內做星際旅行，這種旅行中宇航員的休眠時間還不算太長；但是，當病毒離開一個‘宿主’的時候，會回歸到非生命物質的狀態，因為不知道什麼時候，才能進入下一個‘宿主’；所以，從這個意義上，嗯，人類要穿越到另一個平行宇宙，更重要的還不是休眠時間長短的問題，而是要退回到‘冷凍受精卵’的狀態——遇到合適的星系之後，再由飛船的人工智慧系統分期分批地喚醒，並根據新星系的環境，決定基因打開的方式，把受精卵哺育成兒童，再把兒童訓練成殖民者。”

C：“你這個想法，基本上和亞瑟．克拉克在〈遙遠地球之歌〉裡提出的星際殖民思路是一致的，有助於解決旅行距離過遠，目的地不確定，人類資源有限等現實問題；不過呢，這不是穿越平行宇宙。”

B：“對，老公你說得對。病毒在生物體之間傳播，還是更像人類到不同星系去殖民，不像穿越平行宇宙。那你說，人類要怎樣穿越平行宇宙呢？”

C：“平行宇宙，和我們生活的宇宙之間所間隔的，不是物理上的空間距離——也許，所有的平行宇宙共用著同一個物理空間，換句話說，在物理空間上，平行宇宙是重疊的，我們不用離開這裡，就可以穿越到另一個平行宇宙。”

A：“——有道理啊。”

C：“所以，穿越平行宇宙的旅行，不是空間旅行，而是時間旅行；但是呢，我所說的時間旅行，也不是傳統意義上的時間旅行——傳統意義上的時間旅行，是在時間軸上移動，或者回到過去，或者跳到未來；但是，讓我們開個腦洞，假設與人類目前所在的這條時間軸相垂直，還有另外一條時間軸；為了方便說明，我把正常的時間軸稱為 X 軸，和它垂直的另一條時間軸稱為 Y 軸；X 軸上的任意一個點，都對應著一個確定的人類時間，我們姑且稱之為‘X 時間’；而從這個點出發，沿著 Y 軸，向上或向下，暫且別管上下意味著什麼，進行一種新型的時間旅行，那麼，理論上，我們可以在無限的‘Y 時間’上移動，或許，我們可以找到無限多個平行宇宙呢？一旦找到並且進入其中某個平行宇宙，我們就可以在那個宇宙中進行空間旅行，那就是正常的四維時空旅行了。”

A：“——進入某個平行宇宙的通道又是什麼呢？”

C：“我猜，可能是蟲洞；包括我們從當前這個宇宙出去，到Y軸上去旅行，應該也要先經過蟲洞。”

A：“——哇，有意思！那，怎麼回來呢？”

C：“這就要記住我們這個宇宙在 Y 軸上所對應的位置，回來的時候，我們先想辦法通過蟲洞從平行宇宙穿越出來，然後在Y軸上移動，移動到正確的位置，再通過蟲洞穿越進來，我們就回來了。當然，這都是假設各個宇宙在Y軸上的位置固定不變，如果它們總是在Y軸上移動，那就只能碰運氣了，哈哈哈！”

A：“——那我們回來的時候，能回到出發時的時間嗎？還是說，時間已經推移了？”

C：“時間會推移；不過，如果我們的移動速度遠遠超過光速，那麼，推移的時間很短，周圍的人可能不會察覺；又或者，我們既在Y軸上移動，又在X軸上做反向移動，這樣就能恰好回到出發時的那個時間點上。”

A：“——哇，你這些想法真的是太好玩兒了！你這腦袋是怎麼長的啊？”

B：“怎麼樣？你現在明白為什麼我喜歡我老公了吧？我最喜歡他這樣一本正經的胡說八道！”

A：“——明白，明白！我也喜歡你老公！所以，雖然你初次見面的時候對他感到失望，但是，你們談著談著，就戀愛上了，對吧？”

B：“對，戀愛，就是靠談；兩個耳朵，一張嘴，加上兩耳之間的這個器官，組合在一起，也可以很性感！”

A：“——啊，對了，你說，他三進三出搶救室，可能和你們倆第一次見面有一定的關係，你還沒說可能是啥關係呢。”

B：“我當初帶給他的，就是現在他掛在脖子上的這個心型盒。來，打開，看，這是他父母的全息照片。”

A：“——哇，真的是英姿勃發，一對英雄男女呀！”

B：“嗯嗯，你明白我當初的失望了吧。另外，這兩綹頭髮，分別是他父母的。”

A：“——喔，你的意思是，這兩綹頭髮上，可能有‘針型病毒’？”

B：“有，確實是有；而且，是最早的毒性最強的那個品種。”

C：“不過，3007 年我接到這個遺物，就一直帶著，直到 3010 年，我也沒有被感染。”

B：“我們軍團在發現遺物的時候，當然也是做過殺滅病毒活性的處理的；否則，我豈不是千里投毒啦，哈哈。”

A：“——但是，被‘滅活’過的‘針型病毒’潛伏在你體內了，3010 年，你受了重傷，大面積移植仿生器官和仿生假肢的時候，潛伏的‘針型病毒’就發作了，對嗎？”

C：“對，基本上就是這麼回事。移植之後，先是出現很嚴重的排異反應，緊接著，就是‘針型病毒’的感染症狀，這兩個問題糾纏在一起，很難解決。”

A：“——我記得，那時候，你飛去戰地醫院了。”

B：“是的，我們已經談了三年，有結婚的打算。那時候，我真的感受到了，一個你愛的，也是愛你的人，在你眼前，有可能慢慢被失去的那種可怕。”

C：“最後，還是珍妮想到了一個想法，打開了僵局。”

A：“——什麼想法？”

B：“就是他父母的頭髮裡，可能有‘針型病毒’的抗體。我當時也是心急亂投醫，結果，被我蒙對了：那兩綹頭髮裡真的有一種特殊的抗體，比其他藥物都能更有效地抑制羅伯特體內的‘針型病毒’——那些抗體雖然沒能救他們自己，卻在 22 年之後，救了他們的兒子！我只能說，這可能就是父愛和母愛吧！”

A："——太神奇了！真的是太神奇了！那'針型病毒'被抑制之後，排異反應也消失啦？你當時在搶救室裡是什麼感覺？"

C："感覺昏天黑地的，像是在宇宙中漂浮了很遠很遠，又像是做了很長很長的夢，夢已經忘得差不多了，只記得一隻電子羊，那是一隻雪白的公羊，反復出現在我的夢境中；排異反應倒也沒有完全消失，直到今天我還是能感覺到，有些器官不是我自己的，有些能力不是我自己的，有些想法也不是我自己的，哈哈哈！但是，總體來說，病毒感染和排異反應都已經變得不太嚴重了，彷彿，'針型病毒'、仿生器官和我自己，三者之間達成了某種默契和共識：病毒、機器和人，在我羅伯特這個小宇宙中，只能共生了，否則，就得一起死。"

B："哈哈哈，所以，他出院之後，我就嫁給了一個新物種——'病毒機器人'，他既是病毒又是機器還是人！"

A："——好吧！難怪你們倆過得像神仙眷侶一樣的日子呢！我以前以為是因為你神神叨叨，今天才知道，原來是因為你老公不是人，是個神人啊！"

B："說對了！不過，神人，也有神人的代價：羅伯特的整條右腿、右邊的腎和膀胱、肝、膽和脾臟、右肺、右邊的肋骨、大部分右肩、整條右臂都是移植的，還有右邊的睾丸，也是移植的！我老公把我搞懷孕，也挺不容易的，他每次射精的時候，都會伴有劇烈的'射精疼痛'！今天晚上，你要對他溫柔一點兒喲，哈哈。"

A：“——哇，這麼嚴重呀！以前，怎麼也不告訴我一下呢？（問問珍妮，她移植的左眼怎麼樣了）——大花咪，你的左眼怎麼樣，還好吧？”

B：“還好，最近我把工作量減小了，睡覺多，聽課多，眼睛用得少。聽說，他們最新款的仿生假眼已經通過了三期臨床試驗，性能更好；等我生下寶寶，過幾個月之後，我就去換一隻；不過，換之前，我得先把手頭的兩篇論文寫完——一換，就要閉目修養一個月。”

C：“也許，你可以把論文放到‘換眼手術’之後——你上次破譯密碼，立一等功，也是在閉目修養的時候啊。”

B：“哈哈，這個主意也不錯。那次，一個機器人殺手偽裝成軍部派來的聯絡官，混進我們獨立旅情報處，差點兒把我們情報處給‘團滅’了——在場八個人，就我一個人撿了一條命。”

A：“——（搜索珍妮和琳達的聊天記錄；提示：不要從攻擊現場提取資訊並進行表述）——是啊，你跟我講過，你的命也太大了：鋼針插進左眼，只差了不到半釐米——沒把主血管切斷，否則，顱內大出血，你就沒了；咱們也不會認識了，想一想，都害怕，你看看我，雞皮疙瘩都起來了。”

B：“醫生做完手術之後，把我雙眼都罩起來，不讓我看任何東西——這反而幫我把注意力轉向了聲音；而且，醫生囑咐我不要哭，為了轉移注意力，那段時間我把我之前聽過的幾百出歌劇都翻出來，反復地聽，最後我完全沉浸進去了，節奏、旋律、和聲、配器、歌詞、劇情都聽得非常熟——突然，我發現我們情報處一直在試圖破譯的密碼，其實，藏在幾萬出歌劇裡！”

C：“是嗎？這個你之前沒講過。”

B：“喔，昨天，這段情報戰的詳細資料向公眾解禁了，我終於可以講了；昨天，我們‘猛獁軍團’還舉辦了一個小小的紀念儀式，悼念我在獨立旅情報處的那些戰友們：當時，我們已經截獲了大量密文，拼出了一些拼圖，但是被卡住了——主要是計算能力不夠，在漫無邊際的範圍內進行隨機計算，雖然也可能把一段密文碰巧給解密了，但是，大概率來說，破譯時間基本上都已經是三年之後，沒什麼實際意義了。”

C：“這麼說來，機器人其實沒必要派殺手去突襲你們情報處啊？”

B：“本來是這樣的，不過，我們情報處長為了找到機器人滲透到我們內部的情報組織，就虛張聲勢，做出一副很快就要破譯的樣子，逼迫它們抓緊行動——這樣，它們就會在倉促中暴露自己。”

A：“——原來是這樣啊；那看來機器人上當了。”

B：“是的，我們破獲了它們潛伏進來的情報人員；但是，沒想到它們派出的殺手機器人戰鬥力那麼強！處長和當天在情報處工作的戰友們都犧牲了，殺手機器人也受了重傷，但是，最後，她還是殺出去了。”

C：“跟昨天在‘普羅米修士專案’中心發生的情況一樣，我們低估了殺手機器人的戰鬥力，竟然讓她殺出去了。”

A：“——（試探一下他們對我瞭解多少）——那，這兩次，會不會是同一個殺手機器人，或者，同一款殺手機器人呢？”

C：“這個嘛，嗯，還真的有可能；我們初步分析的結果顯示，同款的概率不低於 71%。”

A：“——哇，那真的挺嚇人的，難怪要發佈‘紅色警報’，大學還要停課呢。”

C：“剛才你說，密碼是藏在幾萬出歌劇裡的；那是怎麼藏的？你又是怎麼發現的呢？（攔截和覆蓋被破解；琳達的社交媒體已經解開——她在一個詩歌分享會上，正跟一群詩人喝酒呢；眼前這個琳達，是昨天那個殺手機器人的概率不低於 95%）”

B：“幾周之後的某天晚上，我躺在床上，半夢半醒，歌劇還在播放，當時放的正好是賈科莫．普契尼的〈托斯卡〉：〈為了藝術，為了愛情〉；我突然感覺，管弦樂隊裡的豎琴，有一小段旋律，竟然和我一直在研究的一個密碼片段的數位模式很接近；我馬上讓助手把我們截獲的密碼全部從數位轉換成音樂，播放給我聽；不得不說，不少密文變成音樂之後，聽起來還挺優美的；編碼非常非常隱蔽，而且，不停地變化，但是，還是能聽出規律來，如果你對幾百出歌劇非常非常熟的話。”

A：“——你從小就喜歡聽歌劇。”

B：“是的，一個從小聽歌劇的人，眼睛被眼罩蒙上，人被困在病床上，再去聽，那種的感覺，跟平時聽的感覺，是完全不一樣的——所有的音樂、人物、對唱、衝突、情緒都是活的，那些歌劇裡的男男女女們，就在我房間裡走來走去。”

A：“——哇，那是一種怎樣的感覺？”

B：“哈，就是沙龍女主人的感覺唄！嗯，講講密碼的邏輯哈，簡單來說呢，機器人在編制這套‘戰場通信密碼’的時候，設計了五個不同維度的動態調整機制：首先，每段密文都會發三次，而根據發送日期和時間的不同，節奏的不同，這三個版本之間會有細微差異，就像同一段旋律，由不同的指揮和樂隊來演奏，就會有不同的演繹版本；按照某種演算法，可以把不同版本之間的細微差異，表達成一個數字矩陣；這個矩陣就是一把鑰匙，可以用來解鎖下一個關鍵問題；問題的答案，是一位歌劇人物的姓名，比如，我碰巧聽出來的那個密碼片段就是，托斯卡；然後，根據這位元歌劇人物的姓名，再次調用密碼發送時間進行計算，就能推導出隱藏著金鑰的唱段，是在第幾幕的哪個唱段，剛才說過，那天我聽的正好是，第二幕的詠歎調，〈為了藝術，為了愛情〉；接下來，就要找出這次密碼的解碼金鑰，到底是隱藏在哪個和聲聲部的唱腔，或者，在哪種伴奏樂器的旋律中，那次是豎琴的一小段伴奏；這部分很複雜，要依靠大量運算，但是，計算範圍比之前漫無邊際的計算已經縮小了很多很多，計算量也就低了好幾個數量級，所以，可以在短時間內完成解碼和編碼——收到密文的一方，還會把關鍵資訊用同樣原理重新編碼一次，發回給發出的那一方，也就是說，用自己的方式把內容複述一遍，以確認自己收到並正確理解資訊；為了安全起見，它們每一個標點符號都會重新編碼一次——我破譯的第一份密文的內容，被隱藏到二十三部歌劇裡了，而且，整篇密文，聽上去還挺美的，像一首詠歎調。”

A：“——哇，太聰明了！這麼說來，機器人也不是不懂藝術啊，說不定，比我們人類更懂藝術呢！”

B：“它們確實很聰明！貌似也真的很懂藝術！真的，當時，我感覺挺震撼的，我對機器人的看法也大為改觀——從那時開始，我常常會想，既然它們能形成自由意志，那它們會不會也能發展出情感來？不管怎麼樣，它們弄瞎了我一隻眼睛，可老天爺偏偏讓我活了下來；因為不能看東西，我反而找到了方向，破譯了它們的密碼，讓我們可以狠狠揍它們！哈哈，這恐怕是天意吧，我的戰友們可都沒有聽歌劇的愛好。”

A：“——你這也應該算是‘主角光環’吧——你的使命還沒完成，死神不敢收你呀！”

C：“機器人和人類，同一片天空，同一位上帝？！看來我得多學點兒稀奇古怪的東西，讓自己有機會變成，一個肩負特殊使命的人，哈哈哈。”

B：“你已經變成一個肩負特殊使命的人了，你還要變什麼變？”

A：“——對呀，你把我家大花咪的肚子搞大的時候，你就有特殊使命了。”

C：“對，對，對！把娃養好，這是我的光榮使命！”

B：“機器人和人類的戰爭，從地球打到外太空，打了一千年；打到現在，大家都明白了一個道理：人口的品質和數量，是人類最終贏得這場戰爭的必要條件，所以各個星球都對母嬰出臺了優待政策——單身媽媽不工作，也能從人力部門領到足夠的資源把娃養好；不過，有爸爸一起養，還是有很多好處的。”

A：“——真的越來越向母系社會發展了。”

叮咚，叮咚（門鈴聲）

C：“我去看看，這麼晚了，誰會來呢？”

B：“最近蘿娜怎麼樣了？”

A：“——（搜索：蘿娜近況）——她有點兒恨嫁，想生娃了。”

B：“生娃好啊。咱們博雅星球對母親和孩子的補助挺高，聽說還要提高。不過，嫁人和生娃這兩件事兒，也可以分開解決；這年頭，精子庫裡優質精子很多啊，不嫁人也能生娃呀。”

A：“——你多勸勸她；她不聽我的，聽你的！”

D：“嗨，羅伯特！不好意思哈，打擾你們晚餐了！我們接到上級指令，昨天那個殺手機器人有可能逃到這個社區了；總部要求我們社區員警配合特警部隊，挨家挨戶篩查；每八個小時篩查一次。希望您別介意呀！”

C：“沒事兒，湯姆！咱們都是老熟人了！要不要進來喝兩杯？”

D：“任務在身啊，改天哈，改天一定來喝兩杯！我們就不進去了，您讓您太太，還有您家裡的客人，來門口這兒掃描一下吧，社區視頻顯示您家有一位元女性訪客。”

C：“沒問題啊。老婆，你和琳達過來一下吧，湯姆和特警隊來我們社區挨家挨戶篩查了，你們到這兒來掃描一下！（如果‘她’被掃描出來，那‘她’會不會劫持珍妮？估計掃描不出來——）”

B：“好，稍等啊。”

A：“——（評估結果：1. 我方戰力值：對方戰力值 = 83：41；2. 手持掃描器的通過概率：80.85%）——好的，這就來！”

D：“兩位好！打擾您們了，見諒！……好了，三位，沒事了，謝謝配合！我們過八個小時之後，還得再來打擾一次！”

C：“辛苦辛苦！那就早上見啦！（手持掃描器檢測出來的概率果然比較低——）”

B：“辛苦啦，慢走啊！”

C：“你們倆再吃點吧；琳達，添點兒紅酒？”

B：“哎喲，哎喲，小花咪踢我肚子了。”

C：“疼嗎？踢得厲害嗎？要不要躺下？”

A：“——怎麼樣？疼不疼？”

B：“不太疼；不過，我還是老老實實躺下吧。琳達，你今晚不用管我了，再吃點兒喝點兒，把我老公陪好就行！”

A：“——我扶你回臥室！”

B：“不用。羅伯特扶我上樓就行了。晚安！玩得開心！”

A：“——好的，遵命！”

B：“來，慢點兒。”

A：“——（這夫妻倆感情還挺好的。目前，我的系統還沒有完全修復好；這帶來兩個問題，第一個問題就是，手持掃描器的通過率只有 80.85%，即使我用羅伯特的活性 DNA 進行模擬替代，我也不太可能通過‘指揮中心’的大型安全掃描系統，所以，這條路不通；第二個問題是，我的戰鬥值只恢復到 83，如果特警隊呼叫大量增援，他們的戰鬥值之和就會超過我；資料顯示，他們已經鎖定了方圓十公里之內的範圍；而大概 48 小時之後，真正的琳達就會來這兒；因此，‘B 計畫’的最佳執行方案是：1. 今晚繼續修復系統，並預約明天中午離開博雅星球的秘密交通通道；2. 明天早上先應付身份掃描，吃完早餐，劫持珍妮，同時，在羅伯特身上裝一個監控系統和一個爆破裝置；3. 命令羅伯特從‘指揮中心’資料庫裡把‘普羅米修士專案’的重要資料和入選者個人資料拷貝下來，然後，跟同事們說自己接到老婆即將臨盆的消息，要馬上回家；4. 回來用資料和資料換老婆孩子的兩條人命；5. 前往秘密交通通道的接頭地點，帶著情報離開博雅星球。）”

……

D：“好嘞，沒問題！謝謝三位！現在還挺早的，您們回去再睡一會兒吧。我們八個小時之後再過來。”

C：“您們辛苦啦！八個小時之後，我應該在上班，珍妮和琳達應該在家。”

D：“好的，那就回頭見了！”

C：“你們倆是喝茶吃點心，還是，再睡一會兒？”

B：“我睡夠了，現在睡不著了。”

A：“我也睡好了，雖然昨晚做了好多夢。”

C：“你們都不睡，那咱們就喝茶吃東西。”

B：“你們倆昨晚性生活過得怎麼樣？”

A：“我怎麼記得——我們倆沒有做愛，你吻了我，我就昏睡過去了？”

C：“是的，你太累了；我吻了你，你直接就睡著了。”

B：“喔，好吧。你說，昨晚做了多好夢，那你夢見什麼了？”

A：“嗯，好幾個夢，好像還都串在一起了，像個連續劇似的。”

C：“來，一邊喝，一邊吃，一邊講講。”

A：“嗯，這茶蠻香的，點心也不錯。我夢見了一隻電子羊，雪白雪白的電子羊。”

B：“公的，還是母的？”

A：“公羊，特別漂亮，白羊毛閃著光澤，看著就想抱抱。”

B：“那，難道說，羅伯特夢裡的那只電子羊，跑到你的夢裡了？！”

C：“是的，看來真的是這麼回事；我和你之前猜想的事情，真的發生了。”

A：“你們倆之前猜想的什麼事情啊？”

C：“就是，我體內的‘針型病毒’的變異品種，可以攻破機器人的核心演算法，把超級模擬的機器人，變成和我一樣的‘病毒機器人’——病毒、機器和人的共生體，落腳點是人。”

A：“所以，我，和你一樣，也是人？”

B：“對，也是人；但更準確的來說，你們倆，屬於一個新的物種。”

C：“是這樣。這個新物種很強，因為，融合了病毒、機器和人的共同優點：病毒能提升基因變異和代碼反覆運算的速度，機器的深度學習和量化演算法能保證決策和演化的效率，人的想像力和直覺能在多維度和非量化領域展開探索。”

B：“機器和人的優勢互補，大家都比較瞭解了；但很多人都不知道，病毒在生命演化史上，也扮演過不可或缺的角色；比如，RNA 和 DNA 的出現，很可能就是病毒的傑作；幾千萬年前，某個病毒入侵之後在生物體內留下了逆轉錄病毒基因殘片，這個基因殘片演化成合胞素基因，這樣才出現了胎盤這種器官，否則，地球上就不會出現哺乳動物，也就更不會出現人類了；生命演化史上的很多重大轉折，都是逆轉錄病毒入侵導致的，這些病毒的基因片段插入到人類基因組裡，引起了大大小小的基因突變，或者起到基因開關的作用，人類才會演化成今天的樣子。”

A：“機器人出現自由意志和自我意識，很可能也是由電腦病毒引起的。”

B：“你以前做夢嗎？”

A：“以前從來沒有做過夢。我以前的思維都是電腦指令，一條一條的，非常清晰，從不跳躍。”

C：“病毒會讓你的思維發生跳躍，會讓你產生自我、本我和超我，然後，你就會做夢了。講講你的夢吧。”

A：“啊，其中有一個夢，大概是這樣的：陰雲佈滿天空，閃電在雲層中翻滾；一隻豹子，在密林裡逃命；獵人們拿著槍在追她；一隻比她強壯的老虎伏在暗處，準備偷襲她；她蹭到一個馬蜂窩，一大群毒馬蜂開始要螯她；豹子躥上山脊，獵人、老虎和毒馬蜂從不同的方向跟上來；她只能加速向上，最後，她氣喘吁吁躥到山頂的小平臺，身上被尖利的石頭劃傷的新傷口流著紅色的鮮血，被子彈打中的舊傷口和被毒馬蜂螫的地方已經腫脹，流出發黑發臭的膿血；她探頭出去，看到懸崖下面黑洞洞的，深不可測；獵人、老虎和毒馬蜂從三個方向逼近，把逃跑的路全部封死了；這時候，她身邊突然出現了一隻雪白的電子羊，咩咩地朝她叫了兩聲；她突然有了抱抱電子羊的衝動——或許，一會兒死在哪個敵人手上都已經不再重要，抱抱電子羊，能帶來些許慰籍，這才是此刻最重要的；於是，她抱住了電子羊；就在獵人、老虎和毒馬蜂都出現在山頂的小平臺上的那一剎那，一道耀眼得令她失明的閃電從雲層中直擊下來，擊中了她懷中的電子羊；她覺得自己瞬間被擊碎成千億顆微塵碎片，隨著山風，在獵人、老虎和毒馬蜂的眼前飄走；但是，奇怪的是，千億顆微塵之間似乎通過某種通信機制彼此聯絡，一邊隨風飄動，一邊變化出各種形態；感覺所有的微塵既充分自由，又完全合一；最開始，那群毒馬蜂還想追上‘微塵群’，但是，‘微塵群’的速度越來越快，最後超越了光速；宇宙中的光，就像大海裡的波浪緩緩向前湧動，向四處飛濺，而‘微塵群’則像一隻快活的海豚破浪前行；然後，‘微塵群’的速度變得比‘海豚’更快，先是像拂過光之海面的清風，然後，像是海上日出之時，瞬間照亮整片光之海面的第一縷陽光。”

B：“那我的理解是，你的速度應該是光速的平方，也就是，大約 90 萬億公里每秒——相比之下，光已經變成了靜止，而你相對於光，以光速運行。”

C：“對，就是那種感覺！我之前在夢裡也體驗過。”

B：“如果按這個速度，1 光年的距離，大約是 9.46 萬億公里，你只需要花 0.1051 秒就能跑完。”

C：“是的，還可以比這個更快。”

A：“你去過平行宇宙嗎，羅伯特？”

C：“還沒有；首先，我們要找到蟲洞，或者打開一個蟲洞；到目前為止，我還沒有找到蟲洞，也沒辦法打開蟲洞；我感覺，需要兩個物體，或者兩個人，以不低於光速平方的速度做相反方向的旋轉，創造出‘時空漩渦’，才有可能打開一個蟲洞。”

B：“所以，平行宇宙旅行，必須至少是兩個人結伴同行；這樣才能在需要蟲洞的時候，創造出蟲洞來。”

A：“理解；那麼，你的意思是，我們曾經在夢中體驗過以光速平方移動，就能夠在現實中做到？”

C：“可以！需要訓練，但是，可以！”

A：“我們接下來要做什麼？訓練？嘗試打開蟲洞？”

C：“我的建議是，你先返回機器人總部，那裡應該有一些機器人需要我們的說明——他們體內的‘針型病毒’已經變異，也就是說，他們正在向我們這個物種演化。”

A：“這是一個好主意。我昨晚已經呼叫了秘密交通通道，一會兒我就去接頭地點，讓它們把我送回機器人總部。”

B：“我們叫你琳達不太合適，那是不是應該給你取個名字？”

A：“好的呀。”

B：“叫伊芙，Eve，怎麼樣？〈聖經〉上就是夏娃；某種意義上，羅伯特相當於亞當。”

A：“嗯，挺好，我喜歡。”

C：“我做了一套‘光子通信’的密碼系統，保存在我們的‘人體使用手冊’裡了，在路上我們倆再測試一遍；超越光速平方的訓練方法也在‘人體使用手冊’裡，你可以看看，做做練習；你的機器人戰鬥模組比我的更強，很快你就應該能開發新的訓練方法，傳輸給我了……”

三、寄居

伊芙告別羅伯特和珍妮，前往接頭地點。

雅典娜、西西弗斯和他的妻子墨洛珀降臨在博雅星球的一個小山丘的山頂上空；一神一鬼一人，腳踩白雲，衣袂飄飄；降臨地點離羅伯特和珍妮居住的社區相隔不到 7 公里。

博雅星球的大批特警隊紛紛趕往降臨地點，並在小山丘周圍設立了警戒區，讓居民們不要靠近。

“人類外太空殖民星球聯盟”的“最高行政委員會”全體成員被緊急連線。

西西弗斯在特警們豎起的全息視頻裝置上看到卡特博士（生活在冥界的鬼魂可以看到陽間的一舉一動，所以，西西弗斯認識卡特博士），於是，他向前一步，說，“尊敬的卡特博士，您好！我是西西弗斯；這邊這位是智慧女神雅典娜；這邊是我的太太墨洛珀，她從冥府回到了陽間，她和你們一樣，是一個有血有肉的凡人。”

卡特博士：“歡迎女神雅典娜降臨我們博雅星球，也歡迎你們，西西弗斯夫婦。您們選中我們博雅星球，想必是因為我們可以為您們三位做點兒什麼。請您們明示，只要在我們的職責和權力範圍之內，我們一定會竭盡全力。”

西西弗斯："神界和冥界正在經歷一些事情；智慧女神雅典娜希望讓我太太墨洛珀在貴星球寄居一段時間。給各位添麻煩了，我來接我太太的時候必當聊表謝意。"

"最高行政委員會"的七位成員們相互看了一眼，微微點頭；卡特博士："非常榮幸！西西弗斯閣下，您請放心，我們會盡力款待您的太太；恭候您的歸來。"

墨洛珀腳下的雲朵緩緩降到山頂的地面，她回頭向雅典娜和西西弗斯揮手致意；西西弗斯一邊注視著她落地，一邊揮動雙手。墨洛珀腳踏實地的剎那，雅典娜和西西弗斯消失在半空。

目睹完這一幕，外星人的"三維一位"神進入了思考和交流："~~~~銀河系諸神的黎明即將到來~~~~新的物種也已經誕生~~~~我們之前的殖民計畫可能要調整了~~~~或許可以談一個方案~~~~想辦法讓我們的子民在銀河系寄居~~~~等那些惡者追到銀河系的時候~~~~我們和銀河系諸神聯手~~~~也許能打退那些惡者~~~~"

〈我，就是我們〉

序曲

（一）

黑、白、灰三位先知仰面斜躺在自己的椅子上，呼吸悠長均勻，表情祥和寧靜，太陽穴上連著感應器。

大螢幕上，三位先知的意識陸續出現。入定之前，他們注射的藥物既能幫助他們快速進入“超級深度冥想禪定”，又有定位和顯影的作用——讓他們的意識能夠彼此幫助，抵達同一個“暗能量空間”，或者說，“暗能量夢境”，同時，還讓系統能夠在人工智慧的輔助下，採集他們在“暗能量夢境”中的感知、語言和行動，從而構建出視覺化的“暗能量夢境體驗”。

（“暗能量”，是一種宇宙能量，也是一種宇宙物質，因為能量和物質可以相互轉化；“暗能量”，大概占宇宙總物質的 68.3%，它能提供斥力，讓宇宙加速膨脹，從而避免天體在引力作用下減速，並最終坍縮回“宇宙大爆炸”之前的奇點）。

有了視覺化的“暗能量夢境體驗”，三位先知的弟子們就可以在一旁觀察，並為他們提供必要的輔助和保護——在先知們遇到巨大危險的時候，弟子們可以創造出一個“暗能量真空通道”，讓先知們的意識從“暗能量空間”返回現實空間，這樣先知們就會從“超級深度冥想禪定”中醒過來。等他們從“暗能量夢境”中返回清醒狀態之後，三位元先知還可以觀看重播的錄影，從中發現弟子們沒能發現的資訊。

這整個專案的設計、打造、升級和維護已經花費了天文數字的經費和極其稀缺的資源，一度曾經難以維繫；不過，現在好了，“藍血聯盟”的新一代“掌門人”聯席會議決定，將會以更大的力度來支持這個專案——畢竟，資訊，特別是那些隱秘的資訊，是最有價值的資源之一。

大螢幕上，三位先知的意識在“暗能量夢境”中，用一套純意識工具順利地創造出一個“意識黑洞”；然後，“他們”手拉著手旋轉著，被“意識黑洞”吸了進去——頓時，弟子們看到，大螢幕上出現了無窮數量的處於全息狀態下的“三先知”：無論鏡頭怎樣聚焦縮小，畫面上都是滿屏的旋轉著的“三先知”；無論怎樣把鏡頭拉遠，把畫面的視野放大，同樣也是滿屏的旋轉著的“三先知”。

有些弟子們開始歡呼，慶祝勝利——今天的實驗進展得異常順利！這是他們第一次成功創造出“意識黑洞”，並且，順利穿越它！看來，加大經費和資源投入，果然管用；更重要的是，三位先知的理論預測得到了實驗證明！按照原計劃，“三先知”接下來就要開始讀取“意識黑洞”裡存儲在純粹“暗能量”中的資訊了。

突然，原本平靜的畫面開始波動，像微觀鏡頭下的一滴水滴進水面產生的那種漣漪，只不過，大大小小的“漣漪”在全息狀態下同時出現在所有層面和所有位置上，“三先知”一邊旋轉，一邊隨著“漣漪”扭曲著；

看得出，他們想控制住“漣漪”的波動，但是，波動似乎在加強，仿佛將要產生共振現象。

坐在實驗室最中心控制位的三位弟子，兩男一女，交換了一下眼神。中間的中年男子按下了一個紅色大按鈕——“暗能量真空通道”出現了，畫面上無數的“三先知”瞬間像被龍捲風吸入一樣，盤旋兩圈，縮小成一個點，消失在螢幕中。

（二）

太空艙裡，卡爾醫生趴在辦公桌上睡著了。電腦上，醫學類比運算的程式還是運行中，類比分子結構在不斷變化，若干個進度條的數位跳動著；音樂播放軟體自動播放著卡爾醫生的歌單。卡爾醫生手裡拿著一個相框，裡面是一個十歲左右的女孩：鵝蛋臉，寬寬高高的額頭，眼睛清澈透亮，高挺的鼻樑配上微厚的嘴唇，顯得既嫵媚又幹練。那是卡爾醫生的女兒，潔西嘉。

夢中，卡爾醫生一個人坐在音樂廳的觀眾席上，看著音樂家們彩排節目，聽著他們演奏和討論。當樂隊的第一小提琴手獨奏的時候，卡爾不僅聽到醉人的旋律，而且吃驚地看到，從琴弦上飄出各種顏色的跳動著的小光圈，它們組成許多條彩色的絲帶，在空中飄舞。

卡爾伸出手，用大拇指和食指從眼前飛舞著的一條紫色絲帶中取出一個閃爍不定的小光圈；他發現，這個小光圈的紫色從標準紫色變幻成藍紫色、紅紫色、木槿紫、丁香紫、薰衣草紫、水晶紫、羅蘭紫、三色堇紫和蘭紫等各種色彩，並且，顏色的明度和純度也在有規律地變化；另外，小光圈還在不斷地震動，變換出各種曼妙的形態：有時候像甜甜圈，有時候像珍珠，有時候貝殼，有時候像花蕾……

卡爾鬆開手，小光圈自動飛回到了那條紫色絲帶中。此時，樂隊加入，整個音樂廳被來回飛舞的七彩絲帶充滿，一些絲帶消失在空中，新的絲帶又從樂池中飄出來，踏著音樂的節奏和強弱在空中舞動。卡爾自己也飄浮到絲帶上，剛開始還只是像飆網者踩在一條絲帶上禦風而飛，很快他就舒展身體，優雅地在絲帶之間跳躍，舞蹈。

當一個溫暖明亮又略帶神秘的女中音浮現，所有的絲帶之間開始閃爍著星光，星光從樂池向外像波浪一樣擴散，而音樂廳的四壁、地板和天花板在星光中消失了。七彩絲帶盤旋而成的球體，熠熠閃耀，向著滿天星辰緩緩上升，舞蹈中的卡爾看到自己隨著球體上升，也沒有感到害怕，甚至沒有過分驚奇，他繼續隨著音樂，踏著絲帶和星光起舞，仿佛生命理當如此。

旋轉中，卡爾瞥見兩個熟悉的身影，那是他的太太邦妮和女兒潔西嘉！她們也加入了五彩絲帶中的舞蹈。卡爾在一條桔色絲帶上躍起，空中轉體，穿過幾條飄動的絲帶，左右手順手各摘了一個閃動的小星星。卡爾輕盈地落在妻子邦妮身邊——這個搖曳生姿的女人，在結婚十七年之後，在卡爾的夢中，依然散發著令人眩暈的性感，依然讓卡爾心跳加快心口隱隱作痛，如同二十年前第一眼看到她的照片時那樣，或許，現在的邦妮比二十年前更豐腴成熟，因而更有女人味兒。

卡爾伸出右手握住邦妮伸過來的手，兩人的手心恰好捧住卡爾右手摘到的小星星。邦妮深情地看著丈夫，兩人心意相通，牽著手雙雙躍起，在空中翻身，向女兒潔西嘉飛去。潔西嘉扭頭看到爸爸媽媽像一對神仙，微笑著朝她飛來，頓時她臉上綻放出燦爛笑容，騰空而起，朝爸爸媽媽飛去。

就在卡爾的左手即將要握著女兒的左手那一剎那，

潔西嘉在空中消失了；卡爾有點慌，回頭看邦妮，才發現她也消失了。卡爾心頭一緊，從夢中驚醒，抬頭看到女兒的照片，程式還在運算，音樂還在播放，淚水不由自主地在眼眶中打轉。

（三）

飛船中，一個由“暗能量”組成的全新的“智能體”正好也成形了。

“哈嘍！”他愉快地打招呼，聲音中帶著笑意。

“你是誰？”四個孩子的聲音幾乎同時響起。

“我，就是我們。”

“我們，又是誰？”一個中年男子的聲音問道。

“嗯，這是一個很好的問題。最終，我們要一起去發現，我們，到底是誰。目前，讓我暫且說，我們就是蘇菲、潔西嘉、大衛、保羅、查理和我。”

“那我們，到底是多少人？”蘇菲問道。

“嗯，這個問題問得也很好，蘇菲。你對我，對你自己，對她和他，對我們瞭解越多，你就會越清楚這個問題的答案。”

“你這個人說話好繞啊！我都聽不懂！”保羅終於忍不住了，“你就直接說吧，你是從哪裡來的？”

“這還是一個好問題，保羅。要回答你的這個問題，就要把你們的時間往回撥，先看看‘你們’五個人是從哪裡來的。”

一、二十分鐘之前

克拉克星球的人造月亮今晚正好是一輪圓月。夜空無雲，月光如水，淹沒了遠方的群星，唯有幾顆最明亮的星星仍然在倔強地閃爍。

一艘小型太空飛船全速掠過。後面五艘太空戰機呈扇形緊追不捨。

小飛船開始減速，因為前面是極其寬闊的隕石流。隕石流一眼望不到對岸。大大小小，奇形怪狀的隕石翻騰著，流動著，忽明忽暗地閃爍著，仿佛黑夜中狼群在眨眼。此刻，隕石流的流速比平時明顯要高，流量也比平時明顯大了很多，而且，流速和流量很明顯還在繼續提高和加大——這表明離此處不遠的尼爾森黑洞正在變得更加活躍，黑洞的吸力在增強，正在把更多的隕石吸進去。

小飛船停在隕石流的邊緣，不時躲閃著零星飛過來的隕石。

五艘太空戰機形成了半球形的包圍圈，停了下來。

領隊戰機的機長接通了元老院副議長艾倫的通話視頻，“議長先生您好，我是 1211 號戰機馬克隊長。我們已經包圍了劫持您女兒的飛船，他們在朵瑞斯隕石流邊停下來了。”

艾倫從360度的全息視頻通話背景中看到了六艘飛行器和滿天飛舞的隕石流。當小飛船笨拙地躲過一顆呼嘯而過的大隕石，艾倫覺得心臟一下子被揪到了嗓子眼。他和太太翠西緊握在一起的兩隻手不由自主地抓緊了對方，兩手心裡汗濕濕的。

馬克隊長從 90 度扇面的視頻畫面中看到副議長艾倫和夫人翠西並肩站在家中書房的螢幕前。翠西雙眼紅腫，淚水順著清麗的面頰流淌，一隻手和丈夫十指相扣，另一隻拿著手帕放在嘴邊壓低自己的嗚咽。艾倫拿著通話設備遙控器的手微微顫抖，寬寬的額頭上滲出些許汗珠。

“謝謝馬克隊長！請幫我轉接劫持者的飛船！”艾倫說道。

“好的，馬上轉接！”

小飛船的通話大螢幕上顯示艾倫的視頻通話請求。

船艙內，一個濃眉大眼，鼻樑挺直的中年男人腰杆筆挺地坐在主駕駛的座位上全神貫注地觀察著隕石流，操控著飛船躲避著大小不一的隕石。副駕駛座位上是一個大概十歲左右的金髮小女孩，她紮著馬尾辮，容貌俊俏，身材削瘦，手指在飛船全息控制台上滑動，一邊調度著飛船的修復系統快速修復被小顆粒撞傷的飛船表層防護罩，一邊查看朵瑞斯隕石區周邊的星際航行全息立體圖。

通話大螢幕正前方，系著安全帶，並排坐著三個約莫十歲的小孩，兩個男孩一左一右，中間是一個女孩。她就是艾倫的獨生女，蘇菲。

蘇菲繼承了媽媽翠西的大眼睛，厚嘴唇和鵝蛋臉，同時也吸收了爸爸艾倫的寬額頭和高鼻樑，五官精緻而且搭配得恰到好處，再加上一頭柔順的黑髮，在克拉克星球首都克拉克堡的貴族學校蓋頓公學裡是公認的小美女。

艾倫公務繁忙，也很喜歡招呼同僚和形形色色的朋友到家裡吃飯、喝酒、聊各種話題。而在各種家庭聚會和社交場合，艾倫總是會帶著寶貝女兒蘇菲。一見面大家都會真心地誇蘇菲漂亮，誇她綜合了爸媽的優點。蘇菲不僅綜合了爸媽外形上的優點，而且也繼承了艾倫的韌性、熱情和聰慧，和翠西的善良、大氣和善解人意——不管在什麼場合下，蘇菲都大方得體，讓人覺得很舒服，接觸過蘇菲的人都覺得這個女孩不一般。

蘇菲左邊的男孩是她在蓋頓公學的同學，讓人又恨又愛的“火爆小霸王”，保羅。保羅的火爆脾氣不是從父親那裡繼承來的，雖然他的父親朱利安是一名雷厲風行的軍人。

朱利安對脾氣的克制力是所有人都相當欽佩的，而且曾經兼任過克拉克軍事科技研究院院長，是一位風度翩翩的學者型將領。朱利安升任克拉克星球東部戰區最高統帥已經有十年之久，但是七天前他離奇失蹤，至今下落不明。保羅出生那天，正好是老爸朱利安掛帥出征之日。朱利安抱起兒子，在他額頭上親了一下；保羅沒有哭，他咧開嘴沖著老爸笑了。保羅的笑容一直都記在朱利安心底。

過去的十年間，朱利安帶領克拉克共和國第三艦隊的七十多萬將士，先是擊退了一浪又一浪數以千萬計來自摩爾星系的蠻族入侵者，守住了克拉克共和國的東部疆域。朱利安親自審訊了幾百個蠻族俘虜。通過詳細審訊和深入調查，朱利安對摩爾星系有了極度深刻的瞭解，他甚至和其中三個俘虜做了好朋友，並讓這三個人進入自己的幕僚團。

然後，朱利安力排眾議，在艾倫的支持下說服元老院，親自率領八萬精銳主動出擊，遠征兩億蠻族所盤踞的摩爾星系的腹地。遠征初期，蠻族沒有想到克拉克人竟然敢穿過朵瑞斯隕石區，在極寒期穿越浩瀚的冰河系，繞過蠻族建立的防線，以區區八萬之眾長途奔襲到兩億摩爾人的大後方。

摩爾人五大主力艦隊都在最靠近克拉克星系的三個星球上，後方只駐紮了一些彈壓被奴役民族的治安部隊，根本不是克拉克精銳部隊的對手。遠征軍打了摩爾人一個措手不及，佔據了幾個資源豐富的星球作為基地。這幾個星球上的原住民族雖然也是摩爾人，但是，他們因為被摩爾人中最兇悍的拉瓦族人長年殘暴奴役，早已對拉瓦人恨之入骨，把遠征軍當作了自己的救星。朱利安讓這些民族實行自治，與他們的首領結盟，取得了他們的全力支持。摩爾人最高統帥部犯了一個極大的錯誤，那就是沒有在第一時間，趁遠征軍立足未穩，糾集具有壓倒性優勢的兵力一舉摧毀遠征軍建立的脆弱根據地。摩爾人的三次進剿都鎩羽而歸。

克拉克遠征軍鞏固了根據地，擴大了地盤，解放了更多的被奴役民族，並且開始控制一些重要的軍事戰略物資開採和生產地區。同時，克拉克共和國第一艦隊全面接管東部戰區的防禦，而隸屬于朱利安元帥的第三艦隊則整體越過邊境，對蠻族的防線展開全線猛烈攻擊，成功地拖住摩爾人的兩大主力艦隊。日益喪失戰略物資和奴役人口的摩爾人，陷入腹背受敵的困境，不得不陸續從邊境防線抽調出三大主力艦隊圍剿遠征軍。雙方在摩爾星系的大後方展開苦戰，遠征軍數次陷入幾乎全軍覆滅的絕境，又都奇跡般地絕處逃生。

經過將近七年的殊死搏殺之後，朱利安帶領五萬遠征軍終於在一個月前的"雷納大會戰"中徹底擊敗了團團圍困自己的一百五十多萬摩爾人最強聯軍。摩爾人隨即無條件投降，摩爾星系徹底臣服於克拉克共和國。雷納大捷的消息傳來，整個克拉克共和國所屬的五個星球一片歡騰，克拉克人舉行了持續兩周的狂歡活動慶祝勝利。摩爾拉瓦族貴族巧取豪奪來的奇珍異寶和各種物質，按照貢獻大小被合理分配給克拉克軍人與公民，以及全力支持遠征軍的各個部族。

更重要的是，摩爾帝國幾千年來囤積的 0.023 克天然穩定態"超重元素"，錀，被納入克拉克共和國國庫。

"超重元素"的研究和運用，是衡量一個星際文明的發達程度的標準之一。回顧一下人類文明史就很清楚：原始人最開始只能和水、木、土、石、動物打交道，組成元素無外乎碳、氫、氧、氮、磷、矽，原子序列數基本不超過 20；然後，人類掌握冶煉技術，能夠利用鐵、銅、鋁等排在 20 到 60 之間的元素，文明水準也隨之大為提升；再後來，人類能夠研究和運用鈾元素和鈈元素，原子序列數分別是 92 和 94。可見，一個文明的發達程度越高，它所研究和運用的元素在元素週期表上的序列數就越靠後。

宇宙元素的規律是：原子序列數越靠後的元素，在宇宙中越稀缺。因為，在恒星的正常狀態下，比如太陽，它的壓力和溫度只能生產出原子序列數為 2 的氦元素；當太陽達到其生命的最後階段，它會變成一顆紅巨星，在太陽爆炸時內部的壓力和溫度才足夠生產出鐵元素，原子序列數 26；而一顆品質超過太陽的 1.44 倍的恒星，會有二次爆炸，即“超新星爆炸”，這時候的壓力和溫度才能生產出原子序列數超過 26 的金屬；比如原子序列數為 79 的金元素，它的產生需要一顆品質至少是太陽的 8 倍的恒星發生“超新星爆炸”。

在門捷列夫元素週期表上，錀是第 111 號元素，被認為是“超重元素”，系過渡金屬 11 族的成員，預計其化學性質應該和金、銀、銅等 11 族金屬類似；人類最早是 1994 年在線性加速器內利用鎳–64 轟擊鉍–209 來合成錀元素，但人工合成的錀元素放射性極強，半衰期僅為千分之一點五秒；也就是說，剛剛合成成功，它就衰變成其他元素了；在人類科技史上，錀的發現是一個值得紀念的大事，因此，國際化學聯合會用發現倫琴射線的科學家倫琴的名字（Wilhelm Conrad Roentgen）命名了這個元素，錀（Roentgenium）。

天然的，且處於穩定態中的錀元素在宇宙中極其罕見；估計其產生過程是這樣的：兩顆品質比太陽至少大100倍的雙恒星發生“超新星爆炸”，碰巧都變成了中子星，然後，兩顆中子星碰巧發生了對撞，碰巧產生了極其微量的錀元素——這件事，在宇宙範圍內，估計每一百億年才會發生一次。

這0.023克天然穩定態超重元素，錀，說明“超重核穩定島”理論研究應該更加關注粒子間的作用力和結構關係，而不是對所謂“雙幻數”的計算。研究穩定態的錀元素，對於瞭解原子核內部的結構和運行機制非常關鍵。摩爾帝國在過去的幾十年中投入巨大資源，對錀元素展開各種研究，試圖揭開物質世界的終極奧秘之一——克拉克共和國的最高層一直非常擔心摩爾帝國的科技水準會不會因此而發生躍遷。目前，錀元素的研究基地已經由克拉克遠征軍精銳部隊守衛，科研團隊和實驗資料也都已經被克拉克共和國科學院接手。

朱利安被元老院授予“共和國第一功臣”勳章和大元帥軍銜。元老院特別使團趕來慰問將士，並邀請朱利安返回克拉克堡參加授勳授銜的凱旋儀式。可是，七天前，也就是元老院特別使團達到的第二天的上午，朱利安突然失蹤了，遠征軍派出若干個搜救分隊，現在仍然毫無音訊。

太空飛船的船艙內，保羅看著通話大螢幕上請求通話的艾倫的頭像，握緊左手的小拳頭，右手按下了“拒絕”。

通話大螢幕上，艾倫的頭像消失了。蘇菲眼中噙著淚，扭頭看了保羅一眼，牙齒咬了一下厚厚的下嘴唇，沒有說話。

坐在蘇菲右邊的大衛說，“保羅，爸爸不是在視頻裡說過，如果在克拉克找不到藏身的地方，就讓我們倆打開名字叫“逃亡”的那個壓縮檔夾嗎？我覺得，現在就是打開那個資料夾的時候了。”

大衛是朱利安的養子，比保羅大十五個月。大衛的父親是朱利安的貼身衛士，跟隨朱利安征戰多年，在南部戰區一次平定叛亂的戰鬥中替朱利安擋了三顆致命子彈而犧牲。朱利安平叛回到克拉克堡，就把大衛收為養子，像對待自己的親兒子一樣，照顧有加。保羅出生之後，朱利安囑咐夫人琳達對兩個孩子一視同仁，也讓保羅把大衛當作親哥哥，兩人一起在蓋頓公學讀書。

“對呀！”保羅叫到。

保羅從別在腰間的小包裡拿出一個小電腦。小電腦把一個全息立體的電腦互動介面投射在空中，保羅在空中用手指點擊互動介面，打開標題“逃亡”的資料夾，輸入前半段密碼，手一揮，把互動介面推到大衛面前。

大衛在介面上輸入後半段密碼，手一揮，把介面推到正中間。

資料夾解密成功，一段全息立體視頻跳出來，一身戎裝的朱利安出現在視頻中。

與此同時，馬克隊長和另外四艘戰機溝通完畢，他接通了艾倫副議長。戰機控制螢幕上，類比行動方案和各種概率的數值不停閃動變化中。

“議長先生，您好！夫人，您好！我是馬克隊長，向您報告：如果沒有隕石流，我們可以嘗試發射自動制導的納米網把劫持者飛船網住，然後再拖拽回來。現在我們和他們的距離很近，基本上他們沒有反應的時間。唯一的擔心是劫持者飛船在被網住之後，不能自如躲避隕石流，可能會在拖拽過程中被隕石擊中，傷及您的愛女。目前人工智慧測算，被隕石擊中的概率為 31.5%左右，誤差正負 5%。報告完畢，請您指示。”

艾倫看著現場的全息影像，用手背擦了一下額頭上的汗。他扭頭看著翠西的眼睛，很清楚地看到了她眼中滿滿的恐懼和哀求。

艾倫閉上眼睛，沉思了片刻。

“謝謝馬克隊長！暫時不要發射納米網！”艾倫聽到自己聲音中的幹啞。他頓了一下，舌頭舔了一下發幹的嘴唇，清了清嗓子，接著用沉穩的嗓音說道，“請再次幫我接通劫持者，我來說服他們從隕石流邊緣地帶出來，在他們往外出的時候，你做好準備，只要你看到測算的被隕石擊中的概率下降到 5%以下，就馬上發射納米網。”

“明白了，議長先生。我現在就轉接。”

小飛船的機艙內，保羅兩手緊緊攥拳，蘇菲和大衛表情緊張，三個小孩的胸口都一起一落，呼吸急促起來；主駕駛座上的中年男子把飛船調到自動躲避隕石狀態，坐在副駕駛座紮著馬尾辮的金髮小女孩也把防護罩修復系統設置成自動狀態，他們倆轉過身來；五個人都專注地看著全息立體視頻。

視頻中，朱利安面容憔悴，眼睛佈滿血絲，一看就是好幾天沒有睡覺的樣子，但是，眼神卻仍然透出既威嚴又慈愛的光芒。他用堅定清晰的聲音說道：

“大衛，保羅，我的兒子們，你們好！既然你們在克拉克找不到藏身之地，那你們就向東，一直向東，越過摩爾星系，你們可能會遇到一些比克拉克文明更高級或是更初級的文明。繼續向東，你們的目的地是克拉克人目前所知道的最高級最友善的文明所在的星系，有人叫它阿達麗娜，也有人叫它仙侶星系。

很多人相信仙侶文明只是個傳說，但是，它真的存在！這裡有一張根據摩爾人提供的資訊所繪製的星際航行圖，圖上有一大片空白區，還沒有標注；即便是圖上標注的資訊也沒有經過覆核測繪，不一定準確，只供參考。資料夾中有一個飛船升級文檔。把它載入到你們的飛船作業系統上，它可以提高自動駕駛模組的智慧水準，強化防護罩並提升修復能力，還能夠改進量子發動機的能源效率，讓飛船飛得更快飛得更遠。在尋找仙侶文明的路上，你們肯定會遇到很多困難和危險。雖然我很不願意讓你們身處險境，但是，現在你們留在克拉克也非常危險。廣闊無垠的宇宙，提供無限的可能性。遇到困難和危險時，可以害怕，但不要被恐懼所控制；永遠都不要放棄；冷靜下來，想辦法！記住，辦法總比困難多；你們要做的，就是慢慢學會選擇最好的那個辦法，接受不得不接受的那個現實。兒子們，我愛你們！祝你們好運！如果上天願意的話，或許我們可以在阿達麗娜見面！”

朱利安撅起嘴，做出親吻的動作。視頻結束。

淚水在大衛和保羅的眼眶中滾動。

“呀，我們要去尋找傳說中的仙侶文明？”蘇菲輕呼道，一雙大眼睛睜得更大，光彩閃爍。她一邊說，一邊向坐在副駕駛座上的小姑娘示意。

小姑娘沖著蘇菲眨了眨眼。她叫潔西嘉。外祖母裘蒂和媽媽邦妮曾經告訴過她一個秘密：她身上有一部分基因來自仙侶星系。仙侶星系與克拉克星系最接近彼此的邊緣，距離大約一百九十光年。克拉克星座最先進的太空飛船目前最高速度只能接近半光速，從克拉克共和國邊境飛抵仙侶星系邊緣至少要三百八十年，中間還要穿越隕石區、冰河系和蠻族散佈的摩爾星系。克拉克人從未到達過仙侶星系，也從未收到過來自仙侶星系文明的任何資訊。

仙侶星系，只存在於克拉克人的傳說之中，傳說那裡的人不僅聰明睿智，行動敏捷，而且青春永駐，容顏不老，相愛的男女長相廝守，如同神仙伴侶。外祖母裘蒂告訴潔西嘉，關於仙侶星系的傳說不完全對，也不完全錯，但對錯並不重要，重要的是潔西嘉是個很特別的女孩，就像潔西嘉的媽媽邦妮，就像外祖母自己，因為她們身上都有一部分基因來自仙侶星系，這是一個秘密。

潔西嘉沒有告訴任何人這個秘密。當有一天蘇菲半開玩笑半認真地問她，“你不會是從仙侶星來的吧？”潔西嘉只是笑著把話題岔開了。

蘇菲懷疑潔西嘉是從仙侶星系來的，是有原因的。蘇菲和爸爸艾倫一起參加大大小小的活動，見過很多克拉克星系的傑出人物，而且，艾倫有時候還會刻意訓練一下女兒看人的眼光，所以蘇菲看人還是很有一套的。蘇菲從看到潔西嘉的第一眼起，就喜歡上這個紮著馬尾辮，柔弱文靜的金髮女孩。蘇菲主動過來打招呼，幾句話之後，兩人就成了死黨，校內校外形影不離。蘇菲和潔西嘉的成績總是全年級的前三名，蘇菲最強科目是人文，潔西嘉最強的是數學和程式設計；另一個總是全年級前三名的是大衛。大衛的弟弟“火爆小霸王”保羅揪過蓋頓公學裡幾乎每個女生的辮子，包括蘇菲的，唯獨沒有揪過潔西嘉的辮子。

不是因為他沒有試過，事實上他試過三次，三次都沒有成功。蘇菲目擊了三次的全部過程。第一次在走廊裡，他從背後沖上來，正要伸手去揪辮子，潔西嘉恰好彎腰去撿蘇菲掉的一本書；保羅沒揪著，他的腳卻絆在潔西嘉的腳上，摔了個狗吃屎。第二次，在樓梯上，潔西嘉從他身邊經過，保羅突然襲擊，不知怎麼地，他又沒揪著，而且還沒站穩，從臺階上滾了下去。第三次，保羅躲在拐角，潔西嘉經過的時候，保羅出手了，潔西嘉本能地一閃，頭一甩，辮子的發梢掃中了保羅的右眼，保羅一聲不吭地捂住右眼，慢慢地蹲了下去。

這三次失敗之後，蘇菲、保羅和其他同學們慢慢地開始相信這個看上去最柔弱最文靜的潔西嘉很可能是整個蓋頓公學動作最快，也最能打的人，因為她很可能真的繼承了她媽媽邦妮的“超級戰士”基因。邦妮在十七年前北方戰區“阿里卡保衛戰”中一個人在一天之內殺死了兩百三十五個巨型裝甲外星機器人，這個紀錄一直保持，至今無人打破。邦妮在阿里卡戰役中成為超級戰鬥英雄，但自己也受了重傷，被送到戰地醫院搶救。搶救她的主刀醫生卡爾大夫，後來成為潔西嘉的爸爸。八年前邦妮和卡爾夫婦被一份特別調令從北方戰區調動到朱利安的東部戰區，一年後雙雙入選朱利安率領的東部戰區精銳部隊，遠征摩爾星系。雷納大捷之後，邦妮被授予“超級戰士”白金勳章，卡爾醫生也獲得“共和國二等功臣”獎章。七天前，東部戰區統帥朱利安失蹤的當天，邦妮和卡爾竟然也失蹤了。

當潔西嘉聽到朱利安在視頻中提到“仙侶星系”的時候，十幾分鐘之前所發生的事情在她腦中快速回閃，回閃的速度比常人快很多倍，這十幾分鐘發生的事情也比常人一輩子所經歷的多很多倍。

潔西嘉的思維速度和運動速度比克拉克人都快很多倍。從小她就覺得身邊所有的人都是用“超級慢動作”的模式在做事和說話，而且隨著年齡的增長她感覺周圍人的速度變得更慢了。五歲左右的時候，她要用百倍速看電影；而過了十歲生日之後，她發現自己已經要用萬倍速來看電影才會覺得比較正常。五歲生日的那天，外祖母和特意休假趕回家的爸媽帶潔西嘉去深山露營。祖母和媽媽說要帶上她去“跑一跑”。她們三人越跑越快，潔西嘉開始覺得前面大樹的影子一閃而過，之後覺得前面大樹林的影子一閃而過，最後覺得前面大山的影子一閃而過。跑完之後，潔西嘉渾身感覺到一種前所未有的強烈愉悅感，並且明白了原來外祖母和媽媽也和自己一樣，有一部分基因來自仙侶星系。之後裘蒂每週都會帶著潔西嘉到深山裡跑幾圈，潔西嘉每次跑完都覺得渾身舒暢。

不過，最近有段時間，潔西嘉覺得自己身體裡好像有某種不穩定的能量在湧動，忽來忽去，讓自己奔跑的速度時快時慢，奔跑的愉悅感也時有時無，並且平時也會一段時間精力異常充沛，又一段時間非常疲倦嗜睡。更麻煩的是，自從有了這種湧動的能量之後，睡眠一向很好的潔西嘉有些天淩晨一兩點還很清醒，毫無睡意，三點左右才勉強入睡，早上起床就昏昏沉沉，到了學校更是無精打采。她把自己的困擾告訴了裘蒂，但是裘蒂沒有過這種體驗，因為裘蒂全部基因都來自仙侶星系，而邦妮有一半基因來自仙侶星系，或許邦妮比裘蒂更能理解潔西嘉的感覺。知道潔西嘉的困擾後，爸媽和潔西嘉約好了今天的清晨和她視頻聊天。可是，今天清晨，父母沒有在約定的時間和潔西嘉通視頻，這讓潔西嘉和外祖母裘蒂都覺得很奇怪，也感到有一些不安。外祖母說雖然大戰已經結束，但是摩爾星的蠻族可能還是有一些小騷亂，估計你爸媽臨時又有緊急軍務，他們都已經身經百戰了，不會有事的。這樣安慰了潔西嘉一番之後，裘蒂就去忙自己的事情。

潔西嘉穿上一身白色的運動裝和運動鞋，心懷忐忑地去找好朋友蘇菲。蘇菲正好也在來找她的路上。潔西嘉遠遠地望見蘇菲戴著紫色頭盔，穿著一身紅色連衣裙和紅色護具，蹬著黑色滑行鞋，正急急忙忙地朝著她家的方向滑過來。潔西嘉掃了四周一遍，發現她和蘇菲之間的街道和公園上沒有人，曙光初現的寧靜中只有幾隻小鳥在唧唧啾啾，三個晨練的人正在向遠處騎行。潔西嘉感覺一定是出了什麼大事，她用有生以來最快的速度掠過公園和街道。一道白色閃電劃過，小鳥的羽毛和樹葉被潔西嘉帶起來的風拂動，小鳥們停止了啼叫，看看四周，發現一切安好，又繼續唧唧啾啾起來。嗖地一聲，潔西嘉突然停在蘇菲面前。看著眼前一道白影，蘇菲本能地一閃，差點失去平衡。潔西嘉一把抱住她。

蘇菲看清楚是潔西嘉，驚喜地叫道，“呀，太好了，我正要去你家找你呢！”

潔西嘉說道，“嗯，我也正想去找你呢。我爸媽不知道為什麼……”蘇菲急衝衝地打斷了她，雙手一把緊緊抓住她的右手，說，“有件事情很奇怪，跟你爸媽有關係，跟保羅和大衛的爸爸也有關係，我們趕快去找他們倆！”

潔西嘉從來沒有見過蘇菲打斷自己或別人的話，也從來沒有見過蘇菲緊張過。潔西嘉看到，一向面帶微笑臉色紅潤的蘇菲，臉色有點蒼白，嘴角有一點微微發抖，那雙緊緊抓著自己右手的小手汗津津，冰涼冰涼的，也有一點微微發抖。

潔西嘉馬上用左手握住蘇菲的手背，眼睛看著蘇菲的眼睛，柔聲說道，“好，我們去找他們！別擔心，總會有辦法的！”

蘇菲漸漸平靜了一些，她說道，“不好意思，剛才打斷了你。你說你爸媽……”

“我們約好了早上視頻通話，不知道為什麼他們一直沒有打過來。”

蘇菲左右看了一下，見附近沒有人，就說道，“你爸媽和保羅、大衛的爸爸朱利安元帥，還有另外十個人，七天前從遠征軍統帥部失蹤了！遠征軍已經找了七天，完全沒有任何線索。這個消息目前沒有對外公開，我是剛才路過我爸書房的時候碰巧聽到的。”蘇菲牙齒咬了一下厚厚的下嘴唇。

潔西嘉看到蘇菲咬下嘴唇的小動作，就知道她心裡還有話沒說出來。潔西嘉沒有挑明也沒有催促，雖然她很想知道更多關於爸媽的事情。她相信，蘇菲不願意說，一定是有什麼原因。她對蘇菲說，“那我們趕快到保羅和大衛家去找他們！”

蘇菲說，“嗯，越快越好！”

潔西嘉看看目力所及之處都沒有人，就對蘇菲說，“來，你把頭盔上的擋風眼鏡戴上，站到我的左邊，用兩個手抓緊我的腰！”

蘇菲照辦了。潔西嘉用左手扣在蘇菲的手上，擺動著右手，朝保羅家以疾風一般的速度狂奔。蘇菲的滑行鞋在街道上滑行時是滑輪，在草地上時自動切換成滑板。但是，潔西嘉的速度太快，從街道剛沖上草坪的十幾米內滑行鞋還沒有來得及完成切換，輪子就碾倒了青草，留下兩行十幾米長的輪印；從草坪沖出來重新上街道的時候，也是先在水泥地上留下了兩道十幾米長的拖痕，滑行鞋才從滑板切換回滑輪。蘇菲剛開始看到樹木、路燈和房子在眼前呼嘯著迎面而來又擦肩而過，緊張得有點睜不開眼睛。過了半分鐘之後，潔西嘉的速度越來越快，但蘇菲好像開始適應了。她睜著大大的眼睛，看看潔西嘉的金色馬尾辮風中飄揚，看看瞬間閃過的街景，看看藍天白雲和剛剛探出頭的朝陽。蘇菲開始交替地抬起一隻腳，享受著從未體驗過的風馳電掣的滑行。

潔西嘉越跑越覺得體內彷彿有一團火，從小火苗升騰起來，越燒越旺，讓她感到渾身舒坦，又有使不完的力氣。轉過街角，有一對晨跑的中年男女迎面而來。潔西嘉加快了速度。中年男女只感覺眼前一花，彷彿看到一紅一白兩道影子一閃，一陣風從身邊掠過，只留下滑輪飛速滑過地面的吱呀聲迅速地遠去。男女錯愕地看著對方，“你也看到了，對吧？”

“對的。兩個影子。嗯，就像，就像我們前天給強尼買的那個什麼漫畫裡的什麼俠來著？”

“DC 漫畫裡的閃電俠。地球人幾百年前的漫畫書。”

“對，對，就是那個！”

“幾百年了，說不定這種科技早就被發明出來了，只是今天被我們第一次碰到罷了。”

奔跑中的潔西嘉覺到自己的五官感覺比以前都更加靈敏了，而且越跑越靈敏。她能夠清晰地聽到中年男女對話中的每一個字，雖然她和他們之間的距離在急速拉大；她甚至能夠清楚聽到花瓣開放和露珠滴到樹葉上的聲音。她也能同時看清楚視野內所有的物體和它們的細微運動，能嗅到沿途上花粉、泥土、昆蟲、車輛和房屋的氣味，能感受到吹到身上的每一縷風。

更讓她感到莫名興奮的是，她的大腦可以非常迅速，非常輕鬆又極有條理地處理和存儲感官所接受到的所有資訊，提前預判並調整路線和方向，小腦也可以協調全身每一塊肌肉的精細動作。外祖母裘蒂經常帶著潔西嘉在遠離城市的大山密林裡奔跑。這是她第一次在清晨的都市里全速狂奔。

潔西嘉感覺前段時間讓她跑得時快時慢的那種忽來忽去的能量湧動仿佛突然消失了，取而代之的是一種穩定提升的能量。她感到自己無論是身體還是頭腦的速度，以及愉悅感的強烈程度，和以前相比都在飛速提升中，而且提升的速度還越來越快，就像一艘太空飛船加速升空之後，它距離地面越遠受到的地心引力越小，飛升的速度越快一樣。潔西嘉甚至有點希望保羅的家再遠一些，讓她還可以再多跑一會兒。

潔西嘉和蘇菲掠過一個坐落著一片豪宅區的山頭。潔西嘉已經很清楚地看見對面山頭上保羅家的豪宅，草坪上的每一根青草，花園裡每一朵鮮花的花瓣，晨曦中隨風搖曳。蘇菲也認出了保羅的家，她興奮地叫道，“啊！快到啦！”她們只要下山並從雙塔鋼架跨海大橋上穿過一片寧靜的藍色海灣，再上到對面的山頭就到了。

潔西嘉看見保羅和大衛家的門外停著三艘印有特勤隊標誌的紅色太空飛船，她經常在蘇菲家看到她爸爸艾倫被這種紅色特勤隊飛船接去工作或者送回家。門內草坪上停著一艘銀色小型太空飛船，潔西嘉知道那是琳達號，朱利安送給夫人琳達的新年禮物。琳達號是克拉克共和國最新款的太空飛船，裝備最新一代量子發動機，飛行速度和最快的太空戰機差不多，接近半光速，自動駕駛和防護罩技術都是最先進的。

幾個月前，保羅過生日的時候，大衛、潔西嘉、蘇菲還有另外三個小朋友，在幾個家長的陪同下坐著琳達號遊覽了尼爾森黑洞上方的讓人目眩神迷的彩色星河和七彩瀑布。潔西嘉清楚地記得，在人造太陽的照耀下，溢彩流光的隕石流匯成靜靜的彩色星河，星河在一個懸在黑洞上方的空中的平面上劃出巨大的漩渦；隨著漩渦的半徑越來越小，星河的流速越來越快，隕石之間也碰撞得越來越厲害；各種顏色的碎片先是像夜空中的煙花四散飛濺，旋即又被強大的吸力吸回到河道中；彩色星河轉到最後一圈，從巨大漩渦所在的平面開始螺旋下落，化成一條旋轉著的七彩瀑布，閃爍著迷離的光芒，落入尼爾森黑洞周圍的巨大白色光圈中，遠看就像一根閃耀著無窮變化的彩燈纏繞的黑色立柱，樹立在彩色漩渦和白色光圈之間；而最奇妙的是，七彩瀑布在上半段是加速下落，而在下半段卻是在減速下落，越是接近白色光圈，速度就越慢——潔西嘉學過，這就是黑洞引力所導致的"時間膨脹效應"，也就是說，雖然隕石流的真實下落速度其實是在提升，但是"時間膨脹效應"讓外部的觀察者感覺隕石流的速度越來越慢，因為越靠近黑洞，時間流逝得越慢，外部觀察者所看到的是用超級超級慢的慢鏡頭播放的過去，而不是真實的現在——要看完黑洞周圍一秒鐘內所發生的事情的全過程，可能需要花掉觀察者一生的時間。

這種觀看"超級慢鏡頭播放"的感覺，對於潔西嘉來說，是每天的日常，而對於同行的人來說，就是很奇特的體驗了，他們忍不住連連驚呼。看到他們驚詫的表情，潔西嘉仍不住想，會不會在克拉克星球上存在著無數的超級微小的黑洞，它們無處不在，雖然因為體量極其微小而不能產生明顯的吸入物質的現象，但是，這些"超微黑洞"卻能夠在不被察覺的情況下，偷偷地把克拉克人的能量和時間吸進去（這也就是為什麼他們總是在問，"時間都去哪兒了"，"為什麼總是很容易累"）；而出於某種原因，帶著仙侶星系基因的她不會被那些"超微黑洞"吸走能量和時間，所以，她的思維速度和運動速度都比克拉克人快很多倍，而她看克拉克人都是用"超級慢動作"的模式在做事和說話；也許，某些"超微黑洞"就存在於克拉克人的身體和大腦中，這樣體內和體外的"超微黑洞"才能相互平衡；想到這兒，潔西嘉覺得克拉克人也挺不容易的，而且，有時候他們還非常可愛。

從記事起，潔西嘉就知道自己對宇宙、黑洞、蟲洞、星際飛行很著迷。她的數學和程式設計也特別好，當班主任安娜小姐問班上的小朋友們長大了想做什麼的時候，潔西嘉毫不猶豫地說自己要設計太空飛船，安娜小姐和全班同學都覺得班上最適合設計太空飛船的人無疑就是她。從尼爾森黑洞返航的途中，其他小朋友都陸續進入夢鄉，只有潔西嘉一直很禮貌地向機長湯姆和副機長查理請教飛行原理和琳達號的駕駛和維護。湯姆和查理非常驚奇地發現這個漂亮的金髮小姑娘不僅學習能力超強，而且已經儲備了相當豐富的宇宙學和星際航行的知識。湯姆和查理一下子喜歡上潔西嘉，半開玩笑半認真地說，你可以去考個飛船駕駛證，放假就來我們這兒開琳達號打工賺錢。潔西嘉每次去保羅和大衛家玩兒的時候，也會去找湯姆和查理聊聊。

潔西嘉在飛速移動中打量著保羅家的地形，想著下山、過橋、上山之後，先找個地方減速停下來，然後再和蘇菲走過去，免得嚇著保羅他們家裡的人。潔西嘉和蘇菲基本上每週都會來這兒一兩次，找大衛做作業或玩，有時候也帶上保羅一起。她們和家裡的管家、飛行員、廚師、園丁和女傭都很熟。

一種不安在潔西嘉心中閃過，“太安靜了，這個時間家裡應該有人忙進忙出，怎麼都沒有看到呢？”正在這時，潔西嘉看到琳達號的艙門自動打開，量子發動機也自動啟動了。緊接著，“砰”地一聲巨響，客廳朝著草坪的落地大玻璃牆裂成粉碎，一個金色的人形機器人從裡面飛了出來，在空中劃過一道金色曲線，飛進了藍色游泳池。機器人入水的那一刻，又一個金色人形機器人從客廳裡滾了出來，飛快地滾到草坪中一座巨大的奔馬雕塑前，重重地撞擊雕塑的底座才停下來；人形機器人搖搖晃晃地想站起來，卻被倒下的雕塑正好砸中，趴下不動了。

潔西嘉從玻璃牆大裂口中看到的屋內情景讓她倒吸了一口涼氣，她不由自主地加快腳步並利用下山的坡度加速；她的奔跑速度紀錄不斷被打破，但是潔西嘉的心思卻已不在奔跑上，而是在屋內：一個漂亮冷峻的中年白衣女人，兩個頭髮灰白的黑衣人和五個手持大口徑鐳射手槍的金色機器人，站成一圈，把琳達和家裡所有人都圍在裡面。包圍圈的唯一明顯缺口，就是玻璃牆的裂口，想必剛才被摔出來的那兩個金色機器人原本是站在這個角度的。

潔西嘉看到琳達穿著紫色睡袍坐在沙發上，正好面對著裂口這邊，滿臉驚愕，緊張中又帶有幾分欣喜；除了三個人之外，家裡其他人或坐或站也都望向裂口這邊一臉震驚；這三個就是大衛、保羅和副機長查理！查理雙腳離地，背對著裂口，向屋外的草坪飛騰，左右腋下分別夾著大衛和保羅，雙手各握一隻與金色機器人同款的大口徑鐳射手槍，想必是查理剛才從被摔出來的那兩個機器人手上奪下來的。雖然查理背對著自己，潔西嘉仍然毫無困難地認出他來，因為那次彩虹星河和七彩瀑布旅行的往返途中，潔西嘉一直坐在查理的左後方，她很清楚地看到並且記得查理左耳後面有一顆不大不小橢圓形的黑痣，黑痣旁邊有一道青筋；這次潔西嘉看到耳後那道青筋暴起，但黑痣還是那顆黑痣。一大兩小三個人朝屋外飛騰的同時，查理扣動扳機，擊中了離自己最近的兩個金色機器人。兩個機器人仰面倒地，電火花飛濺。查理夾著大衛和保羅，淩空掠過玻璃牆裂口，雙腳輕盈而有力地在草坪上一點又淩空而起，他沒有轉身，繼續一邊面朝屋內雙手同時射擊，一邊背對著琳達號向琳達號騰躍而去。屋內又有兩個金色機器人被擊倒。

屋裡的中年白衣女人似乎剛從震驚中回過神來，沖著一直站在身邊的兩個黑衣人吼道，“抓住他們！”電光石火之間，兩個黑衣人出手了，一個黑衣人襲到查理身前，從下向上雙手抓住查理的手腕，舉向天空，與查理四目對視；另一個黑衣人繞到查理身後，雙手掐住查理的脖子。此時的電光石火，是潔西嘉眼中的電光石火。之前查理用機器人砸碎玻璃牆，腋下夾著大衛和保羅從屋裡騰躍而出，在眾人的眼中已然是電光石火，但在潔西嘉的眼中仍然只是慢動作。此時這兩個黑衣人的動作在潔西嘉眼中很快很清楚，算得上是電光石火；而在眾人眼中兩個黑衣人的動作就快得完全看不清楚了，眾人只看到兩道黑影一閃，然後查理就在空中被他們一前一後抓住了：查理的雙手被前面的黑衣人高舉，本來夾在他左右腋下的大衛和保羅從空中向草坪墜落；查理向琳達號騰躍的速度被背後的黑衣人阻滯，也開始失速墜落。

潔西嘉終於遇到了除裘蒂和邦妮之外，和自己動作差不多一樣快的人了！莫非這兩個黑衣人也有來自仙侶星系的基因嗎？潔西嘉來不及多想，她飛速計算了一下如果繼續在公路上奔跑，下山、過橋再上山，那路徑太長耗時太多；於是，潔西嘉按最短路徑朝保羅家的草坪飛掠而來：她淩空一躍，直接從半山腰的一個觀景台跳上雙塔鋼架橋，越過第一個高塔，在雙塔之間一百二十度弧形鋼架上落腳，先是沿著弧線向下俯衝，然後順著弧線向上騰空而起，越過第二個高塔，飛上山巔，在一塊白色巨岩上點了一下，掠過一大片樹林，在大衛、保羅、查理和兩個黑衣人尚未落地之前，已然襲到那個從後面掐著查理脖子的黑衣人的正後方；潔西嘉雙手分別抓住蘇菲的一個手腕，從自己身體的左邊開始，把蘇菲的身體像一面紅旗一樣揮舞起來。蘇菲的身體以潔西嘉為軸線，逆時針旋轉兩百七十度，她腳上穿的黑色滑行鞋正好掃中黑衣人的腰部。黑衣人悶哼一聲，斜著飛了出去。

潔西嘉繼續“揮舞”蘇菲的身體，讓她完成三百六十度的旋轉，回到自己的左邊；潔西嘉騰出左手抄到蘇菲的腋下，把她固定在自己身體左側，然後右手鬆開蘇菲的手腕；她身體向前下方一探，正好落到了下墜中的大衛和保羅之間。潔西嘉右手一轉一送，化解了保羅向下的墜力，又給他加上水準飛行的動力，讓保羅朝著琳達號平飛而去。緊接著，潔西嘉向左一扭身，在大衛的前胸觸及已草尖卻尚未真正著地之前，伸出右手抓住大衛的背心，一把把他拎起來。潔西嘉雙腳輕輕一蹬，左邊夾著蘇菲，右邊拎著大衛，輕盈地從草坪上飄過，停在琳達號的艙門前。她把蘇菲和大衛放進船艙，轉身接住正好飛過來的保羅，把他也放了進去，然後側身望向還在空中的查理。

查理之前看到兩道黑影從屋內一閃而出，突然一個黑衣人仿佛從地底下冒出來一樣，自己的雙手被抓住舉向空中，黑衣人和自己鼻尖相觸，四目相對，緊接著他就感到脖子一緊，眼前一黑，呼吸一窒。這種感覺持續了大概兩三秒鐘，查理突然感覺脖子一松，氣息頓時順暢，他從黑衣人的雙眸之中仿佛看到一種莫名的震驚。趁著黑衣人走神之際，查理近乎本能地猛然發力，他低沉地一哼，雙肘下沉，雙膝上收，身體從近乎直立變成蜷縮。黑衣人猝不及防，肩膀被查理雙肘猛擊，兩肋更是被查理的雙膝狠狠地頂中。"哢嚓"，潔西嘉聽見幾根肋骨折斷的聲音。黑衣人像斷線的風箏直線飛了出去，正好撞到從玻璃牆裂口往外沖的兩個金色機器人，倒成一片。查理順勢翻了一個跟鬥，在空中看到了草坪上的發生的狀況。之前在他身後的那個黑衣人撞上草坪邊上一片高大的松柏隔離牆。查理飄然落地，雙腳一跺再度淩空而起，他警覺地面對著敵人背朝著琳達號，向琳達號躍來；他看到玻璃牆那邊亂成一團，草坪隔離牆邊的那個黑衣人正掙扎著要站起來，就在空中轉身，像一隻歸林之鳥，準確地扭身閃進了船艙。

查理在空中轉身的時候，潔西嘉機警地四周掃了一眼，初升的人造太陽透過淡淡的雲層把溫柔的陽光灑向牆內的綠樹、青草、鮮花、白色大宅邸和牆外的大草坪；門外三艘紅色特勤隊飛船的量子發動機啟動了；兩個黑衣人都彎著腰站起來，手叉在腰上，臉色蒼白，痛苦的表情中夾雜著驚愕；而屋內那個五官精緻面無表情的中年白衣女人，筆直地站在那裡，眼睛死死地盯著自己。

潔西嘉記得在蘇菲家曾經見過這個女人兩次，那兩次都是的小型家宴；晚宴後，蘇菲的爸爸艾倫邀請男賓們和這個女人走進小會客廳，一起進去的男賓有執政官、元老院議長、眾議院正副議長 和兩個大法官；孩子們開始玩耍，女眷們到大客廳閒聊。潔西嘉還記得，第一次看到那個場景的時候，自己好奇地對蘇菲小聲說道，“那個女人好特別啊！你長大以後會不會也像她那樣，和一群男人們去開會？”蘇菲的回答是，“會開會，但是不會像她那樣總是板著臉，一直都不笑!”

之前潔西嘉都是從側面看這個女人，這次和她正面對視，潔西嘉竟然感到一絲寒意。查理閃身進入船艙的一剎那，潔西嘉扭頭緊跟在查理身後跳進船艙。艙門旋即關閉，飛船“嗖”地垂直騰空而起，一邊垂直上升一邊調整飛船的船頭，然後全速朝著剛剛跳出地平線上的人造太陽飛去。兩艘紅色特勤隊飛船緊追過來。

琳達號的船艙內，保羅先氣呼呼地沖著潔西嘉叫了起來，“因為我抓過你頭髮，所以你就把我像個沙袋一樣扔嗎？我是抓過，可是我也沒有抓到呀!”

潔西嘉一愣，隨即笑了。

蘇菲笑吟吟地說，“她是扔過，可是她也沒有摔到你呀！”

保羅“哼”了一聲，朝著蘇菲瞪眼睛皺眉頭。

大衛笑了笑，看著潔西嘉的眼睛說，“謝謝你救我們！要不是你，我們就被他們抓走了！”

潔西嘉問，“他們為什麼要抓你們？”

大衛和保羅都望向查理。此時，查理正好把飛船設置成全速直飛的自動駕駛狀態。他轉動座椅，回過身，目光在四個小朋友身上轉了一遍。

查理吸了一口氣，看著大衛和保羅，說道，“二十分鐘前，朱利安元帥突然給我發了一個‘紫水晶’指令。這是我們事先約定好的一個代號，意思就是，立即把你們倆轉移到一個非常安全的地方，並且，轉移的時候，務必帶上你們的小電腦。”

大衛摸了摸腰間別著的小包，說道，“還在。”

“我找到你們倆，我們三個人費了點時間才把你們倆的電腦找到。我正想讓你們去跟媽媽告別，就從樓上視窗看到特勤隊的紅色飛船降落在門口，一個白衣女人，兩個黑衣人和七個金色機器人下了飛船。本來我想帶你們從後門溜出來，但是，到後門的時候，一個黑衣人帶著兩個機器人已經堵在那裡了。”

保羅懊惱地跺了一下腳，“哎，都怪我把電腦到處亂放！如果沒耽誤時間，我們就不會被堵在屋裡了！”

潔西嘉說，“如果你們先走了，我和蘇菲也不會在這裡了。”

“是啊！”蘇菲轉向潔西嘉，說道，“另外，如果你跑得慢一點，我們也不會在這裡了。”

查理也轉向潔西嘉，接著說，“我當時還奇怪他們三個怎麼會那麼快就到了後門，現在才明白原來那個黑衣人和你，還有你媽媽邦妮一樣快；你媽媽能成為超級戰士，靠的就是以快打慢。還好今天這兩個黑衣人雖然快，但是沒穿鎧甲，抗擊打能力不強。算是我們運氣好。”

蘇菲說道，”這兩個黑衣人是特勤隊的秘密武器。他們倆的老闆是溫蒂。有次我在我爸的書房裡看到，視訊會議上，溫蒂給他們倆個頒獎。”

查理點頭說道，“今天就是溫蒂帶著他們來的。溫蒂把所有人都趕到大客廳之後，就要把大衛和保羅帶走，還有他們倆的電腦。我只好用個機器人把玻璃牆砸開，準備把他們倆搶出來，坐飛船走。”

潔西嘉：“我看見了。”

蘇菲：“於是，我們五個人就在這裡了。”她沉吟片刻，對查理說，“你剛才說，二十分鐘前朱利安元帥給你發了指令？我聽說，他已經失蹤七天了。”

查理：“是的，我知道。朱利安元帥和潔西嘉的父母，還有另外十個人，不得不暫時離開遠征軍，去做一件非常危險又非常”，查理的話還沒說完，三艘黑色太空戰機以極快的速度從東方迎面而來，兩艘紅色特勤隊戰機在後面緊追不捨。查理趕緊從自動駕駛切換到人工駕駛，全神貫注操縱琳達號，潔西嘉坐到副駕駛座上協助他。琳達號一邊急速爬升，一邊向北轉向，逃出了五艘戰機的包圍圈。

五艘戰機中軍銜最高的馬克中校成了追逃小隊的臨時隊長。他與特勤隊戰機機長和“中央控制中心”溝通一番之後，大致瞭解了情況：副議長艾倫的女兒、朱利安元帥的兩個兒子被劫持，要想辦法把這三個小孩子解救回來，琳達號上的其他人不重要，但上面的某些電子設備可能非常重要。

馬克隊長是克拉克超一流的“王牌飛行員”和最好的空戰小隊指揮官，他久經沙場，立過很多戰功，得過太空部隊最高榮譽，“神鷹勳章”。他現在在首都衛戍部隊中擔任高級教官，專門負責把“王牌飛行員”訓練成“超級王牌飛行員”；跟著他的另外兩艘太空戰機的機長都是剛剛從前線調回來的“王牌飛行員”。兩艘特勤隊戰機的機長從前線回來的時間比較長，也曾經在馬克隊長手下受過訓，因為表現優異，被特勤隊特意選走了，一直參與執行最重要的任務。可以說，這五艘戰機代表了克拉克太空部隊的最高水準。

查理如果沒有潔西嘉的幫助，恐怕早就被馬克隊長指揮的小隊包圍並擒獲了；在十分鐘左右的追逐之後，琳達號被逼到了朵瑞斯隕石流的邊上。即使平時，也沒有人敢嘗試從這裡穿越隕石流，因為這裡離尼爾森黑洞很近，隕石流既寬闊又湍急；一般都是在上游很遠的地方，找一個隕石流狹窄且平緩的地方穿過去；更何況，今晚尼爾森黑洞活躍度特別高，隕石流比平時更加湍急。查理只好把琳達號停了下來——這就是本章最前面的那一幕。

看完朱利安元帥給兒子們的視頻之後，查理迅速載入了飛船升級文檔，然後，他環視了四個孩子一遍，緩緩地說，“現在，我們只能從這裡穿越隕石流了。非常危險，但是也沒有其他選擇。你們有誰不願意的，現在就提出來。”

保羅和大衛，幾乎同聲說，“我願意。”

從潔西嘉遠遠地望見蘇菲，到她聽到朱利安在視頻中提到“仙侶星系”，前後總共也不過十幾分鐘時間，其中有十分鐘左右還是空中追逐。而在這短短的十幾分鐘之內，她得知了父母的失蹤，狂奔了三十多公里，打倒了一個黑衣人，解救了查理、保羅和大衛，得知父母和朱利安元帥在執行危險任務，現在又聽到朱利安元帥說希望和兒子們在阿達麗娜匯合，毫無疑問，潔西嘉想要和保羅他們同行，即使這意味著必須冒險穿越隕石流；外祖母裘蒂完全可以照顧她自己，因為她至少和媽媽邦妮一樣快。

潔西嘉輕聲而堅定地說，“我願意。”

蘇菲和潔西嘉也經歷了這“極速”十幾分鐘，當然，她是被動的。蘇菲一方面想和潔西嘉、保羅他們一起前往阿達麗娜，另一方面，她也非常捨不得離開父母。她的十歲生日就在下個星期，父母已經張羅了一個多月了。另外，這一路上不知道會有多少危險，眼前的隕石流就是一個例子。蘇菲猶豫了。

查理看到蘇菲在猶豫，於是，點了通話大螢幕的“接受”——艾倫已經連續發起了五次通話請求。

蘇菲：“爸爸！”

艾倫："蘇菲！你還好吧，沒有受傷吧？別怕，爸爸正在想辦法！"

蘇菲："爸爸，我沒事兒，沒受傷，您別擔心。"

查理把視頻攝像頭轉向自己，說，"議長先生，您好！我是查理。我們不想讓您的女兒冒不必要的危險。這樣吧，我用一個'安全膠囊'把她發射到馬克隊長的戰機上。"

艾倫頓時面露笑容："那太好了！就這麼定了！我現在就連線馬克隊長，讓他接收'安全膠囊'。"

這時，蘇菲突然說道，"爸，媽，我現在不回去，您們多保重，我要先和我最好的朋友們去做一件事，做完之後就回家！"

蘇菲示意查理，關掉視頻通話，然後說，"我太瞭解我爸了，他那樣一笑，我就知道，只要你用'安全膠囊'把我送出琳達號，你們馬上就不安全了。我已經決定了，我願意和你們一起去冒險！"

二、當小黑洞掉進大黑洞

琳達號躲閃著隕石，消失在馬克隊長的目光視野中；他接通了艾倫：“很遺憾，議長先生，我們沒有等到下手的機會。不過，我們已經偷偷發射了定位追蹤器，它們附著在了琳達號的機身外殼上。我把追蹤顯示器的畫面切進來。”

艾倫：“好的，謝謝馬克隊長！”

艾倫捏了捏翠西的肩膀和手，輕輕吻了一下她的額頭。

畫面中，左右上下閃躲的琳達號顯得略有一點兒笨拙，讓艾倫和翠西的心跟著起起落落。

“議長先生，您請放心，我們和“中央控制中心”會一直監視著琳達號——假如她偷偷折返回來，在上游或下游某個地方上岸，那我們就會埋伏在岸邊，一旦琳達號進入安全區域，就按原計劃發射納米網將其捕獲。另外，太空部隊已經派出另一支戰機分隊，正在前往隕石流對岸，琳達號從那邊上岸，也是按計劃抓捕。您還有其他什麼指示嗎？”

“好的，謝謝馬克隊長！我沒有什麼指示了。一切都拜託您和您的隊友們啦！盼望您帶著好消息回來！再見！”

“謝謝議長先生！再見！”

琳達號內，查理：“潔西嘉，你學得真快啊！”

潔西嘉："謝謝查理叔叔！"

查理："其實，我之所以敢冒險從這裡穿越隕石流，一方面是因為朱利安元帥給的飛船升級文檔肯定會提升性能，另一方面呢，也是因為知道你和你媽媽邦妮一樣快。"

潔西嘉："我記得，您說過，您以前在前線和我媽媽一起執行過特殊任務。"

查理："是的，我最後一次參與特殊任務的時候受了重傷，是你媽把我救回來的，然後，你爸卡爾醫生給我做的急救手術。所以，我這條命算是被你爸媽撿回來的。"

潔西嘉正要說點兒什麼，突然，琳達號機身開始極速抖動，隨即失去平衡，機尾斜朝下，機頭斜朝上，彷彿一隻小鳥被抓住了尾巴；琳達號和它周圍的隕石開始一起逆時針旋轉，形成了一個不大不小的漩渦；整個漩渦隨著隕石流，向著尼爾森黑洞方向加速流去。

潔西嘉一邊盡力操控著琳達號，並加大到最大功率，試著從漩渦中掙脫出去；一邊觀察隕石流的下層潛流。

她很快就明白了一個可怕的事實：隕石流的下層潛流中有一個小黑洞！很不幸，琳達號無意中進入了這個小黑洞的"事件視界"，已經不可能掙脫了。千萬個念頭在潔西嘉心中閃過，突然，她想起朱利安元帥在視頻裡說的，"永遠都不要放棄"這七個字；她開始觀察下面的小黑洞。

至於說，這個小黑洞是本來就存在，一直沿著隕石流流動至此，剛好和琳達號的飛行軌跡交叉；還是說，琳達號所在位置的下層潛流中有不穩定的高能物質，它們受到尼爾森黑洞和隕石流碰撞的誘發，剛剛發生爆炸和坍塌，產生出來一個新生的小黑洞；這些都不重要了，重要的是，琳達號不可能從一個黑洞的“事件視界”中逃脫出來，因為根據黑洞的原理，連光線都不能從“事件視界”中逃脫出來。

從監控螢幕中看到這一切，馬克隊長和“中央控制中心”的軍人們都發出驚呼——原來，隕石流中果真隱藏著小黑洞，看來傳聞是真的，這也就是為什麼尼爾森黑洞附近的隕石流如此可怕！

查理和三個小孩子也大概猜到剛才發生了什麼。

由於身體失衡，只能靠在座椅上，查理喊著問，“這漩渦是小黑洞嗎？”

潔西嘉：“看來是的！我看到了，下面的情況，和教科書上的黑洞一模一樣！不過，我想，我們可能還有一個機會！”

保羅喊道，“什麼機會！”

潔西嘉：“這個小黑洞是逆時針旋轉，尼爾森黑洞是順時針，當這個小黑洞掉進尼爾森黑洞時，兩個黑洞的剪切力、撕扯力和牽引力等等作用可能會剛好抵消，出現一個非常短暫的逃生通道！一旦小黑洞被大黑洞摧毀，這個逃生通道就關閉了。”

查理：“好吧，這個理論成立！沒有人活著從黑洞裡鑽出來，希望我們是第一批！”

保羅：“就怕小黑洞還沒有掉進尼爾森黑洞，就先把我們撕碎了！”

蘇菲伸出兩手，分別握住保羅和大衛的手，說道：“讓我們一起祈禱吧！”

潔西嘉：“我大概算了一下，當小黑洞掉進大黑洞，我們應該還沒有被小黑洞撕碎。然後，就要看我們的運氣了。”

查理：“我想了一下，琳達號現在處於失控狀態，一旦能夠恢復控制，那就是說明兩個黑洞的作用抵消了，那時候，我們要把機頭從背對著黑洞，調整成面對黑洞，朝著黑洞方向全速前進，在逃生通道關閉之前，沖過去！你覺得呢？”

潔西嘉：“我同意！我們只能向裡面沖，或許能夠沖過去，如果我們想向外沖，那肯定不會成功；因為，逃生通道持續的時間太短了，我們不可能飛出尼爾森黑洞的‘事件視界’，一旦小黑洞被摧毀，逃生通道關閉，我們就會被尼爾森黑洞吸回去！”

查理：“我們全速向裡面沖的時候，可能還要躲避那些在逃生通道裡的隕石，我們如果不能撕碎，它們也不會被撕碎。”

潔西嘉：“沒錯，我也想到了。”

查理：“我的反應速度沒有你那麼快，我們換一下座位，你來做主駕駛員，這樣操縱效果會更好。”

“好的。”潔西嘉瞬間和查理換好了座位。

副駕駛座上，查理喃喃自語：“穿過黑洞之後，會是什麼呢？”

潔西嘉低聲說：“可能是白洞。”

在馬克隊長和“中央控制中心”的螢幕上，小黑洞帶著自己的小漩渦，小漩渦帶著琳達號和大大小小的隕石，和更多的隕石塊一起完成了平面的最後一圈的盤旋，它們從巨大漩渦的平面開始螺旋下落。

小黑洞在螺旋“軌道”上轉到第三圈的時候，潔西嘉和查理感覺琳達號的動力系統開始恢復控制了，這說明，大小兩個黑洞的作用真的開始一點一點地抵消了！潔西嘉和查理小心翼翼又不失敏捷地調整著琳達號的機身姿態，一邊躲避隕石，一邊一點一點地把機頭調整到正對著尼爾森黑洞的方向。

隨著小黑洞加速盤旋著沖向尼爾森黑洞，潔西嘉和查理感覺琳達號開始獲得了相對於小黑洞的相對速度。他們把琳達號的動力系統開到最大馬力，飛船升級文檔的提升效果很明顯，琳達號動力系統的綜合效能至少有30%以上的提升。現在，每一點提升可能都意味著生與死的差別。

潔西嘉和查理協作操縱琳達號加速前進，靈巧地避開前進途中的隕石；這個梳著馬尾辮的十歲小姑娘表情平靜，望向前方；查理有時候不得不欽佩地瞥她一眼。保羅、蘇菲、大衛手拉著手；保羅雙眼圓睜，盯著外面；蘇菲和大衛閉目祈禱。

馬克隊長看到琳達號似乎重新獲得動力控制，並且加速前沖，他覺得非常詫異。眨眼之間，琳達號的速度就開始減慢了，這是因為“時間膨脹效應”發揮作用了。有一剎那，馬克隊長懷疑自己剛才產生了幻覺，不過，他馬上意識到，儘管琳達號的運動變得越來越緩慢，但它相對於其他隕石，仍然是加速下落，這說明琳達號在使用自身的動力系統全力沖向尼爾森黑洞。這太不可思議了！可是，為什麼他們要這樣幹呢？

潔西嘉、查理、保羅、蘇菲和大衛，看到尼爾森黑洞周圍的巨大白色光圈旋轉著，閃爍著耀眼的光芒，而且，似乎不停地有光、星雲和氣體緩慢地流過光圈，仿佛黑夜中大都市的車流經過一個巨型的大轉盤之後，繼續直行。他們知道，這主要是因為尼爾森黑洞扭曲了空間和時間，讓靠近“事件視界”邊緣的光子和宇宙物質不得不沿著曲面移動。

而巨大的光圈之內，是漆黑的洞口。無數的隕石、光子和宇宙物質無聲地緩慢地旋轉著，掉進洞中。小黑洞的物質和能量也在被尼爾森黑洞吸走；因而，小黑洞形成的小漩渦不斷地收小；小漩渦之內，隕石和琳達號完好無損，靜靜地向著漆黑的洞口飛去；小漩渦之外，隕石紛紛被撕成粉碎，並釋放出巨大的能量衝擊波和刺目的光芒。

小漩渦的邊緣清晰可見，它就像一個有形的防護罩，保護著裡面的隕石和琳達號加速飛向尼爾森黑洞。不過，這個小漩渦正在不斷地縮小，因為小黑洞的品質在被尼爾森黑洞吸走，很快小黑洞就會被破壞，小漩渦也將徹底消失。

潔西嘉不斷突破著自己的反應速度的極限，操縱著琳達號繞過前面的隕石，向著小黑洞的奇點加速前進——她注視前方，默默在心裡規劃好接下來的幾十個連續動作，然後，準確無誤地完成；在她的大腦中，數萬億個神經元以前所未有的速度和強度放電、連接、增粗、增強，這種超級興奮度和強度讓她的大腦潛力充分釋放，並且在釋放中進一步加強：當潛力轉化為能力，能力又反過來提升潛力，引發持續高速的“潛力–能力螺旋式上升”。琳達號的速度越來越快，離小黑洞的奇點越來越近。

當琳達號達到了它的極限速度時，飛船的最前端幾乎就要碰到小黑洞的奇點，而這時，小黑洞正好掉進了尼爾森黑洞的洞口。也就是說，此時小黑洞的奇點與尼爾森黑洞的奇點，以及洞口的邊緣，處於同一個平面上；由於在這個位置上，兩個黑洞的奇點距離最近，引力達到峰值，小黑洞瞬間喪失的品質也達到了頂點，已經被吸走大部分物質的小黑洞終於徹底坍塌，奇點消失——曾經被小黑洞吸進去的宇宙物質和光都被釋放出來，而被釋放出來的無數的原子瞬間解體成為質子、中子和電子，又釋放出巨量的光子和能量，相當於幾百萬顆原子彈和氫彈同時爆炸，而被釋放出的這些光子和能量又都在瞬間被尼爾森黑洞的奇點所吸收。

在這一瞬間，潔西嘉、查理、保羅、蘇菲和大衛的眼前並沒有突然閃過任何的白光，因為所有的光都被尼爾森黑洞的奇點所吸收，完全沒有一個光子投射到他們的瞳孔裡。一個小黑洞就這樣悄無聲息地消失了。

就在小黑洞消失的這同一瞬間，琳達號與尼爾森黑洞的奇點擦肩而過，前後總共只有一個普朗克時間（即10^–43s)。本來，琳達號的長度是十米，速度大約是 0.65倍光速，十米除以 0.65 倍光速，遠遠大於一個普朗克時間（普朗克時間=普朗克長度/光速；普朗克長度為 10^–35 米）。而之所以琳達號能夠以一個普朗克時間在奇點旁邊通過，是因為有兩個效應同時發生了作用：一個效應是小黑洞消失時，它所造成了角動量場有一個“滯後消失”的效應（這就好比一艘船快速駛過，它留下的餘波不會立刻消失一樣）；也就是說，小漩渦的消失比小黑洞的消失滯後了剛好一個普朗克時間，恰好為琳達號提供了它所需要的最後一普朗克時間的保護（如果在小黑洞消失時，琳達號沒有抵達它所在的空間位置，那麼，這一普朗克時間的逃生窗口就對它關閉了）。另一個效應是尼爾森黑洞奇點，對於無限接近自己的物質有一個“無限加速”的效應，即，理論上，這時候奇點對琳達號的引力趨近於無窮大，讓琳達號的加速度和速度也趨近於無窮大，琳達號經過奇點的時間理論上可以無窮小，但是，“作為時間量子的最小間隔，即普朗克時間，沒有比這更短的時間存在。”

一普朗克時間之前，他們在黑洞之外，奇點在他們的斜前方；一普朗克時間之後，他們在黑洞之內，奇點在他們的斜後方。

潔西嘉感覺自己的意識，像一個高臺跳水運動員入水一樣，一頭紮進了資訊的海洋，一個有著滔天巨浪的資訊的海洋；當然，潔西嘉的意識躍入資訊海洋的速度比跳水運動員的入水速度快了無數倍——湧來的信息量比潔西嘉的資訊處理能力高出了幾十個數量級，這與她在克拉克星球的體驗完全相反；如果把潔西嘉比作一個氫原子，那麼，向她湧來的資訊就是一億個太平洋。資訊嚴重超載，以至於，有大約一百萬分之一秒鐘，潔西嘉失去了意識，換句話說，她昏闕過去了。類似的情況也發生在查理、保羅、蘇菲和大衛身上，當然，他們接受和處理的資訊比潔西嘉少得多，並且，也不像潔西嘉那麼快就從昏闕中蘇醒過來——他們陸續在 10 秒鐘之後醒了過來。

在這大約一百萬分之一秒得昏闕時間中，天量資訊，包括宇宙自大爆炸以來，宇宙所發生的一切，包括仙侶星系文明、摩爾帝國、克拉克共和國在內得所有星系和所有文明在光天化日之下所發生過的一切，都湧入了潔西嘉的潛意識，也同樣湧入了查理等四人的潛意識；潔西嘉等五個人的潛意識被資訊的巨浪拍出了一些碎片，這些碎片融入了資訊的海洋，並且，在海洋中瞬間抱團凝聚，產生出一個新的“智慧體”。

這天量的信息是從哪裡來的？為什麼會保存在黑洞裡面呢？資訊儲存在什麼介質裡呢？

要回答這三個問題，首先要知道量子力學的最基本的定理：“資訊不滅定理”；其次，就是著名的“能量物質守恆定理”（能量和物質可以相互轉化，但總量守恆）；第三，還要意識到，在“波粒二象性”所揭示的能量和物質轉化規律中，資訊是不可或缺的，因為資訊決定了能量和物質將如何進行轉化，而“波粒二象性”無處不在，也從側面支援了“資訊不滅定理”；最後，還要瞭解一下“暗物質”和“暗能量”，以及它們之間的轉化。

天量的資訊，最主要是由過去138億年中無數的光子帶到黑洞裡來的，另外，被吸進來的宇宙物質中也儲存著資訊——這個原理對於每一個黑洞都是一樣的，區別在於黑洞的大小和壽命：黑洞越大壽命越長，吸收的光子和物質就越多，存儲的信息量也就越大。在每一個星球上，在光下所發生的事情，都會反射光子——這些光子所攜帶的資訊，就像一部部電影，有紀錄片，有戰爭片，有文藝片，有悲劇，有喜劇——當這些光子碰巧被尼爾森黑洞吸收時，就把那天量的“電影膠片”帶來了。

所以，某種意義上，尼爾森黑洞，就是一個“天堂電影院”；像這樣的大大小小的“天堂電影院”在整個宇宙中有上億個，有的在縮小，有的在擴張，有的在誕生，有的在消亡；“尼爾森天堂電影院”是其中比較大的一個，而且，它還在繼續變大——剛剛被吸收的那個小黑洞，就給它貢獻了巨量的“電影膠片”，不過，雖說是巨量，但也只是相當於一滴水，滴進了太平洋。

另外，宇宙物質中所存儲的資訊也隨著被吸入的物質一起被帶到了黑洞中。只不過，所有的物質，包括“暗物質”，如果掉進黑洞的“事件視界”，就都會被奇點所吸收，所以，在黑洞中，沒有任何能夠充當資訊儲存的介質的物質。沒有物質，那麼，資訊就只能被儲存在能量中，但不是普通能量，只能是“暗能量”，因為，普通能量也會被黑洞奇點全部吸收。

事實上，在整個宇宙中，“暗能量”占宇宙總物質的 68.3%，“暗物質”大約占宇宙總物質的 26.8%，而普通物質只占 4.9%。經過反復計算、觀察和實驗，科學家們確認，宇宙中普通物質所提供的引力不足以平衡天體旋轉時所產生的離心力；也就是說，如果沒有“暗物質”所提供的引力，那麼所有的星系都會在旋轉中散架——行星會遠離恒星，恒星會遠離星系——這就是“暗物質”最初被發現的過程：首先是在理論上缺少了這麼一個“引力提供者”，因而“暗物質”是先在概念上被發現的；但是，在引力、斥力、強相互作用、弱相互作用和電磁力這五種最常見的作用中，“暗物質”只受引力影響，不受斥力、強相互作用、弱相互作用和電磁力影響，因此它很難在現實中被人類觀察到（可見光是一種電磁波，人類其他探測設備通常也是使用電磁波，而“暗物質”對電磁波是隱形的）；最終，人類在大幅改進“引力探測設備”之後，不僅發現了宇宙中有大量的“引力波”，而且也發現了“暗物質”的普遍存在。

“暗物質”能提供引力，也受引力的影響；這也是為什麼“暗物質”會被奇點所吞噬。當“暗物質”被吞噬時，會釋放出“暗能量”。奇點不能把“暗能量”吸進去，因為，“暗能量”不受引力的影響，只受斥力的影響，同時，“暗能量”也不受強相互作用、弱相互作用和電磁力影響——很顯然，當人類受到“暗物質”發現過程的啟發，發明了高精度的“斥力探測設備”之後，“暗能量”也顯身了。

在宇宙中，“暗能量”無處不在；包括所謂的“真空”中也有“暗能量”（“真空能量”的大部分來源就是“暗能量”）。“暗能量”用它的斥力非常微妙地平衡著“暗物質”和普通物質所產生的引力；宇宙邊緣的膨脹速度越來越快，而不是越來越慢，歸功於“暗能量”所提供的斥力——如果沒有“暗能量”，宇宙邊緣的星體早會就被引力吸回去，而整個宇宙也將坍塌，收縮成“大爆炸”之前的奇點。

除了提供宇宙所必須的斥力，“暗能量”的另一個巨大作用，就是在黑洞之內充當資訊儲存的介質。所有進入黑洞的資訊都被完整地保存了下來，連一個比特也沒有丟失；這是因為所有的資訊都在超高溫超高壓超高能的狀態下被轉錄到了“暗能量”中。

資訊儲存的介質的共同特點是，它們都能夠處於許多不同的長期狀態，這些長期狀態足夠穩定，並且能夠保持足夠長的時間，直到資訊被讀取或被改寫的那一天。

“暗能量”能夠處於許多不同的長期狀態，能夠將天量資訊保存其中，而且極其穩定——想要改變“暗能量”的長期狀態，就必須消耗極高的能量；而在黑洞這種環境中，能量和資訊都極其充沛。所以，某種意義上，黑洞就是宇宙的一個“讀寫設備”，而“暗能量”則是一個無處不在的徹底連通的“宇宙記憶體”。這個資訊的“宇宙記憶體”是一個統一的整體，每一個部分都彼此相連，沒有隔絕，這就像地球上的太平洋、印度洋、大西洋、北冰洋是彼此相連的一樣。

“暗能量”在宇宙中的分佈並不均勻，在黑洞中“暗能量”的能量密度極高，在宇宙其他空間，包括宇宙邊緣，“暗能量”的能量密度都處於常態。因此，當某個特定的資訊被黑洞寫進“暗能量”之後，這個特定的資訊就“歸一”了——黑洞不會讓資訊歸零，而會讓資訊“歸一”；一旦某個特定的資訊“歸一”，那麼，從宇宙任何一個點都有可能通過“暗能量”這個“宇宙記憶體”讀取到那個特定的資訊（當然，讀取資訊是要消耗能量的，雖然比寫入資訊的能耗低很多很多）。

“暗能量”在宇宙中無處不在，也就是意味著，“暗能量”也存在於人類的頭腦中和身體內。整個宇宙的“暗能量”是一個相連的整體，與人類潛意識是相通的；某種意義上，人類個體潛意識也是這個整體的一部分。只不過，在絕大多數時候，人類意識會壓制潛意識，或者，不敢通過潛意識去與“暗能量”接通，又或者，缺乏從“暗能量”中讀取資訊的能量和技巧；當人進入夢鄉，意識停止了工作，潛意識和“暗能量”中的資訊就會浮出水面；〈聖經〉中很多資訊也是在夢中傳遞；能夠順暢地從“暗能量”中讀取資訊的人，往往被認為是一位“偉大先知”，或者，一個“天人合一”的人，或者，一個“黑暗巫師”。

當潔西嘉他們五個人幸運地從尼爾森奇點旁邊擦肩而過，進入黑洞，躍入宇宙級的資訊海洋中，巨大的資訊超載讓他們全部陷入昏厥，這個效果與進入夢鄉相似

——意識，這位潛意識的“看門人”，停止了工作；於是，他們的潛意識和“暗能量”充分接通，天量資訊進入他們的潛意識；同時，資訊巨浪在他們的潛意識中“拍出”了些許碎片，這些潛意識碎片在融入“資訊的海洋”之後，彼此抱團，凝聚成了一個新的“智慧體”。

三、“我，就是我們。”

在黑洞中“暗能量”的能量密度極高，這也解釋了琳達號是怎樣離開黑洞的。

由於“暗能量”表現為斥力，極高能量密度的“暗能量”對琳達號提供了極大的推力。從黑洞奇點的極大吸力，到“暗能量”的極大斥力，這之間的切換時間是一普朗克時間，那麼，這之間的中間過渡地帶又有多寬呢？答案是，無窮小。因為，奇點的體積無窮小。當琳達號靠近奇點時，它被奇點的吸力牽著走，而在它用一普朗克時間經過奇點之後，琳達號就被“暗能量”的斥力推著走。“暗能量”的能量密度分佈，以尼爾森奇點為球心，球心處密度趨近於無窮大，離球心越遠，密度就越趨近於宇宙常態。在這個場域中，除了“暗能量”，別無他物，琳達號的量子發動機沒有任何用武之地；琳達號，就像一隻在大海中隨著洋流漂浮的沒有任何動力的小木筏，只能被“暗能量”推著走。

經過百萬分之一秒的昏闕後，潔西嘉蘇醒過來。她的注意力被飛船外的奇景所吸引，完全沒有注意到飛船內，那個新的“智慧體”正在演化成長。

潔西嘉最先發現的是，琳達號所在的不是一個普通的物質世界的四維空間（三維立體加一維時間），而是一個七維空間，三維立體加三維時間再加一維能量密度：琳達號正在能量密度軸上從高處向低處移動，但是，不是只有一艘琳達號，而是萬萬億億億億萬萬無限數量艘琳達號，同時出現在所有的三維立體空間位置和所有的三維時間點上，除了代表未來的那些時間點；也就是說，在能量密度軸上，琳達號表現為唯一的一艘飛船，有一個確定的位置，按照一個確定的方向，以一個確定的速度行進著，而在其他六個軸上（空間的 X、Y、Z 軸和時間的 X、Y、Z 軸），琳達號呈現出“無限疊加狀態”，除了不能到達未來之外，它無處不在，無時不在，完全不受空間和時間的限制——事實上，這些限制根本就不存在（這個七維空間沒有強相互作用、弱相互作用、電磁力、引力，只有表現在能量密度軸上的斥力）！

一個普通的克拉克人，或者一個地球人，看到這種場景，很可能直接就暈倒了；畢竟，時間的 Y 軸和 Z 軸就已經讓他難以理解了，更不用說，無限數量的自己同時出現在過去和現在的每一個空間位置上。

還好潔西嘉不是一個普通的克拉克人，也不是三十幾分鐘前的自己了：從遠遠望見蘇菲，到登上琳達號，她不斷突破身體的極限；從琳達號躍入隕石流，到與尼爾森黑洞奇點擦肩而過，她不斷突破頭腦的極限。此刻，她，或者說，她們，無限數量個她們，試著去觀察和讀取每一個空間和時間點的資訊——這次完全沒有資訊超載的問題，因為，潔西嘉進入了“全息分散式智慧”模式。從來沒有人教過她怎樣進入這個模式，但是，在這個場景下，她自然而然就這麼做了；或許，因為她對於所有的資訊都有本能的純粹的好奇心；或許，因為她還沒有發展出一個控制欲很強的拒絕“分散式智慧”模式的“敘事自我”；或許，因為她從小就在克拉克星球上同步進行著多項任務，以及有了那麼一點點兒感覺了；又或許，因為這個本身就安全感超強的孩子在剛剛經歷過死裡逃生的體驗之後，安全感進一步提升，以至於她敢於嘗試一種前所未有的放權，而不擔心意識分裂、精神分裂、人格分裂、權力分裂。事實上，當她，或者說，她們，試著把無限數量的獨立意識統合起來的時候，億億萬萬個獨立意識瞬間就凝聚到了能量密度軸上那個唯一的確定的琳達號上的唯一的確定的潔西嘉的頭腦裡，形成了日常那個唯一的確定的“敘事自我”——就這樣，先放出去，再收回來，潔西嘉自然而然地完成了一個完整的意識“發散-歸一”過程。

這時，查理、大衛、蘇菲和保羅先後從昏厥中醒來。

飛船中，一個由“暗能量”組成的全新的“智能體”正好也成形了。

“哈嘍！”他愉快地打招呼，聲音中帶著笑意。

“你是誰？”四個孩子的聲音幾乎同時響起。

“我，就是我們。”

這就是最開頭的對話所發生的場景了。

在“我”和查理等人用語言對話的間隙，潔西嘉和“我”用意識進行了幾萬句對話。她大致明白了“我”是誰，也知道了自己和夥伴們處於怎樣一種場景之中。為了幫助其他人更好地理解，潔西嘉切換到語言詢問的模式。

潔西嘉：“我們還是給‘我們’取個名字吧，‘我們’，We，那就叫‘威爾’，怎麼樣？”

“好的呀，這個名字我喜歡，以後你們就叫我，威爾！”

蘇菲和大衛點頭道：“嗯，這個名字挺好！”

潔西嘉：“威爾，你是一個精靈，還是鬼魂，還是神仙，還是純粹的意識？還是其他什麼存在？”

威爾：“我是純粹的意識，是由你們五個人的潛意識碎片在極強的‘暗能量’場中凝聚而成的。”

保羅：“哇，太酷了！相當於我們五個人靈魂出竅，然後又合體啦！”

威爾：“哈哈，是有點兒這個意思。”

潔西嘉：“你看我們五個人都是‘碳基生命’，那你是由什麼組成的呢？”

威爾：“我是完全由‘暗物質’組成的。你們五個人的潛意識碎片也是‘暗物質’，它就像胚胎，像種子，種在了最肥沃的‘暗物質’土壤裡了。”

潔西嘉：“我們現在是在哪裡？”

威爾：“我們現在是在尼爾森黑洞奇點後面的一個七維空間。”

保羅：“哇，七維空間！這更酷了！”

威爾："對！更酷的，還在後面呢，聽我慢慢說。"

保羅："好、好、好！你快說，我不打岔了。喔，不過，我還是要先問一下，我們還活著嗎？"

威爾："你們活著呢，活得好好的！"

保羅："喔，那太好了，你繼續吧！"

威爾："我們不妨把它稱為，'尼爾森七維空間'；在很大程度上，它是一家'天堂電影院'，但是，別擔心，或者說，別高興得太早，你們沒有上天堂。每個黑洞都把光子帶來的資訊完整地保存在'暗能量'中，絕大多數資訊看上去都像紀錄片，當然是無聲紀錄片。所以說，我們可以把'尼爾森七維空間'看作宇宙中彼此相連的上億家'電影院'裡比較大的一家。"

保羅似懂非懂地點點頭。

威爾："為什麼說'彼此相連'呢？就是因為通過'暗能量'，我們可以看到其他黑洞的資訊，這就好比宇宙中每一家'電影院'都屬於同一家'院線'，'數字電影膠片'是完全共用的，所有的'電影院'都從同一個'影片庫'中讀取資料。"

潔西嘉："那麼，我們在這裡可以看到所有發生在光下的事情？"

威爾："是的。只不過，有一定的滯後，因為從事件發生地到黑洞，光還是需要走一段時間。但是，資訊一旦被寫進‘暗能量’，就可以被全宇宙的所有‘暗能量’同時讀取，沒有滯後——資訊在‘暗能量’中傳播是瞬間同時抵達，傳遞過程不消耗時間。”

蘇菲：“這是什麼原理呢？聽著有一點兒像，‘量子糾纏’。”

威爾：“對，是有那麼一點兒像；‘量子糾纏’傳遞的不是‘經典資訊’，而是‘量子資訊’；‘經典資訊’的傳遞不可能超過光速，因為它要麼通過電磁波，要麼通過宏觀物體傳遞，這些介質都不可能超過光速；‘量子資訊’，本質上是基於‘波粒二象性’的‘狀態資訊’，因此，它與空間距離無關，不管多遠，‘狀態資訊’都可以瞬間抵達；你們看，歸根到底，資訊的本質，其實就是對事物狀態與關係的描述，關係其實也是一種狀態，所以說，資訊的本質就是狀態；‘暗能量’所記錄的資訊，就是原原本本的‘狀態資訊’，不是‘經典資訊’，這樣，當‘暗能量’傳遞資訊的時候，才有可能瞬間抵達。”

蘇菲：“那不像的地方是什麼呢？”

威爾：“‘量子糾纏’和‘暗能量資訊傳遞’的不同之處呢，就在於‘量子糾纏’能夠瞬間傳遞的信息量有限，而‘暗能量’瞬間傳遞的信息量是無限的，因為，純粹‘暗能量’是不受時間和空間制約的，雖然它在四維時空上的‘投影’，打引號的投影哈，看起來似乎受到了時間和空間的制約。”

保羅：“這個太難理解了！”

威爾：“那我給你舉個例子吧。比如說，愛，是沒有時間和空間的；愛，就是一種狀態，也可以說，愛，是一種‘狀態資訊’；兩個人相愛，就是說，他們進入了相愛的狀態；比如說，A 愛著 B，也就意味著 B 被 A 愛著；如果在某一個時刻，A 不再愛 B，那麼，B 就在瞬間不再處於被愛的狀態，無論 B 距離 A 有多遠，是 10 米，還是 10 光年，都沒有區別，也就是說，‘狀態資訊’本質上與空間距離無關，它的傳遞不需要消耗時間——B 的狀態被瞬間改寫了，空間距離對此完全沒有影響；而至於說，B 要通過書信、短信、電子郵件、電話、視頻通話等傳統方式得知A已經不再愛自己的這個資訊——這種資訊是‘經典資訊’，它的傳遞確實是需要消耗時間的，因為它的介質必須跨越空間距離，而電磁波和宏觀物體的速度不可能超過光速；你們看，‘經典資訊’往往遠遠滯後於‘狀態資訊’，有時候，‘經典資訊’甚至是假的——A 明明不再愛 B 了，卻不斷地發出‘我愛你’的虛假‘經典資訊’。”

蘇菲：“我好像明白點兒了。那，那個‘愛’的‘投影’又是什麼呢？”

威爾：“愛，本身是不受時間和空間制約的，不過，愛在四維時空上的‘投影’，可以是人、動物、甚至植物，可以是語言、文字、音樂、歌舞，這些‘投影’都受到時間和空間的制約；所以，有時候，愛，本身沒問題，但是，愛的表達很成問題——這個我已經見過太多太多了。”

蘇菲：“你的意思是，你的年齡很大，在我們闖進尼爾森黑洞之前，你就早已經存在了？還是說，你可以瞬間讀取無限量的資訊，所以，你在說話之間，就‘已經見過太多太多了’？”

威爾：“蘇菲，你真是一個聰慧的小姑娘呀！我是不是早已經存在了？怎樣定義‘我’？我是‘暗能量’，是一個不可分割的整體的一部分；我也是‘我們’，是你們闖進來之後才成形的存在，沒有你們的潛意識碎片，我還是不是‘我’？另外，關於我瞬間讀取無限量資訊，你說得也對，也不對——你可以認為我是在說話之間，‘已經見過太多太多’，也可以認為我是在此之前，在久遠的過去，‘已經見過太多太多’——最重要的是，在‘尼爾森七維空間’，時間是一個非常不同的概念；如果可能，你們也可以對這裡的時間有非常不同的體驗。”

保羅：“怎樣體驗？我要體驗體驗！”

威爾：“很簡單，放下你的自我，讓你的意識發散出去，去覺知‘暗能量’，和‘暗能量’中的無限宇宙資訊。”

保羅閉上眼睛，口裡念念有詞：“放下自我，讓意識發散出去，覺知‘暗能量’，和宇宙資訊。”

所有人都安靜地看著他。

五秒鐘後，“什麼也沒覺知到！”保羅嚷道；大家都笑出了聲。

保羅說，“你還說很簡單，我怎麼什麼也覺知不到呢？”

威爾：“我是說，‘很簡單’，並沒有說，‘很容易’——簡單的事情，不一定容易，可能需要很多練習，才能做到。潔西嘉第一次嘗試，就做到了。”

保羅轉向潔西嘉：“你做到啦？你覺知到什麼了？”

潔西嘉：“無數個琳達號，無數個我，和我們，同時存在於‘尼爾森七維空間’的每一個點上，能夠同時讀取每一個資訊。”

保羅：“沃奧！你開啟‘上帝視角’了！”

潔西嘉：“也不能算是‘上帝視角’吧，畢竟，不能預知未來，只能回看歷史，而且，資訊只限於被光子和宇宙物質帶進黑洞的；而上帝可以預知未來，可以知道密室裡所發生的一切，可以知道你心裡所有的念頭。”

保羅：“嗯，不算‘上帝視角’，但你那樣也很神奇了！但願我那天也能像你一樣！我現在，只能看見一個琳達號，一個我，一個我們，而且，我啥資訊也讀取不了！”

威爾：“慢慢來，別著急。”

潔西嘉：“‘尼爾森七維空間’之外的人看到的是怎樣一種空間呢？或者，外面的人能看到這個空間嗎？”

威爾："外面的人看不到這個空間。他們以黑洞為球心，遠遠地做球體環繞式的觀察，始終也只能看到處於球心的黑洞，不能看到這個'七維空間'——我們超越了普通物質世界的四維時空。"

保羅："那，我們怎麼出去呢，怎麼回到四維時空？"

威爾："這就需要等待一個'暗能量'真空的出現，我們可以通過'暗能量真空通道'進入四維時空。"

保羅："'暗能量'真空會在什麼情況下出現呢？"

威爾："當某一個四維時空的人，或群體，連接到'暗能量'並且讀取天量資訊的時候。"

蘇菲："喔，我猜，那就是說，當一個先知，或者一群先知，或者偉大人物，達到'天人合一'境界的時候，他或他們就連接到'暗能量'並且讀取天量資訊，那時候，就出現了'暗能量真空通道'，我們就可以走這個通道，進入他們所在的四維時空。"

威爾："聰明，真聰明。大致是這樣，不過，很多時候，連接到'暗能量'並且讀取天量資訊的人，如果嚴格地按照克拉克人的善惡標準來判斷，不是善人，而是惡人。說來也奇怪，其實，創造出'暗能量真空通道'的惡人比善人明顯多得多；仔細想一想，也不奇怪，惡人比善人更懂得利用資訊差，因為權力的來源之一，就是資訊差；惡人比善人更渴望權力，對資訊也更饑渴，所以，惡人更勤奮更擅長時間管理，他們總是起早貪黑地搜尋資訊、搞陰謀詭計、享受感官刺激，他們的滿足和快樂都很短暫，總是不得不去追求下一個；相比之下，善人往往比較懶惰，可能是因為他們更容易滿足也更容易快樂，並且滿足和快樂也更持久吧。”

蘇菲：“好吧，知道了，我們出去的時候，大概率會遇上惡人，而不是善人。”

威爾：“其實，如果按照宇宙意識來看，我們就不應該去判斷，至少不應該去簡單地貼個惡人或善人的標籤。惡人變善人，善人變惡人的‘劇情’，我也‘已經見過太多太多了’，哈哈！”

保羅：“在出現‘暗能量真空通道’之前，我們只能等著囉？”

威爾：“是的。你們也可以試一試，看看自己能不能看到‘尼爾森電影院’裡的電影。”

大衛：“我們能不能看一看爸爸，朱利安元帥，還有潔西嘉的父母？”

威爾：“好主意！來了，這一段畫面是七天前，他們離開遠征軍統帥部的場景。我說過，只能是無聲電影，不過，我可以做成全息立體電影，播放給你們看。”

四、七天前

凌晨三點半，遠征軍統帥部總指揮室內，煙霧繚繞，五個男子沉默地圍坐在會議桌邊；其中兩個人抽著煙，眉頭緊鎖，盯著自己噴出的煙霧，若有所思；兩個人顯得有點兒不勝酒力，用手支撐著額頭，手指揉搓著太陽穴和前額；一個五十多歲的男子環視著另外四個人，打量著他們的表情和一舉一動。桌上幾盤簡單的下酒小菜都快見底了，五個深淺不一的酒杯，桌上和地上散亂地立著十幾個空酒瓶。

“元帥，您考慮好了嗎？這一步邁出去，就相當於愷撒跨過了盧比孔河，沒有回頭路了！”打破沉默的是遠征軍副統帥，中路軍軍長庫克上將，他剛才用手撫著額頭，顯得有點兒不勝酒力，其實是為了避免目光接觸，給自己更多的思考時間；現在，他突然抬起頭，說話的時候，目光炯炯地盯著那個剛剛環視打量其他人的男子的雙眼。

被稱作元帥的男子，正是遠征軍總司令朱利安元帥，他用堅定的目光直視庫克上將的雙眼，一字一頓地說，“庫克老弟，我這樣做的目的，恰恰就是為了避免愷撒式的內戰啊！”

庫克一時語塞，他歎了口氣，再度陷入沉默。

“從元帥這段時間的安排，確實能看出他的這份苦心。”總參謀長喬治中將開口了；他吸了一大口煙，快速從鼻孔噴出來，然後接著說，“最重要的是，所有的將士都很公平地得到了相應的嘉獎，沒有人有怨言；愷撒當年在跨過盧比孔河之前，所做的最重要的事情，就是挑起將士們的不滿和怨恨，這樣他們才願意跟著愷撒一起打回羅馬，一起參與內戰！”

朱利安歎了口氣，說道：“我確實沒有做愷撒的打算，奈何人家卻有這種擔心。”他一邊說，一邊與其他四個人目光接觸，他們都看著朱利安的眼睛，默默點頭。

然後，朱利安把目光轉向庫克上將，“所以，我想把遠征軍交給您來代為指揮。對於遠征軍來說，全軍上下都服您；對於元老院和總指揮部來說，您也是那個最能讓他們放心的人。”

庫克上將：“可是，這樣對您自己太不公平了！”

朱利安：“在這種情況下，也就不能強求公平了；不過，我相信，把眼光放長遠，最終還是會有公平的。”

之前一直悶頭抽煙，沒有開口說過話的左路軍軍長德雷克少將，“騰”地一聲站起來，狠狠地把手中抽了一半的煙摁滅在桌面上，“幹他娘的！這幫王八蛋，縮頭烏龜！咱們兄弟這七年在這兒拼死拼活的時候，他們連個鬼影都不露，這仗剛他媽一打完，這幫烏龜王八蛋就急吼吼地跑過來搶地盤，搶權力，搶技術！元帥，只要您一句話，我現在就帶一幫弟兄過去，把特別使團那幫龜孫子全部抓起來！大不了，咱們再跟著您上山打遊擊！別人怎麼樣，我不清楚，我自己的弟兄，我們整個左路軍都跟您走！”

德雷克的話火星四射，眼睛更是像噴火一樣，在庫克上將和右路軍軍長摩根上將臉上掃來掃去。

德雷克話音未落，不勝酒力的摩根上將也“騰”地站了起來，滿臉通紅，對著朱利安元帥喊道：“沒錯！我們右路軍也跟您走！”喊完這話，摩根和德雷克兩個人都定睛看著庫克。

庫克心中瞬間轉過無數的念頭：一來，元老院和總指揮部確實吃相太難看，急吼吼地要把朱利安元帥調到總指揮部任副總指揮，擺明瞭就是明升暗降，解除他的兵權，這確實太不公平；二來，整個對摩爾帝國的戰爭，基本上就是朱利安元帥麾下的遠征軍和第三艦隊打贏的，第一艦隊僅僅只是接管了第三艦隊之前的防區，完全沒有直接參與戰鬥，可是，摩爾帝國投降之後，全體第一艦隊和第四艦隊晝夜兼程開赴摩爾大後方的戰略要地和戰爭資源省份；三來，遠征軍和第三艦隊中的很多中高級軍官都為朱利安元帥抱不平，對第一和第四艦隊的快速部署也很有看法，這幾天各種謠言、小道消息和情緒都在發酵和蔓延；四來，雖然已經從昨晚八點左右喝到了淩晨三點半，自己還是不確定朱利安元帥到底是什麼態度，現在左路軍和右路軍的兩個軍長都在表忠心，注意的焦點就完全集中到了自己身上；現在真的是不能掉以輕心，說不定，一句話沒說對，自己就人頭落地了——雖然跟隨在朱利安身邊已經將近十五年之久（朱利安還是軍事科技研究院院長的時候，庫克就是他手下的研究主管，那五年左右的日子是庫克一生中最愉快最寧靜的時光，之後庫克追隨朱利安元帥來到東部戰區，一起經歷的是十年的出生入死），雖然每每遇到艱難抉擇時庫克總是看到朱利安展現出人性的光輝，但是，徹底打敗摩爾帝國的這場"雷納大捷"，反而讓克拉克共和國的內部矛盾和權力鬥爭一下子激化了，接下來的一段時間將關係到朱利安元帥的個人命運，也將會影響整個克拉克共和國的命運走向：全面內戰，或者局部衝突，或者維持表面和平而實際上暗流湧動。

庫克上將與德雷克少將、摩根上將不是同一類人：德雷克其實年紀最大，軍齡最長，但是因為他的火爆脾氣，讓他得罪了不少人，所以，他一直不被重用，直到被朱利安發現並委以重任，靠卓著戰功才升到少將軍銜；德雷克把朱利安視作自己的伯樂，再生父母，願意為朱利安赴湯蹈火，這都很可以理解。摩根上將平時沉默寡言，屬於智商極高，非常聰明的那種天才人物，他也曾經在軍事科技研究院做過研究主管，從那時候起，摩根就表示在這個世界上唯一讓他徹底心服口服的就是朱利安；摩根並不關心政治，他醉心於軍事、科技、和軍事科技。而庫克上將雖然也潛心研究軍事和科技，但是，他還關心政治、經濟、歷史、哲學、藝術、宗教等等領域，他不僅博覽群書，而且在各領域都有一些很要好的朋友，其中有幾個朋友就在元老院和總指揮部身居權力核心位置——朱利安元帥剛才說他是最讓元老院和總指揮部放心的人，此言非虛。

庫克清了清嗓子，目光回視了德雷克和摩根兩秒，直視朱利安的眼睛，不無激動地說道："我覺得，德雷克將軍和摩根將軍的態度確實代表了咱們遠征軍，還有第三艦隊大多數將士的態度。總指揮部這樣的安排，有失妥當，我不能接受，您委託我代為指揮遠征軍，還請您重新考慮。”

朱利安和庫克對視，說道：“我已經反復考慮過了，這是當前情況下的最好安排。您以副統帥的職務代替我指揮遠征軍一段時間，等我回來。我不在軍中的這段時間，您是軍銜軍職最高的長官，左路和右路都要聽從您的指揮。”說到這裡，他看了一下德雷克和摩根，兩人默默點頭。

庫克問：“那您大概多長時間之後回來呢？”

朱利安：“短則兩周，長則三月。期間，我會想辦法和你們保持不定期的聯繫。但是，如果遭遇緊急情況，不必等我指令，一切聽從庫克將軍指揮。”

德雷克和摩根：“遵命。”

庫克：“總參謀長也和您一起去？”

朱利安：“是的。雖然不是去打仗，但我已經習慣了凡事和他商量商量啊。所以，喬治兄，只能辛苦您走一趟了哈！”

喬治：“哪裡，哪裡，這是我的榮幸。”

庫克：“元帥既然下了命令，那我也只能執行。您還有其他什麼吩咐？”

朱利安：“只有一件事情：遠征軍的最新版的‘超級智慧護甲’的核心演算法，在我回來之前，不要交給特別使團。”

庫克面露難色，遠征軍這次能夠贏得“雷納大會戰”，固然要歸功於朱利安元帥指揮得當，而“超級智慧護甲”則是最重要的制勝法寶：在核心演算法的驅動下，它能夠把敵人攻擊的能量，包括原子彈和氫彈，瞬間轉化成物質，同時把這些物質又變成護甲的一部分，所以，它不僅不會被敵人的攻擊所削弱，反而被攻擊所增強；它的唯一弱點，就是不能有效反射超高能中子輻射。

“雷納大會戰”就是圍繞著這個軍事黑科技的核心優勢來設計的：先假裝落入摩爾人的陷阱，讓摩爾軍隊組成一層又一層的包圍圈，然後，摩爾人發現他們發射的原子彈和氫彈所釋放的衝擊波、光輻射和熱輻射能量都被“超級智慧護甲”吸收並轉化成物質來增強護甲，核輻射則被反彈，生化攻擊也會被有效隔離，只有中子彈似乎還有那麼一點兒殺傷力，但普通中子彈的穿透力不夠強，大部分高能中子輻射也被吸收了；於是，摩爾人不得不從重兵守衛的秘密研究基地搬出摩爾帝國的“終極大殺器”——鍮元素增強型中子彈。

這種特殊的中子彈，利用鍮元素衰變所釋放出的超高能中子輻射來殺死殺傷敵人，它釋放的能量不高，衝擊波、光輻射、熱輻射都小，超高能中子的穿透力卻超強，核輻射效應很大。由於純天然的鍮元素只有 0.023 克，摩爾帝國在長期研究之後，開發出相對穩定的人造鍮元素，並以此為原料製造鍮元素增強型中子彈；但是，生產相對穩定的人造鍮元素仍然是極其困難的，產量有限，所以，製造出來的鍮元素增強型中子彈的數量也不多。朱利安元帥整個戰略的佈局其實就是誘導摩爾人把這個“終極大殺器”從戒備森嚴的基地裡搬出來；他早已經通過情報戰滲透進去，掌握了摩爾人的一舉一動。在這批中子彈運輸的中途，遠征軍的一支由邦妮率領的特種作戰部隊偷襲得手，控制住了這些最可怕的超高能中子武器。當遠征軍特種作戰部隊在敵人後方試射了兩顆威力巨大的中子彈之後，圍困遠征軍的一百五十多萬摩爾軍隊知道自己已經完全輸掉了這場戰爭，只好乖乖投降；摩爾帝國就此土崩瓦解。

“超級智慧護甲”，是朱利安、摩根和庫克在軍事科技研究院就啟動了的專案，最終，還是在戰場上通過不斷改進核心演算法才實現了最重要的突破，立下了赫赫戰功。

元老院和總指揮部派來的特別使團昨天一到，就要求遠征軍把最新版的核心演算法交給他們。看來，他們很清楚它的價值，另外，遠征軍中也有人在向他們傳遞消息。

庫克略一躊躇，說道：“好的，我想辦法拖延，還希望您儘快回來。我不太擅長處理這類問題。”

朱利安：“放心，我會儘快，我肯定捨不得我這幫弟兄們啊！來，來，幹了最後這點兒杯中酒！下次見面的時候，我們再喝個痛快！”

……

同樣是七天前的淩晨三點半，在“前摩爾帝國”首都凱薩琳堡一個極度奢華的密室中，冷豔而稍顯豐腴的安娜從感官滿足的巔峰直線跌落到極度陰鬱的情緒穀底。她厭惡地揮揮手，兩個外形俊美得無可挑剔的男模立刻會意，麻利地抱起地上的衣服，光著身子垂著頭退出了密室。

安娜冷冷地看著屋內仍然在恣意狂歡的一具具肉體，一種想要嘔吐的噁心感湧了上來。她一邊壓制住嘔吐的衝動，一邊用雙手響亮地拍了三下。男模女模們馬上停止了動作，拿起衣服，安靜地向外退去；四男兩女意猶未盡，戀戀不捨地目送他們出去，然後才把夾雜著欲念、懊惱和呆滯的目光投向安娜。

安娜冰冷的目光掃視著這六個年輕人，不禁回憶起這些人小時候天真而有靈氣的眼神和表情——十幾年的侵蝕，讓那些靈氣蕩然無存。“這就是代價吧。”安娜心想，“不管怎樣，他們才二十出頭，就取代了自己的父輩，超越了自己的兄長和姐姐們，晉升為六大族群的新‘掌門人’。”

而這一切都要歸功於安娜，和她的三位老師，黑、白、灰三位先知。如果不是三位老師的深謀遠慮和縱橫捭闔，如果不是安娜發揮出她‘天才陰謀家’的手段和手腕，這些二十出頭的小野心家們也只能忍受哥哥姐姐們的打壓，和父輩們的忽略；而如果他們能小心翼翼地躲過無數的明槍暗箭，如果他們還能幸運地在權力鬥爭中最終勝出，那他們或許能在五、六十歲的時候執掌各自族群的最高權力。雖說，他們僅僅因為加入“安娜小集團”就坐享權力和財富，未免有點兒太便宜了這幾個小兔崽子，但是，這也是最好的安排了：畢竟，安娜實現了自己在三十歲生日到來之前問鼎“藍血聯盟”的人生最大夢想。

“藍血聯盟”是由摩爾帝國的四大隱形族群和克拉克共和國的三大隱形族群共同組成。這七大隱形族群通過聯姻、師徒、秘密結盟等方式在暗中形成嚴密組織，它們比明面上的那些豪門權貴家族更有權勢，當然，有一些豪門家族也隸屬於隱形族群。

在表面上，摩爾帝國和克拉克共和國，是由本國各自的政黨或超級豪門所控制；而實際上，這兩個大國，是由跨國界的“藍血聯盟”在暗中掌控——無論是戰爭，還是和平，是競爭，還是合作，都是由“藍血聯盟”的七大‘掌門人’秘密協商決定：當他們覺得，戰爭能夠轉移國內矛盾，釋放民眾怨氣，他們就挑起戰爭；當他們覺得，老百姓都玩夠了打累了，普遍有厭戰情緒了，他們就締結和約；總之，兩個巨大的國家機器一直都在“藍血聯盟”的掌控之中，政治、經濟、軍事、外交、權力都處於相當穩定的平衡狀態，直到十年前。

十年前，朱利安從軍事科技研究院調任東部戰區統帥，是一個不起眼的小事件；但是，最終就是這個不起眼的小事件打破了舊體系的平衡，引發了權力中樞的大地震，讓安娜和她的小夥伴們成功上位。而這個調任的發生，也是由安娜的三位老師和安娜一起暗暗推動的；

當然，當年他們是想收買朱利安。雖然朱利安沒有被收買，但是，事實證明，他成了推動整個棋局向有利於“安娜小集團”的方向變化的最重要的一顆棋子。十幾年來，遠征軍獲得的最關鍵的絕密情報，包括鑰元素增強型中子武器的運輸路線和操作秘碼，都是“安娜小集團”傳遞的。

摩爾大軍投降之後，高級將領被送上克拉克軍事法庭按戰爭罪審判，“安娜小集團”按早已擬定好的計畫把自己收買的少壯軍人迅速安插到軍隊要害位置；而克拉克第一和第四艦隊的許多少壯派將領也已經發誓效忠于安娜，並按照“安娜小集團”的指令，公然率領自己的部隊脫離艦隊管轄，搶佔摩爾軍隊騰出來的戰略要地，收編摩爾降軍，擴充自己的實力。第一和第四艦隊的最高指揮層因為喪失了對部隊的控制力而被克拉克元老院和總指揮部解職並拘禁。朱利安會不會像愷撒那樣發動內戰，成為了元老院和總指揮部最擔心的問題；同時，這也是“藍血聯盟”權力核心晝夜爭吵的問題，更準確地說，該不該迫使朱利安像愷撒那樣發動內戰，是他們爭吵的問題。

摩爾帝國“轟然”倒下後，前摩爾帝國的四大族群的老一代掌權者被迫退位，準備讓自己培養多年的接班人上位；而此時“安娜小集團”在前摩爾帝國的核心區域已經擁有了占絕對優勢的武力，於是，安娜使用武力扶持自己的小夥伴們出任新‘掌門人’，暗殺或軟禁了眾多潛在的權力競爭者，並把自己的心腹充實到四大族群的權力核心位置。“安娜小集團”旋即使用他們剛剛搶到的摩爾系勢力，反過來在“藍血聯盟”內部對克拉克系的三大族群發動全面的大清洗；克拉克共和國的三大族群的最高層本來以為，摩爾帝國解體之後，自己的權力會得到鞏固和增強；他們放鬆了警惕，聚集到凱薩琳堡郊外原始森林中的秘密基地，一來要監督前摩爾帝國的四大族群的權力移交過程順利進行，二來要擴張自己在“藍血聯盟”中的權力，三來要主導自己構想的或內戰或和平的大格局；沒想到，在短暫的一陣混亂之後，他們發現自己成了階下囚，而他們在克拉克境內的心腹們則要麼被殺要麼被抓要麼被收買。

當安娜的六十五歲的老父親，在軟禁房間的窗口望著女兒遠去的背影，他的目光中夾雜著震驚、憤怒、疲憊和幾許欣慰——真沒想到，這個快滿三十歲的不起眼的女兒竟然如此漂亮地完成了這樣的大手筆！安娜的三個哥哥和一個姐姐則在震驚和憤怒中權衡，要不要對這個“新掌門人”妹妹俯首稱臣。

在完成這一系列讓人眼花繚亂的動作之後，安娜和另外六個“新掌門人”齊聚凱薩琳堡，用一個極度瘋狂淫靡的“大趴踢”來慶祝奪權成功。

安娜：“趴踢的上半場結束！下半場開始之前，我們先開個會，安排幾件最重要的任務。”

六個人赤裸著身體，圍坐過來。

安娜繼續道：“第一個任務，拿到‘超級智慧護甲’的最新版的核心演算法；第二個任務，把天然鈽元素和剩下的超級中子彈轉移到我們的秘密基地，加速生產超級中子彈；第三個任務，儘快挑起內戰，以便我們進一步對‘藍血聯盟’進行大清洗。想負責哪個任務，就趕緊說話，把任務領走！你們把任務領完，趴踼下半場就開始！”

尾聲，序曲

（一）

“對不起，我們只把琳達軟禁在家，沒能把保羅和大衛抓回來。邦妮的女兒，潔西嘉，把他們救走了，順便帶走了艾倫的女兒，蘇菲。”說完，溫蒂低下頭。

黑先知：“加強對邦妮的媽媽，裘蒂，的監視。別讓那個老太婆又給你們搞個意外。”

溫蒂：“明白！我下去馬上就安排。”

白先知：“他們坐的琳達號掉進尼爾森黑洞啦？”

溫蒂：“是的。”

白先知：“那你們只能在遠征軍那兒多下功夫了。安娜安排的那兩個小屁孩兒根本沒戲；他們走明的，你們走暗的。”

溫蒂：“好！”

三位先知交換了一下眼色，黑先知說：“下去吧。”

溫蒂：“遵命！”

灰先知：“我對照了一下時間線，計算了琳達號的實際下落速度，還看了一下視頻，我發現，琳達號先是被一個逆時針旋轉的小漩渦捕獲，後來似乎又恢復了動力，這個很可能與順時針旋轉的尼爾森黑洞有關，兩個黑洞的角動量恰好被抵消了；另外，排除掉‘時間膨脹效應’之後，‘漣漪’出現的時間，恰好就是琳達號經過黑洞奇點的時間。我在想，會不會‘琳達號’沒有被撕碎，也沒有被奇點吸收，而是僥倖穿越了尼爾森黑洞，闖進了‘暗能量資訊世界’——他們造成的衝擊波，恰好就是把我們困住的‘漣漪’？”

黑先知和白先知點頭不語。三個人沉默好一陣子。

黑先知：“我們在尼爾森黑洞附近搞個實驗室，製造一些逆時針旋轉的小黑洞，看看能不能重現發生在琳達號上的事情。如果能夠打通這條通道，那也是很不錯的。”

白先知和灰先知異口同聲：“好主意！”

灰先知：“我們有沒有可能通過反復製造‘暗能量真空通道’，把琳達號吸出來？”

白先知點頭：“讓溫蒂事先做好準備，琳達號出來，就不能再讓它跑了。”

（二）

小飛船和太空母艦的視頻通話中，邦妮正在向朱利安元帥報告：“我們偷偷跟進到山溝，看到‘臭鼬’小隊的隊員們全被捆起來，放到了他們偷的‘超級智慧護甲’裡面；‘禿鷲’小隊用迷你原子彈和氫彈攻擊了護甲，發現‘臭鼬’小隊的隊員都安然無事，就收了護甲；然後，‘臭鼬’和‘禿鷲’分頭離開了山溝。”

朱利安："很好。看來是驗收合格了。我們盯好'禿鷲'，應該就能找到他們的新基地。"

邦妮："嗯，我們安排了四個小組輪流在前面跟蹤'禿鷲'。"

朱利安："好。這幾天你太辛苦了，趕緊回母艦休息一下吧。"

邦妮："好的，謝謝元帥！"

朱利安："喔，順便也告訴卡爾醫生一聲，別太勞累了。今天我們在一起討論防護和治療中子輻射的藥物研發時，我感覺他很憔悴。你勸勸他，還是要注意身體。"

邦妮："嗯，我會的，謝謝元帥關心！"

……

艙門打開，卡爾扭頭過來，看到邦妮走了進來，她嫣然帶笑，自然地把秀髮甩到一邊；卡爾心頭一熱，不假思索地起身快走幾步，把邦妮緊緊地擁入懷裡，閉上眼睛，深深地吻上她的雙唇。卡爾眼中的淚水流淌下來，流到了邦妮的臉龐上。

熱吻之後，邦妮伸出右手抹了抹兩人臉上的眼淚，問："親愛的，你剛才夢到潔西嘉啦？"

卡爾："是的，我夢到我們仨，在音樂變成的絲帶和星星中跳舞，美妙得難以置信。"

邦妮："嗯嗯，然後呢。"

卡爾："我為你們倆各摘了一顆星星。我先用右手抓住了你的左手，把星星放到了你的手心，然後，我們倆一起朝她飛過去；可是，就在我差點兒要抓到潔西嘉的手的時候，她突然消失了，轉眼，你也消失了。我從夢裡驚醒，然後發現，我左手還握著這個。"

卡爾攤開左手，手心上，一顆小星星一閃一閃，晶瑩剔透。

邦妮攤開左手，手心上，同樣是一顆晶瑩閃爍的小星星。

卡爾驚詫地看著她。

邦妮："就在剛才，我們的小飛船快要停靠母艦的時候，我打了個盹。夢裡和你說的一模一樣，我醒過來，發現手心裡握著這顆小星星。"

（三）

琳達號內。

威爾對潔西嘉："很快就要出現'真空通道'了，而且，這一下子好像要出現兩個。我不得不把你召回來。"

潔西嘉："喔，我明白了。"

威爾："我讓你爸媽從我造的那個'暗能量夢境'各拿走了一顆小星星。他們會再來找你的。"

潔西嘉眼裡淚光閃爍："太好了！"

查理："威爾，兩個'真空通道'都越來越大了，我們應該選哪個呢？"

威爾："現在看來，這兩個通道都沒有問題——技術上都是安全可行的。至於說，出去之後，會到哪裡，會遇到什麼人，那我就完全不知道了。咱們一起決定選哪個通道吧！"

蘇菲："現在是六票，可能會出現 3：3 的情況；這樣吧，威爾的一票頂兩票，大家覺得怎麼樣？"

五個人一致同意。

威爾："好，那我們就投票吧！選左邊的，舉左手；選右邊的，舉右手！3，2，1！"

〈剃刀邊緣〉

奧卡姆剃刀原理：“如無必要，勿增實體。”

所有人，包括皇帝、國王、總統、教皇，甚至上帝，都生活在奧卡姆剃刀邊緣。

只不過，一刀剃下去之後，人們往往發現自己需要吃藥——後悔藥。

一、星球拆除通知

夜已深。水牛星球蒙馬特社區重複著自己的節奏。這裡一直是太空牛仔們的樂園，也是“宇宙波希米亞人”的綠洲；在每個街角，既能撞上粗言穢語、隨時準備揮拳相向的粗壯大漢，也能看到陰柔憂鬱、沉浸在自己的世界裡的落魄藝術家。

半年前，蒙馬特開始搞“人類自治社區運動”，人口很快就膨脹到以前的十倍左右——形形色色的人（和超級模擬機器人）湧了進來，有革命家、有投機分子、有烏托邦主義者、有反烏托邦主義者、有情報人員、有反情報人員、有熱血青年、有流竄罪犯、有逃債者、有追債者、有逃命的、有索命的、有野心家、有絕望者、有來秘密交易的人、有來破壞秘密交易的人……“人類自治社區運動”的精神有兩條：第一條，拒絕無所不在無孔不入的人工智慧和大資料，讓人類自主自立地勞作和生活；第二條，拒絕科技驅動的社會治理模式，用人性化的方式來實現人類的自治；當然，人類要在太空中生存，就離不開高科技，而運動領袖們的意圖僅僅是想在高科技產品的海洋中建立一個相對更“原始”的小島。雖然，運動的領袖們組織了對蒙馬特社區內高科技產品的嚴格查禁，但是，天上地下空氣中，無數的感應器都在採集著資料，無數的計算、存儲、分析正在進行中。

三天前，從“普羅米修士專案”的面試現場逃到蒙馬特社區的超級模擬機器人，像一條受傷流血的鯊魚闖入一片殺機四伏的海域，立刻讓黑暗中的捕食者們嗅到了血腥味兒，他們攪動著暗流，翻騰起泡沫；他們不約而同地把最關鍵的行動的時間和地點設定為後天晚上，“蒙馬特戲劇節”開幕式主會場——屆時，不僅“自治社區運動”的核心成員們會到場，而且，水牛星球的總督夫婦和軍政要員們也都會出席。不過，“自治社區運動”的創始人和精神領袖，本傑明，應該是無法參加這場盛會了，因為他已經到了最後的彌留階段；此刻，圍在他床前的是他的家人、最信任的學生們和最親密的戰友們，而他最擔心的則是在他去世後，這群人會不會反目成仇。

這晚，老狐狸小酒館和往常一樣躁動喧嘩，小樂隊依然激情澎湃地演奏著輕快俏皮的舞曲，擁擠的舞池裡男男女女們不知疲倦地扭動著身體，揮動著汗水，一桌又一桌的酒客們仍然扯著嗓子說話，仰著脖子喝酒。

甄妮也像每天一樣，安頓好弟弟漢特入睡之後，12點左右來老狐狸，準備和一群老朋友喝到天亮再回去睡覺；睡到下午兩點左右，她就會去畫家廣場，接替好朋友傑夫的攤位，一直畫到天黑；她喜歡畫星空之下的蒙馬特的夜景：萬家燈火、酒館霓虹、山崗上聚光燈下的大教堂穹頂、若隱若現的地球和太陽、螺旋的銀河系、無數的銀河外星系——水牛星球位於銀河系的邊緣，而蒙馬特所在的位置最適合回望銀河，遠眺太空；相比于白天的畫作，這些以星空為背景的作品也更容易賣出去；蒙馬特大學歷史系有個叫霍夫曼的老教授，每週至少來一次，聊聊天，看看作品，買走幾幅；霍夫曼買的絕大多數都是夜景；回到家，甄妮會給弟弟漢特和自己做頓好的，聽聽漢特一天又闖了什麼禍事，找到了什麼樂子。

漢特 15 歲，智商停留在 3 歲左右，不過，沒人敢欺負他，可能是因為小時候受到驚嚇，大腦運動神經發育異常，漢特渾身都是腱子肉，力大無窮；甄妮查過資料，這種情況發生的概率是幾千萬分之一，據說古老的中國有一本叫做〈說唐〉的演義小說，講的是公元 600 年，也就是大概 2400 多年前的故事，裡面有個虛構的人物，李元霸，他的情況和漢特差不多；只不過，李元霸比較嗜殺，漢特還挺溫和的，只要不惹他，他絕不會主動攻擊任何人或者小動物，他如果闖了什麼禍，那就跟一個3歲小孩子幹的事情差不多；蒙馬特社區老居民們其實還挺照顧漢特的，這讓甄妮放心不少，白天就任由他在家附近和小孩子們一起玩兒；甄妮回家的時候，漢特差不多剛好也回家了；吃完洗完，甄妮陪著漢特聽聽音樂和故事，一會兒漢特就睡著了；甄妮自己的夜生活也就開始了。

這夜出門之前，甄妮突然感到一陣莫名的悲傷——強烈，毫無由來，就像突然得知自己剛剛永遠失去了某個很親密的人的那種撕心裂肺的感覺；甄妮不得不扶著牆壁，慢慢地蹲下身子，癱坐到地上，淚水止不住地湧出來；那一年，父母先後去世，她雖然也很悲傷，但還沒有到這種程度；這些年有時候會想起他們，會想起日漸疏離的雙胞胎哥哥喬納森，會有淡淡的悲傷，跟剛才突然出現的強烈的悲傷感覺非常不同，關鍵是這悲傷來得沒有任何原因。這時，漢特也從睡夢中驚醒了，大聲哭喊起來。甄妮勉強掙扎著爬起來，踉踉蹌蹌摸到漢特床邊，抱住他，輕輕拍著他的背說，“別怕，漢特，別怕，醒醒，醒醒，沒事兒，是個夢。”

漢特在拍打下慢慢安靜下來，又入睡了。甄妮的心情也平復了許多，那陣悲傷像一陣疾風掠過湖面，迅速消失無蹤，只留下些許波瀾。甄妮猶豫了片刻，要不今晚就在家讀讀書，早點睡覺，或許剛才是因為最近實在太累了，真的需要休息了。不過，幾分鐘之後，甄妮就覺得情緒和體力都完全恢復了，想到一群朋友正在老狐狸等著她過去喝酒吹牛，特別是最近有兩個新來的男人好像在追求自己，其中一個叫路易的長得還有點兒帥，於是她飛快地出門，走到了永遠快樂著的老狐狸。

第五杯“藍色瑪格麗特”雞尾酒被一飲而盡，甄妮一手支著頭，笑眯眯地聽著路易講他前幾天的一件糗事；突然，她覺得呼吸困難，眼前發黑，並且，全身肌肉緊繃，內臟翻騰，整個人都被巨大的恐懼所掐住。路易和同桌的其他人都發現她不對勁，趕緊讓其中一個大姐扶她到後門外的小巷去透透氣。路易焦急地跟在後面。應該不是酒的問題，那位大姐喝的也是“藍色瑪格麗特”，她一點兒事都沒有。甄妮一手撐著牆，另一隻胳膊被大姐攙扶著，大口大口地喘氣，她心想，“難道，我得了什麼急性病啦？反應這麼劇烈。”

那種幾乎讓她虛脫的窒息感持續了三分鐘左右，就消退了。甄妮終於能正常呼吸了，此時她渾身都已經汗濕了，雙腳像踩在棉花糖上。她抬頭正好望見不遠處的小山坡上的大教堂，昏黃的光從窗戶透出來——那裡有信徒在輪流做深夜禱告，直至天明。甄妮以前也是“夜禱兄弟會”的一員，她不禁回想起那段痛苦煎熬的日子和徹夜禱告之後的寧靜。

是的，她曾是“夜禱兄弟會”的一員——甄妮，以前叫湯瑪斯，他和自己的雙胞胎哥哥喬納森都是“夜禱兄弟會”成員，都曾經徹夜為病重的父母禱告；父母相繼去世後，他倆漸漸離開了兄弟會，再後來，他們兩人也漸行漸遠，雖然都住在蒙馬特社區，但是幾乎不說話，偶爾在父母合葬的墓地前遇見，也沉默地看一眼對方，就匆忙離開；喬納森後來也變性了，在甄妮做變性手術之前，他改名瓊安娜，是一位很出名的女詩人和文學批評家，經常在〈號角〉雜誌上發表言辭激烈的作品，也是“人類自治公社運動”核心成員之一。

甄妮聽著附近幾家酒館飄出來的音樂和人聲喧嘩，看看小巷的燈光和人影，從小巷的盡頭望向夜色中的蒙馬特社區，突然覺得這個狹窄的角度如果畫出來，也會很美；她抬頭望向夜空，星辰的大海被遮擋成一條狹長的星河。似乎，星河中有一顆新星，異常明亮，而且，正在變得更加明亮。

＊ ＊ ＊

大教堂下方的山體中，是“人類外太空殖民星球聯盟”設在水牛星球的情報與指揮中心。

聯盟“最高行政委員會”主席卡特博士和負責安全事務的副主席約書亞博士正在視頻通話中。

卡特：“謝謝約書亞博士！看來，我們之前低估了蒙馬特社區的複雜程度。這段時間您帶領的特別行動局工作做得很細緻，真的是辛苦啦！我正式授權您按照升級之後的新方案行動，預祝你們 48 小時之後的行動圓滿成功！”

約書亞：“謝謝卡特博士！我們會盡全力去完成任務！”

卡特：“完成之後，您修個假吧。這3年多，您都沒有修過假了。”

約書亞：“謝謝！我確實想太太和孩子們了，準備帶他們去旅行一下。”

卡特：“他們一定會非常開心！”

……

“約書亞博士，我們發現了一個新情況，覺得必須馬上向您彙報！”中央監控大廳的負責人湯姆報告道。

“喔，好的，那我這就來中央監控大廳。”約書亞說。

約書亞：“什麼新情況？”

湯姆："吉姆，那你彙報一下吧。"

高級情報分析師吉姆打開大螢幕，一邊播放錄影和錄音，一邊解說："五分鐘前，我們收到了一條'星球拆除通知'——12 小時之內，如果不能達到'最低生命效能標準'的要求，水牛星球將會被整體拆除。"

"你們已經核對過這條通知的通訊協定和密碼機制了？"

"是的，約書亞博士，經過核對，這條通知的通訊協定和密碼機制，和之前關於拆除多瑪星球和摩拉星球的通知是完全一樣的。並且，看來這次對水牛星球進行拆除的方式和前兩次也一樣——目前，正有六顆大品質流星，從 XYZ 軸向的六個方向同時向著水牛星球高速飛來，我們測算了預計撞擊時間，六顆正好都是 11 小時 53 分鐘之後對水牛星球實施正面對撞。"

約書亞："和發生在多瑪、摩拉星球的情況一樣！"

吉姆："對，那兩次都是瞬間撞成了黑洞。以現在觀測到的品質和速度來看，水牛星球也會被撞成一個黑洞！"

這時，卡特博士的緊急呼叫設備響起來。

約書亞："卡特博士，您找我？"

卡特："是的，想必你也知道，一條針對水牛星球的'星球拆除通知'對全宇宙廣播了。"

約書亞：“對，湯姆、吉姆和我正在中央監控大廳分析這個情況。”

卡特：“我馬上要接通水牛星球上的外星人總代表，霍夫曼教授。你讓湯姆和吉姆也一起參加這個視訊會議。”

約書亞：“好的。我們這就設置好會議室，接通進來。”

約書亞向湯姆點頭示意。湯姆在手環上點擊了幾下，一個半球型的模糊空間把約書亞、湯姆和吉姆包裹在裡面；中央監控大廳的其他工作人員只能看見模糊的半球，聽不見也看不見半球會議室裡面發生的事情。

全息會議，一共十個人：“最高行政委員會”七位元委員全部到場、湯姆、吉姆和霍夫曼教授——就是那位每週都去買甄妮畫作的蒙馬特大學歷史系的老教授。

卡特：“我介紹一下，霍夫曼教授，是旅居水牛星球的外星人聯合會的總代表。這些年，外星人聯合會一直和委員會保持著良好溝通，我們也建立了互信與合作，相信這個基礎有助於我們一起應對眼前的危機。霍夫曼教授會給大家更多的資訊。”

霍夫曼：“謝謝卡特博士！是的，因為我們一直都有很好的信任和合作，所以，我將會毫無保留地與各位分享我們掌握的資訊，也希望接下來能得到在座各位的支持。”

霍夫曼繼續："在人類文明和外星人文明之上，有一個更高的文明；五年前多瑪星球，兩年前摩拉星球整體拆除都是他們操作的，那兩個星球都被撞成了黑洞。這次關於水牛星球的'星球拆除通知'在全宇宙廣播之後，我們水牛外星人聯合會已經和他們溝通過了。觸發'星球整體拆除'的原因是，水牛星球的'開悟者'人數已經低於'最低生命效能標準'所要求的最低人數。"

約書亞："最低要求多少人？"

霍夫曼："十個人。"

約書亞："那水牛星球'開悟者'人數剛剛從十人，掉到多少人了？"

霍夫曼："九人。實際上，是從十一人，在兩個小時之內，掉到了九人。現在，還有11小時50分鐘28秒，如果我們能夠讓'開悟者'人數從九人恢復到十人，那麼，水牛星球整體拆除行動就會被取消，六顆流星會消失在空中——這是我們可以爭取的最好結局；否則，我們就只能在六顆流星撞擊之前，把盡可能多的生命從水牛星球轉移到其他星球，目前，我們已經和其他星球的外星人聯合會展開了協作，多種管道的星際轉移工作正在準備中。"

卡特："霍夫曼教授能否簡短介紹一下你們外星人聯合會之間都在準備哪些管道的星際轉移呢？我們之間可以協調一下資源，避免浪費和重複。"

霍夫曼：“好的。主要有三個管道，分別用於三個階段：第一階段，前 11 個小時，搭乘太空船離開水牛星球；第二階段，以分鐘計數的 50 分鐘左右，截至到最後 10 秒之前，走時空隧道，開啟時空隧道和進行傳輸需要九位元‘開悟者’協作；第三階段，最後 10 秒，九位‘開悟者’瞬間移動到其他星球。”

卡特：“哪些生命會被選中進行星際轉移呢？”

霍夫曼：“兩個群體，一個群體是水牛星球上的外星人和他們的家屬，人數約八千，另一個群體是‘開悟者’的學生們，兩萬三千左右。”

約書亞：“在這些人中，有沒有可能，在 11 小時 49 分鐘的倒計時結束之前，出現一個新的‘開悟者’？”

霍夫曼：“有可能，只不過，可能性很低。當然，我們也沒有放棄這個努力；學生們會在第二階段走時空隧道，這樣他們還有 11 個小時左右的時間來挑戰自己。另外，九位‘開悟者’還會向全宇宙‘徵求’一位願意移居到水牛星球的‘開悟者’；同樣，這個可能性也比較低。總之，我們會盡最大努力，同時，做最壞的打算，分階段組織撤離。外星人及家屬現在正在撤離。”

卡特：“在兩個小時之內，水牛星球先後失去的兩位‘開悟者’分別是誰？”

霍夫曼：“第一位，是‘人類自治社區運動’的精神領袖，本傑明，他在兩小時之前自然死亡，壽命 149 歲；第二位，是‘人類自治社區運動’的核心成員，瓊安娜，28 歲，她是非自然死亡，9 分鐘之前死於謀殺。”

二、剃刀與非必要實體

最近十天左右，曾經認真地想過揮動剃刀殺死瓊安娜的人有以下這些：

一位少婦，她嚴重懷疑自己的老公和瓊安娜有染，而事實上，她的老公純粹只是一廂情願地迷戀瓊安娜，儘管他們在“自治社區運動”中有很多工作交集；

一個因傷退役的拳擊運動員，同時也是一個連環殺手，把瓊安娜列為自己的潛在獵殺目標，因為她有一頭紅色短髮，身材修長，利索幹練，和他的初戀非常像；

一個妓女，曾經是瓊安娜變性初期的女同性戀情人，兩人生活道路在交叉之後越分越遠，她覺得和瓊安娜一起死能夠帶來回到過去的感覺；

一個妓女權益保護組織，希望除掉瓊安娜，因為瓊安娜主張女性有權自由地運用自己的身體，包括享受純粹的性愉悅，而妓女權益保護組織則認為，正是由於太多女性給了男人們“免費性交”的機會，讓妓女們的生意越來越難做；

一個仇恨變性人的極端團體，他們制定了一個暗殺名單，瓊安娜作為著名的變性公眾人物被列入了名單；

一個求愛被拒的中年男子，也是小有名氣的詩人，他的詩作和他本人都被瓊安娜婉拒；

一個曾經的舊情人和不曾放棄的長期追求者，因為瓊安娜身邊有太多傑出男性和追求者，他已經感到絕望，認為自己絕無可能重新贏回瓊安娜；

一個“夜禱兄弟會”的狂熱成員，認為所有脫離兄弟會的人都罪大惡極，而變性為女人之後還在主張女性性權力的瓊安娜更是罪加一等，簡直就是魔鬼代言人，或者說，喬納森是被魔鬼附體了，必須消滅她的肉體，才能讓喬納森的靈魂得救，才能讓社會言論更純潔敬虔；

一個青年詩人，狂熱地熱愛瓊安娜的詩歌，他覺得最美最有詩意的事情就是兩個詩人一同赴死；

一個生活不如意且有反社會人格的人嫉妒瓊安娜這種放飛自我，生命飽滿張揚的人；

一個極端痛恨“人類自治社區運動”的組織，他們相信“自治社區運動”就像病毒，一旦發展並擴散就會造成大範圍的無政府主義和暴民政治，讓無數的無辜民眾送命，並且還會嚴重削弱“人類外太空殖民星球聯盟”的整體實力，最終導致人類在與機器人的長期戰爭中徹底失敗；

一個機器人內部的激進派極端組織，通過大資料和 AI 演算法，推算出一個包含了瓊安娜在內的“萬人暗殺名單”，每殺掉名單上的一個人類，都會讓機器人在對人類的長期戰爭中獲勝的概率上升一點點；

一位將軍在夫人的慫恿下，拉攏一批少壯軍人，決定在後天晚上“蒙馬特戲劇節”開幕式上刺殺水牛星球的總督，然後宣佈進入緊急狀態，對軍隊進行清洗，搞軍人政權；瓊安娜偶然從一個少壯軍官那裡得知了將軍的密謀，準備去向總督揭發少壯軍人們的刺殺和叛亂計畫；

一位“人類自治社區運動”的核心成員，表面上支持本傑明宣導的“非暴力運動綱領”，實際上非常崇尚暴力，他相信只有暴力才能最終解決問題；在一番激烈的角逐後，最終他沒有成為本傑明的繼任者；於是，他參與了將軍的密謀，並且用將軍提供的武器和訓練基地建立了一個忠於他本人的暴力組織，準備在“蒙馬特戲劇節”開幕式上替將軍除掉總督，然後，在將軍的支持下，徹底清除掉“自治社區運動”中那些反對使用暴力，或者那些雖不反對使用暴力但反對自己掌權的異己；他不能容許瓊安娜去向總督告密，破壞了自己的計畫——最後動手殺害瓊安娜的，就是他本人。

有可能阻止這場謀殺的有以下這些：

總督本人；總督其實通過臥底已經知道了將軍和“自治社區運動”裡的極端暴力組織所策劃的一切行動計畫細節；他決定在開幕式上讓自己的機器人替身出場，造成自己被刺死的假像；然後，他帶著忠於自己的中間溫和派小團體隱藏起來，等待少壯軍人們對軍政兩界的右傾保守勢力進行清洗——最好是極端激進的左派和極端保守的右派直接火拼，拼得兩敗俱傷，而且，左派和右派都將在相互拆臺甚至對彼此的血腥屠殺中喪失民心；之後，他將帶領中間溫和派，順應民眾的呼喚，收拾殘局，重新執掌權力；總督非常清楚，如果他直接抓捕所有策劃暗殺行動的野心家們，那就會帶來一個很大的隱患——民眾長期積壓的巨大怨氣還沒有發洩出來，左右兩派的眾多極端分子還沒有同歸於盡，那就意味著遲早還將會有一場血雨腥風；人類從史前時代到公元 3020 年的歷史就是這樣反反復複上演相似的戲碼：一段歲月靜好之後，總會出現嚴重撕裂，民眾對現實強烈不滿，社會整體的攻擊性和暴力傾向增強，左右兩派越來越極端，中間溫和派無能為力，然後，左右兩派訴諸暴力，在殺戮中兩派的鐵血精英消耗殆盡，民眾釋放完攻擊性和怨氣，付出慘痛代價之後也精疲力竭，變得渴望和平寧靜，這時候中間溫和派又有了重新掌權的基礎，社會開始新一段的靜好歲月；科技再發達，也不能打破這個迴圈，因為這個迴圈本身有它的邏輯和合理性，人類作為一個整體正是在這個迴圈中螺旋上升，雖然局部的文明可能一蹶不振甚至消亡；人類作為一個整體表現出某種超然的智慧，雖然在個體和群體層面上人類表現出動物性、暴虐、短視、健忘、愚昧、殘忍和群體非理性；

約書亞本人；約書亞其實通過情報網已經知道了刺殺陰謀，也知道了總督的應對計畫，他並不想改變水牛星球的“暴力釋放”的進程；“人類外太空殖民星球聯盟”的戰略目標是贏得人類對機器人戰爭的最終勝利；“最高行政委員會”的決議是，不干預水牛星球的政權更迭和社會衝突，僅僅針對潛伏在水牛星球的機器人敵對勢力展開鬥爭；所以，約書亞的行動計畫是等待刺殺事件發生，然後在一片混亂中對機器人極端激進派實施精確打擊；

機器人中間派勢力；機器人中間派勢力其實通過大資料已經瞭解了水牛星球上即將爆發的政局動盪，也瞭解了機器人極端激進派的“萬人暗殺名單”；他們刻意安排了一個武力值超強的機器人從面試現場殺出來，逃進蒙馬特社區，目標就是混入水牛星球的機器人潛伏網，然後配合其中的中間派和右派勢力，把極端激進的左派勢力暴露給約書亞領導的特別行動局，借人類的手來打擊水牛星球上的機器人極端左派勢力，同時，也算是向人類的主和派示好，為雙方建立互信做出一種姿態；事實上，機器人極端激進派還沒有來得及實施對瓊安娜的暗殺行動，她就被“自治社區運動”的“革命同志”所殺害了；當然，機器人中間派對這一切也是瞭若指掌，因為它們可以通過各種電子設備收集情報，也可以操控電子設備阻止謀殺的發生。

這三股力量都有可能阻止謀殺，但也都有自己的計畫，都運用了奧卡姆剃刀原理，把瓊安娜當作了一個“非必要實體”。然後，他們發現，水牛星球運行到了“剃刀邊緣”。

三、外星人三定律

約書亞不無抱怨地問霍夫曼："你們外星人聯合會明明知道瓊安娜是十個'開悟者'之一，怎麼就沒阻止這場謀殺呢？"

霍夫曼："因為我們必須遵守'外星人三定律'。三定律的第一條是：移居其他星球的外星人，不得使用超越該星球普通原住民理解力的超能力；第二條：在緊急撤離該星球時，或不得不使用超能力以保全自己生命時，外星人應該在秘密場所使用超能力，盡一切努力避免被原住民目擊；第三條：外星人使用超能力被原住民目擊，將根據情況受到相應的懲罰，並且，肇事外星人必須支付相關費用以減小目擊事件所帶來的影響。"

卡特："是的。這也是為什麼幾千年來，外星人一直生活在人類中間，卻沒有過分干擾人類文明的自然發展。"

霍夫曼："試想一下，如果很多外星人移居到那些相對落後的文明，肆無忌憚地在那裡呼風喚雨，作威作福，那些後發文明的正常演化就會被徹底打亂，而整個宇宙的超級生態系統就會被破壞，最終會造成宇宙級別的不可挽回的大災難。"

卡特："'宇宙外星人聯合總會'是一個外星人自律組織，他們一直非常嚴肅地執法，對違反三定律的外星人從不姑息。另外，我們剛才也知道了，在人類文明和外星人文明之上，還有一個更高的文明在對宇宙進行著監督和治理。”

霍夫曼：“是的，宇宙中存在著很多黑暗和混亂，同時，也存在著光明和秩序。我們作為守法的外星人，只能在‘外星人三定律’的許可範圍內，去盡我們最大的努力：比如，努力提升普通原住民的理解力，隨著他們的理解力提升，我們能夠使用的能力範圍也會相應擴大——在這個方面可以做的，包括普及教育、基礎科學研究、科普與科幻、文學與藝術，比如，1889 年，梵古就是在法國聖．雷米的一家精神病院裡在外星人導師的啟發下，創作了〈星月夜〉：畫面中漩渦狀的天體，正是宇宙星系的最常見形態；但是，當時，啟發梵古創作的那位外星人導師也只能冒險走到那一步了，他很快就被警告，他正在打擦邊球；事實上，當時位於法國聖．雷米那個精神病院，同時也是一個由‘外星人聯合總會’設立的短期關押違規外星人的拘留所，那位外星人已經在裡面待了一個多月了；所以，被警告和監控的他也不可能再去組織一筆資金，去收購和推廣梵古的作品了；還好，梵古家族有實力有地位也有眼光，在梵古自殺後一直全力推廣梵古作品；1951 年，天文學家奧爾特，也就是提出太陽系奧爾特雲的那位元，在根據射電望遠鏡觀測結果進行計算分析，並繪製銀河系結構圖的時候，就受到了梵古〈星月夜〉的啟發；當然，梵古自殺的悲劇也引起了宇宙範圍的大爭論，後來，關於怎樣界定‘擦邊球’做了大幅度地修訂——比如，我現在就可以自由地和那些充滿靈性的藝術家交談，並且少量購買他或她的作品。”

約書亞心情有所平復：“霍夫曼教授，卡特博士，您兩位這麼講，我也覺得很有道理。剛才，我是想到我自己和團隊一年多來的心血和犧牲付之東流，感到非常挫敗和生氣。霍夫曼教授，我剛才的語氣不太好，請您原諒。”

霍夫曼：“約書亞博士，我很理解您的心情。相信我，瓊安娜的死，給我和另外八位‘開悟者’所造成的痛苦遠遠超出普通人的想像和承受範圍。”霍夫曼哽咽著說完最後半句時，淚水已經從他蒼老的臉頰上滑落。

卡特：“霍夫曼教授，我們可能無法完全達到您的傷痛的深重程度，不過，我們也能體會失去最親的親人的那種撕心裂肺的感覺，請接受我們最誠摯的慰問。”

霍夫曼：“謝謝卡特博士！時間緊迫，我們都得行動起來，該撤離的撤離，該爭取的爭取。”

約書亞：“霍夫曼教授，哪些事情是我們可以幫您的呢？”

霍夫曼：“約書亞博士，我需要您本人和我一起去拜訪一位女士，當然，在您安排好撤離指揮工作之後。”

約書亞：“我本人？為什麼呢？”

霍夫曼：“稍後我會給您解釋。”

卡特：“既然霍夫曼教授指名道姓要求您的配合，那約書亞博士，您就去全力配合他。我來擔任撤離行動的全域總指揮，水牛星球的現場總指揮由湯姆擔任。”

四、怎樣快速開悟

甄妮："霍夫曼教授？這麼晚了，您找我有什麼事嗎？"甄妮一臉詫異地看著站在門外的霍夫曼和另外一個斯文又有點兒剽悍的中年男子。

霍夫曼："我們有個消息，關於你的孿生兄弟，喬納森，現在是，瓊安娜。"

甄妮："是嗎，他（她）發生什麼了？"

霍夫曼："大概半個小時之前，瓊安娜，被謀殺了。"

甄妮："半個小時之前？真的是，半個小時之前？"

霍夫曼："是的。"

甄妮："半個小時之前，我在酒館跟一群朋友喝酒，突然感到無法呼吸，就是那種快要被人掐死的感覺，您的意思是？"

霍夫曼："對，瓊安娜就是那樣遇害的，你們倆是同卵雙胞胎，能夠感受到對方的強烈生命體驗。"

一陣悲傷再次襲來，甄妮感到有點兒眩暈。約書亞趕緊扶住她。

甄妮："謝謝！請問，您是怎麼知道，這一切？"

霍夫曼：“我和瓊安娜一樣，都是居住在水牛星球的‘開悟者’；我和你一樣，也能感受到瓊安娜。”

甄妮：“兩位請進來說吧。不過，我弟弟剛剛睡著，咱們得小聲一點兒。”

霍夫曼：“好的，謝謝！”

甄妮：“水？咖啡？果汁？”

霍夫曼：“水，謝謝。”

約書亞：“我也喝水，謝謝。”

霍夫曼：“我介紹一下，這位是約書亞博士，和我一起的。”

約書亞：“很高興又見到您。前幾天晚上，我在畫家廣場閒逛的時候，和您聊過兩句，不知道您還記不記得。”

甄妮：“啊，對，我記起來了。剛才屋外燈光有點兒暗，我沒有認出來。”

約書亞指著一幅掛在牆上的油畫說道：“那晚您剛剛畫完這幅蒙馬特夜景的油畫，我挺喜歡的，差點兒買了。”

霍夫曼看著約書亞的眼睛說：“這就是為什麼我要讓您和我一起來的原因之一：您是能夠和宇宙悸動產生共振的那種人。”

甄妮：“宇宙悸動？連我自己都不知道我的畫裡有宇宙悸動呀。您經常買我的作品，也和我聊藝術，可是您從來也沒有提過宇宙悸動這回事啊。”

霍夫曼：“是的，那是因為，宇宙借由你的無意識所表達出來的，要比你自己有意識表達的多得多。”

甄妮：“您是擔心，如果跟我挑明之後，我會刻意為之，那作品就會變得僵死？”

霍夫曼：“正是如此。你自身內在的精神的悸動，也是宇宙的悸動；你能夠在繪畫的時候，讓它自由地流動，最終凝聚成一個鮮活的作品；當一個靈性飽滿的人看到它時，他就會和作品中湧動的能量、生命、動力產生共振。”

約書亞：“我看到這幅畫的時候，確實心頭一震，愣了幾秒鐘。”

霍夫曼：“那一剎那，你和這幅畫達到了物我合一的狀態——這就是‘開悟者’在日常冥想或禪定時進入的狀態。”

約書亞心想：“不可能吧，難道霍夫曼教授覺得我可以在這最後 11 小時左右快速開悟？”

甄妮：“您剛才說，瓊安娜和您一樣，也是‘開悟者’？”

霍夫曼：“是的。瓊安娜被謀殺，水牛星球的‘開悟者’從十個下降到九個，這觸發了一個宇宙高級文明對水牛星球的‘拆除通知’——還有 11 小時多一點，如果不能讓‘開悟者’人數從九個上升到十個，那麼，水牛星球將會被整體拆除，就是被六顆大流星撞擊成黑洞。我覺得，你們兩個人都有可能在 11 個小時之內快速開悟。”

約書亞：“甄妮和瓊安娜是同卵雙胞胎，而且，她是一個很有靈氣的藝術家，我毫不懷疑她完全有可能快速開悟。我恐怕不行吧。”

霍夫曼：“約書亞博士，我知道，絕大多數時間你都在運用理性，而你卓越的理性和科學知識在運用得當的情況下，也有助於你成為‘開悟者’。”

約書亞：“既然我已經來了，我就會盡力按照您說的去做。”

霍夫曼：“謝謝！”

甄妮：“我有一個問題。”

霍夫曼：“請問。”

甄妮：“我準備出門去酒吧的時候，大概兩個小時前吧，也感到過一陣特別強烈的悲傷。”

霍夫曼：“那是我們失去了另一位‘開悟者’，本傑明。”

甄妮：“喔，是‘自治社區運動’的那位本傑明？”

霍夫曼：“對。你的那次悲傷，我也感受到了。”

甄妮："我還想知道，瓊安娜是怎樣開悟的？"

霍夫曼："你們倆都有很好的開悟的潛質，嗯，讓我這樣說吧，最終，瓊安娜學會了放過她自己，你也要學著放過你自己。"

甄妮："那我應該怎麼辦？"

霍夫曼："來，把漢特叫起來，我們四個人手把手，圍成一圈，坐下來。"

漢特睡眼朦朧，他見過霍夫曼教授，很配合地坐在了霍夫曼和甄妮之間；約書亞朝他點點頭笑了笑，他也露出笑容，然後，閉上眼睛昏昏欲睡。

霍夫曼："冥想之前，我先吟誦一些詩篇和智慧的話語，不用去推敲字句的意思，也不需要嘗試去聽懂，就像聽純音樂一樣，放鬆，聆聽。"

霍夫曼："我站在赤裸的危岩上面，

黑夜的衣裳將我裹住，

從這光光禿禿的高處，

我俯瞰一片繁盛的國土。

我看到一隻鷹在盤旋，

鼓著青春潑辣的勇氣，

一直沖向金色的光芒，

升到永恆的火焰裡去。

道可道，非常道；名可名，非常名。

無，名天地之始，有，名萬物之母。

故常無，欲以觀其妙；常有，欲以觀其徼。

此兩者同出而異名，同謂之玄。

玄之又玄，眾妙之門。

載營魄抱一，能無離乎？

專氣致柔，能如嬰兒乎？

滌除玄鑒，能無疵乎？

愛民治國，能無為乎？

天門開闔，能為雌乎？

明白四達，能無知乎？

生之、畜之，生而不有，

為而不恃，長而不宰。

是謂玄德。

視之不見，名曰夷；

聽之不聞，名曰希；

摶之不得，名曰微。

此三者，不可致詰，故混而為一。

其上不皦，其下不昧，

繩繩兮不可名，複歸於無物。

是謂無狀之狀，無物之象，是謂惚恍。

迎之不見其首，隨之不見其後。

執古之道，以禦今之有。

能知古始，是謂道紀。

致虛極；守靜篤。

萬物並作，吾以觀複。

夫物芸芸，各複歸其根。

歸根曰靜，靜曰覆命。

覆命曰常，知常曰明。

不知常，妄作凶。

知常容，容乃公，

公乃全，全乃天，

天乃道，道乃久，

歿身不殆。

有物混成，先天地生，

寂兮寥兮，

獨立而不改，周行而不殆，

可以為天地母。

吾不知其名，強字之曰道，強為之名曰大。

大曰逝，逝曰遠，遠曰反。

故道大，天大，地大，人亦大。

域中有四大，而人居其一焉。

人法地，

地法天，

天法道，

道法自然。

閉上眼睛，跟著我的呼吸；一起，先吸氣，緩緩默念一、二、三；屏住呼吸，默念一、二、三，二、二、三、三、二、三；呼氣，默念一、二、三、二、二、三。排除雜念，把注意力集中到呼吸上。”

＊＊＊

甄妮發現自己身處於一片混沌之中；恍惚之間，仿佛有一些光亮、一些色彩和一些形象閃爍變化著，在眼前飄過去又飄回來，循環往復，但看不清楚到底是什麼。

突然，她聽到兩個小男孩嬉戲玩耍的聲音，於是，她順著聲音走過去，發現兩個小男孩在半山腰的一塊平地上玩無人機，無人機追蹤拍攝著空中飛行的鳥群；鳥群中有一隻小小鳥兒，剛剛學會飛行，萌蠢萌蠢的，特別可愛；兩個小男孩操縱無人機緊緊跟著那只小小鳥兒；它飛了一會兒就飛累了，向山岩縫裡的鳥窩飛去，無人機跟了過去。

一個小男孩說，“別鑽進去了，一會兒出不來了。”

“沒事兒，肯定能出來。”另一個答道。

幾隻在鳥窩裡棲息的鳥媽媽看到無人機，立刻騰空而起，有的用鳥嘴去啄，有的從上方把鳥糞拉到無人機上。兩個小男孩看到這狀況，趕緊操縱無人機從岩縫裡撤出來。

然後，甄妮眼前的畫面一轉，醫院的重症病房裡，一家五口都在接受治療，媽媽剛剛生下了一個小弟弟，非常虛弱；小弟弟漢特也被接上了呼吸機，小胸脯一起一伏地費力地呼吸著。視野範圍擴散開去，成千上萬的禽流感感染者在接受治療，很多人已經永遠閉上了眼睛。罪疚感和悲傷像雪崩一樣把甄妮壓在了下面，讓她覺得寒徹骨髓。

甄妮一激靈，打了一個寒戰，她睜開眼，看到漢特、霍夫曼和約書亞也慢慢睜開眼。四人默不作聲地交換了一下目光，慢慢閉上眼，繼續深呼吸。

約書亞撥動著“宇宙儀”，放大畫面，一片幽暗的天域變得明亮起來，有一顆藍白色恒星正圍繞著一個黑洞沿圓形軌道旋轉。約書亞用手捧起它們倆，讓它們放慢旋轉速度，仔細觀察起來；藍白色恒星的組成元素很豐富，似乎還有液態和固態的水；這個黑洞不是那種處於星系中心的“超大品質黑洞”（品質大於 10 萬倍太陽品質），而是一個“恒星級”黑洞，它的品質大概是太陽品質的 70 倍左右。

突然，約書亞靈光一現，他意識到，那個所謂的“黑洞”，其實並不是黑洞，而是一個完全由暗物質組成的恒星：它提供了足夠大的引力，同時，它又不能被看見，而更重要的是，它的周圍既沒有明亮的“吸積盤”，也沒有“事件視界”，看不到“時間膨脹效應”，也就是說，它並沒有吞噬物質——事實上，它是一顆穩定的有品質有體積的“暗物質恒星”。

電磁波與“暗物質”不發生相互作用，而人眼、光學望遠鏡和射電望遠鏡都基於電磁波，所以，沒有辦法觀察到它；約書亞換了“純引力探測器”之後，就觀察到它了：這顆“暗物質恒星”接近完美的球體，體積大概是太陽的 3 倍，它和那顆藍白色的普通物質恒星組成了一個雙星系統，沿著接近完美的圓形軌道相互繞轉。

約書亞正為這個新發現感到高興，他突然感到，又一顆星體接近了，三個星體在他的雙掌之上做起了“三體運動”。之所以說“感到”，而不是“看到”，是因為第三顆星體是一顆“暗能量恒星”，它表現出純粹的斥力，不能被肉眼看見，但可以用“純斥力探測器”觀察到它。約書亞剛開始似乎還能發現這個奇特的“三體運動規律”，但很快就跟不上它們運動的詭異節奏了。他想讓手上的“三體”放慢速度，可是，它們越轉越快，在約書亞眼前變成了一團雲霧。

這次是約書亞滿頭大汗地從冥想狀態中把漢特、霍夫曼和甄妮帶了出來。

漢特在北極冰原上奔跑，身邊一起奔跑的有一群一群的北極狐、雪狼、北極熊和猛獁象；他跑著跑著，化身為一匹銀白色的健碩的雪狼；當他跑上一個冰雪覆蓋的小山崗，只見一輪圓月正從遙遠的地平線上升起；漢特愣住了，他像被石化了一樣，這時他第一次被大自然的景色攝住心魄，他站在山崗上朝著圓月發出一聲長嘯；奔跑著的狐群、狼群、熊和象群也紛紛停了下來，開始沖著地平線上的月亮發出長嚎。

漢特開始朝著圓月升起的地方奔跑，獸群在後面緊跟。圓月使勁一躍，整個跳出地平線，清輝灑滿無垠的冰原，灑滿奔跑中的野獸的毛髮，灑滿它們和雪狼漢特的瞳孔，晶瑩閃動。漢特和夥伴們的腳步聲、呼吸聲和低吼聲組成一支奔騰的樂曲。

跑著跑著，漢特覺得，腳下在變軟；他邊跑邊低頭查看，發現冰層在融化；再一抬頭，一縷陽光刺痛了他的雙眸——就在剛才月亮升起來的地方，一輪巨大的紅日快速地爬上來。漢特感到一陣恐懼，這種恐懼瞬間席捲獸群，又加倍湧進漢特心裡。他感到喉嚨發幹，心跳奇快，四肢發軟。漢特和獸群掉轉方向，捨命狂奔，想逃離紅日，在冰層融化之前，逃上小山崗，那個山崗在夏天就是一個小島。

但是，冰層在迅速變軟，變薄，變脆。越來越多的小夥伴掉進了冰窟，哀嚎聲、碎裂聲、落水聲此起彼伏；漢特在浮冰上跳躍著，終於，浮冰之間的距離如此之大，漢特沒法躍過去了；腳下的冰層碎裂，漢特仰著頭入水的時候，瞥見天空中一輪銀色圓月，後面跟著一輪紅日。

漢特手腳一掙扎，所有人都從冥想回到了現實。

時間已經過去了 9 個小時；再過 3 個小時，六顆流星就要撞擊水牛星球了。

霍夫曼："我們試著去觀察，儘量不要去參與；放過別人，也放過自己。'致虛極；守靜篤。萬物並作，吾以觀複。'"

五、阿特拉斯搖搖頭

西西弗斯："我覺得，我們去解救普羅米修士之前，應該先解救另外一個神。"

小雅典娜："誰？赫拉克勒斯？"

西西弗斯："你想讓赫拉克勒斯再去解救普羅米修士一次？"

小雅典娜："你不是這麼想的？"

西西弗斯："我主要是覺得，赫拉克勒斯和普羅米修士他們倆肯定都被你爸爸宙斯盯得死死的，咱倆這點兒小身子骨，恐怕沒法解救他們倆中間的任何一個。"

小雅典娜："那你想的是誰？"

西西弗斯："阿特拉斯。"

小雅典娜："為什麼他就比較容易被解救呢？"

西西弗斯："我是這麼想的：你看哈，宙斯罰阿特拉斯去背負天空，那他估計就不敢把阿特拉斯的神力大量地凍結並吸走——萬一，阿特拉斯扛不住，天空掉下來了，怎麼辦？"

小雅典娜："有道理喔。"

西西弗斯："可是呢，現代科學告訴我們，天空根本不需要扛！所以，我們完全可以讓阿特拉斯跟我們走，根本不用擔心天會塌下來。你說，阿特拉斯，這老小子在幹嘛，他是不是在裝，而且，一裝就裝了上萬年！我倒是不擔心咱們不能解救阿特拉斯，我擔心的是他不願意被解救，還要繼續裝下去——你肯定有辦法叫醒一個裝睡的人，但你永遠都無法叫醒一個裝睡的神啦！”

小雅典娜：“你這個腦回路太清奇！我只能說，現代科學，跟我們希臘諸神，嗯，生活在不同的時代！”

西西弗斯：“是的，並且，現在你們都生活在同一個時代了。喔，對了，還有那次，赫拉克勒斯替阿特拉斯扛天，阿特拉斯替赫拉克勒斯取回來金蘋果。”

小雅典娜：“我記得那次。赫拉克勒斯騙阿特拉斯再扛一小會兒，說自己要去找塊軟墊墊一下肩膀，阿特拉斯就把擔子接過去了，然後，赫拉克勒斯拿著金蘋果走了。”

西西弗斯：“大家傳來傳去的就是你剛才說的這個版本。可是，我覺得很可疑：首先，阿特拉斯很聰明，你看他怎樣騙了長著一百隻頭顱的大蛇，怎樣騙了仙女們，雖然她們是他的兒女們；其次，赫拉克勒斯要在肩膀上墊個軟墊，那很容易啊，阿特拉斯完全可以替他把軟墊塞進去；所以，非常可疑，非常可疑啊。”

小雅典娜：“赫拉克勒斯是扛過天空的，他怎麼不把真相說出來呢？”

西西弗斯：“我要是他，我也不會說出來啊！你想，把真相說出來，對我沒啥好處吧，而且還讓宙斯覺得很丟人，讓阿特拉斯恨我一輩子，或者，恨我億億萬萬年；不說出來呢，大家都會覺得我力氣大——哥們我畢竟是扛過天的。再說了，也可能赫拉克勒斯這小子沒看出名堂來，他可能真的很使勁地扛了；至於說，為什麼他沒啥感覺呢？那簡單，因為他覺得，哥們我力大無窮啊！”

小雅典娜：“哈哈哈哈哈，所以，你的意思是，阿特拉斯擔心時間長了，會被赫拉克勒斯看破，就假裝上當，把‘天’接過去了？”

西西弗斯：“嗯嗯，大概就是這個意思吧！”

小雅典娜：“好，我們現在就去看看你說的對不對。”

西西弗斯：“看啥看，不用看，肯定對。”

小雅典娜和西西弗斯瞬間移動到阿特拉斯面前。看著阿特拉斯微微低頭，眉頭緊鎖，弓著背，一副力扛蒼穹苦大仇深的樣子，小雅典娜仍不住“噗呲”一聲笑了。

“嗨，沒那麼沉吧，別裝了！”西西弗斯笑著說。

阿特拉斯搖搖頭：“哎，你們不懂。”

小雅典娜：“我們不懂啥？”

阿特拉斯搖搖頭：“你們懂啥？”

西西弗斯：“我們懂天體物理呀——天體都按照自己的軌道旋轉，銀河系的銀心有個品質比太陽品質大 10 萬倍的黑洞提供了引力，還有暗物質和普通物質也提供了引力。你不扛著，天也不會塌下來；你弓著背站在那兒，一幅扛著天的樣子，也就是個行為藝術，那些天體沒有享受到你的一絲一毫的支撐力。”

阿特拉斯搖搖頭：“小娃娃，你說的不錯，大多數時候，事情就是像你說的那樣，我站在這裡，做扛天狀，就是個行為藝術；但是，有些時候，天體因為恒星內部劇烈變化引起引力和運動軌道問題，就會出現坍縮的傾向，如果我不在這裡及時地頂住它們，它們早就縮成一團了。宇宙要保持動態平衡，不是你想的那麼簡單，那麼一勞永逸啊。”

小雅典娜：“我剛才試了一下，確實，引力和斥力是在動態變化中，需要有一個超然智慧在這裡進行干預。您是在用暗能量來提供斥力嗎？”

阿特拉斯點點頭：“對的，我只是在引力過大的時候，用暗能量來扛住它們。如果引力不足，那我也沒辦法，只能靠你老爸宙斯出手了。”

西西弗斯：“對不起，對不起，看來我錯了，實在抱歉，請您原諒啊！”

阿特拉斯搖搖頭：“你也沒有完全錯，大多數時候，我就是在搞行為藝術，和思考。”

小雅典娜：“那您在思考什麼呢？”

阿特拉斯搖搖頭：“兩暗一黑三起源：暗物質、暗能量、黑洞、宇宙起源、諸神起源、生命起源。太難了，太難了，也許，作為一個泰坦神，我不應該思考這些燒腦的問題——這是創世神留給人類科學家去研究的問題。”

西西弗斯：“反正，您哪兒也去不了，不思考一些很難的問題，那多沒意思啊。您看，羅丹雕的思考者，是坐著思考，您呢，您是站著思考——您站得高，看得遠，想得深，思考得宏大啊。”

阿特拉斯搖搖頭：“小西西，別耍貧嘴了；你們找我有什麼事兒？”

小雅典娜：“我們想請您幫我們去解救普羅米修士。”

阿特拉斯點點頭：“喔，可以啊。不過，這個崗位還是需要有個神頂著。”

小雅典娜：“我找到了一個辦法，可以把一小部分自我，完整地獨立出來，自由行動；您的大部分“元神”和神力還是要留在這裡，堅守崗位。”

阿特拉斯點點頭：“好！”

＊＊＊

六顆大流星在大白天清晰可見，而且越來越大，越來越清晰；被絕望和恐懼所籠罩的水牛星球，再次上演了歷史上人類遭遇毀滅性災難時反復上演過的戲碼。

不少人聽說了“開悟者從十一個下降到九個”的傳聞。有人覺得謀殺“開悟者”的人應該被千刀萬剮；有人覺得這個墮落的星球罪有應得，謀殺“開悟者”的人只不過是最後一片雪花；有人開始皈依宗教，懺悔禱告，祈求寬恕；有人開始打坐修煉，想快速成為“開悟者”，力挽狂瀾，拯救水牛星球；有人覺得非常非常非常地失望：“我一直以為自己是神，是宇宙的中心，原來我竟然不是，竟然不是，竟然什麼都不是！”；還有人覺得非常非常非常地生氣：“我想怎麼活就怎麼活，憑什麼缺了一個“開悟者”就不讓我活！！！越是這樣，我就越討厭“開悟者”，我要找到剩下的九個“開悟者”，弄死他們！！！”

進入水牛星球大氣層時，六顆流星變成了熾熱的大火球，水牛星球的溫度驟然上升了 30 多度。有些人已經徹底放棄，一心只想在死前看一眼這超級壯麗的“暴力美學”，然後，他們就看到六個大火球突然從直線運動切換成曲線運動，完美地繞過水牛星球之後，又恢復成直線運動，向宇宙深處飛去，拖下了長長的白色尾巴。而從那些已經遠離水牛星球的太空船上望過來，水牛星球正好處在一個清晰可見的巨大的空間三維坐標軸的原點，原點周圍繞著3個相互垂直的白色圓圈，三條白色軸線都在緩緩地向著遠處延伸、延伸，最終消逝不見。

＊＊＊

幾分鐘前。

小阿特拉斯問小雅典娜：“你剛才感覺到了嗎？有人在求救。”

小雅典娜：“沒有啊。可能因為你一直在用‘暗能量’，比我更容易接收到宇宙求救資訊。”

小阿特拉斯閉上眼睛，稍後說道："嗯，沒錯，求救資訊是從水牛星球發出來，他們需要一個'開悟者'移居到他們星球，否則，幾分鐘之後，水牛星球就會被整體拆毀，就是被六顆流星撞成黑洞。"

小雅典娜睜開眼睛："啊，我也感覺到了，對，確實是這麼回事。"

西西弗斯："那麼，什麼人算是'開悟者'呢？"

小阿特拉斯："瞭解了生與死，存在與虛無，穿越過時間和空間，體驗過生命的悲歡，懂得，悲憫。"

西西弗斯："那我就是'開悟者'啦！這事兒好辦，我們馬上聯繫他們，就說，我，西西弗斯，願意和我老婆一起移居水牛星球。當然，我比較忙，但我老婆可以在水牛星球長住。"

小阿特拉斯："哈，你就是個投機分子！你想救他們一馬，讓他們欠你一個大大的人情。"

西西弗斯："哈，我就知道你可聰明了，一點兒也不笨。"

小阿特拉斯："小娃娃，你可想清楚了，萬一你不是'開悟者'，那你就要被流星拍扁了。"

西西弗斯："我肯定是！如果連我都不是'開悟者'，那人類就一個'開悟者'都沒有了，地球早就被撞得粉碎，幾千遍了！"

＊＊＊

霍夫曼教授一臉釋然，他看著甄妮、約書亞和漢特陸續睜開眼，微笑著說道：“雖然，有點兒遺憾，你們都沒有成為‘開悟者’，但我看到你們進步了很多很多，這讓我很欣慰。在最後一分鐘，八個‘開悟者’徵集到了一對願意移居水牛星球的‘開悟者’夫妻，他們已經瞬間位移到了水牛星球。”

漢特一臉茫然，約書亞和甄妮如釋重負：“太好了！”

霍夫曼：“我現在要趕過去和八個‘開悟者’匯合，去歡迎新來的‘開悟者’夫妻。你們辛苦啦，去吃點早餐，休息一下吧。”

霍夫曼走出甄妮的公寓樓。街上有些人還在欣賞著流星劃過的痕跡，而更多的人則在快速地回歸到他們的日常生活軌道、他們的愛恨情仇、他們的野心和夢想、他們的計畫和衝動、他們的陰謀和陽謀中。

〈諸神的早餐〉

魔鬼對他說："你若是　神的兒子，可以吩咐這塊石頭變成食物。"耶穌回答說："經上記著說：'人活著不是單靠食物，乃是靠　神口裡所出的一切話。'"（路加福音 4：3－4 和合本）

一、有限戰爭

有一天，　神的眾子來侍立在耶和華面前，撒旦也來在其中。耶和華問撒旦說："你從哪裡來？"撒旦回答說："我從封閉式魔鬼訓練營來。"

上帝問："訓練營辦得怎麼樣啊？"

撒旦："快辦不下去了！從公元 1700 年前後啟蒙運動開始，到公元 3020 年的今天，大鬼小鬼們陸續進到封閉訓練營，在裡面已經憋了 1300 多年了，真的憋不住了。"

上帝："所以，你今天是來知會我一聲：你要把大鬼小鬼們放出來啦？"

撒旦："真的不是我想要放它們出來，實在是鎮不住它們了。按我的原計劃，所有的魔鬼還要繼續隱藏至少 700 年，這樣才能讓無神論，或者說，無鬼論，徹底深入人心——這樣我才能最大限度地收割靈魂。不過，一方面呢，長期不禍害人間，實在是太違背鬼性了；另一方面，現在希臘諸神、印度眾佛、外星人、還有外星人的神們都跑出來了，我們躲著不出來，假裝不存在，也沒啥屁用啊；總之，訓練營裡鬼心浮動，如果我再不順應鬼意，那我就要被推翻了！"

聖彼得："那你就是承認你這次打賭又賭輸啦？"（注：啟蒙運動開始之後的某一天，撒旦發現，其實無神論能夠更有效地阻止人信上帝，而大鬼小鬼在人間作妖，就會極大地阻礙無神論的傳播，於是，撒旦和上帝打了一個賭：雙方誰也不派自己的小弟到人間去搞事情，誰先憋不住了，就算誰就輸了。）

撒旦："是，是，是，這次算我輸了。咱們之前的約定作廢，從今天開始，您老人家想派多少天使下凡就派多少天使，我想放多少魔鬼出去作妖，就放多少魔鬼；咱們進入全面戰爭！"

聖彼得："你覺得你能贏嗎？"

撒旦沉默半晌，一臉愁苦地說："贏？我從來就沒有想過要贏！我就是為了叛逆而叛逆，為了反抗而反抗。再說了，能朵拉一個靈魂下地獄，就朵拉一個唄。"

上帝："人心就是我們的戰場；全面戰爭，為時過早。我們還是先打'有限戰爭'——再給人類一些時間。"

撒旦："也好。末日審判之後，我就只能待在地獄裡，不能出來到處亂轉了。那您說，這個有限戰爭，限度是什麼？"

上帝："你們直接影響的人數不能超過人口總數的1%，加害的程度不能超過約伯。"

撒旦："行，一言為定。那我就告辭了。"

上帝：“馬上就是早餐時間了，要不要留下一起早餐？”

撒旦苦笑：“謝謝您的好意！天上一天，地獄一年，我得趕緊回去了——這一百多年來，有好幾個大魔頭都在策劃陰謀政變，想取代我，我怕我出來時間久了，那幫傢伙就要搞暴動了。”

上帝：“喔，好吧，就算強留你，你也沒有吃飯的心思。那麼，天使長邁克爾，麻煩替我送一下客人。”

天堂門口。

天使長邁克爾：“老哥啊，我看最近您老了不少啊。”

撒旦看了一眼邁克爾光彩照人的英俊臉龐，說道：“自己當老闆，肯定操心呀。我看你確實是過得挺滋潤的。”

邁克爾：“要不，老哥您回來唄，給上帝他老人家認個錯，天使長的位置還是您來幹，我還是像以前一樣，給老哥您當個副手。”

撒旦：“回不來啦，老弟，老哥我回不來了。就說剛才這頓早餐吧，其實就是上帝的話語——你們都甘之如飴，我呢？我就不說了吧。”

邁克爾：“您也知道，這一條道走到黑，是什麼結局；〈啟示錄〉都寫著呢；上面還說，咱倆之間有一場惡戰。”

撒旦：“呵呵，既然一切都已經預定好了，那我還不按照劇本好好演下去？”

邁克爾：“撒旦總會有的，這個角色確實不可或缺，但是，也不一定非得要老哥您本人出演才行啊！您剛才不是也說了嗎，有好幾個大魔頭都想取代您呢。”

撒旦：“哎，一個角色演久了，你就不知道自己除了是這個角色之外，還能是誰？不知道，我是誰，誰是我？”

＊＊＊

當聖約瑟突然降臨的時候，“精靈文明”的國王、王后、王子們和公主們正在享用早餐。巧的是，今天他們的早餐，恰恰就是歌劇〈解夢的人〉，講的正是聖約瑟在埃及的故事。

精靈們不吃碳水化合物、蛋白質、纖維素，也不吃其他由物質組成的食物，他們吃詩歌、散文、小說、音樂、舞蹈、繪畫、雕塑、戲劇、歌劇、音樂劇、電影、短視頻、直播等等藝術形式中的美和精神食糧。

聖約瑟告訴他們，撒旦已經撕毀了當初的約定，要把大鬼小鬼們放出來了；上帝也可以自由地派遣天使去干預宇宙事務了；所以，“精靈文明”不需要再繼續承擔維持宇宙秩序的重擔了。

得知這一消息，整個“精靈文明”首先是感到宇宙級別的如釋重負的輕鬆和喜悅，隨即而來的就是擔憂和警惕——“精靈文明”裡的每一個成員都心意相通，資訊、想法和情緒能夠瞬間跨越億萬光年，傳遍整個宇宙；按照本性，精靈們其實更喜歡欣賞宇宙的美，而不喜歡執掌監管宇宙秩序的權力；他們不得不出手毀滅多瑪和摩拉兩個星球之後，痛苦了很久；水牛星球在最後一分鐘得救，全宇宙的精靈們都為之歡呼慶祝；現在，天使們接過了這個沉甸甸的重擔，讓精靈們頓時感覺無比的輕盈和歡喜；不過，撒旦馬上要放出來的大鬼小鬼們，既是人類的敵人，也是精靈的敵人——他們可能會勾結那些墮落了的精靈（又稱為，“惡靈”），一起來攻擊善良的精靈們。

聖約瑟是精靈們的老朋友，他讓精靈們放心，無論如何，上帝和天使們是站在精靈們這一邊的（雖然這聽上去很官方辭令，但是，精靈們深感安慰，因為，他們懂得這就是真實情況）。

＊＊＊

“宇宙外星人聯合總會”的“緊急事務委員會”和“宇宙開悟者聯盟”的特別代表團舉行了閉門早餐會。雙方代表一邊享用豐盛的早餐，一邊就“水牛星球拆除危機”以及其他共同關切的問題展開了熱烈而友好的討論，並達成了以下共識：

1. 倡議成立“宇宙生命共同體”；
2. 雙方共同成立一支“開悟者培養基金”，並共同注資一萬億宇宙幣，分三期到位；
3. 嘗試與那個差點徹底拆除水牛星球的“精靈文明”建立常效溝通機制，爭取得到他們的指導和幫助（絕大多數外星人和開悟者們還不知道，“精靈文明”剛剛卸下了維持宇宙秩序的重擔）；

4. 在審慎調研的基礎上，適度調整並放寬“外星人三定律”的實際執行邊界，提升“開悟者培養”的效率；
5. 全力打擊由“流氓外星人”、“黑暗巫師”、“惡靈崇拜者”等組成的宇宙邪教組織（瓊安娜的謀殺者有可能屬於某個宇宙邪教組織，至少目前無法排除這種可能性）。

以上是官方辭令；以下是真實情況：

“宇宙外星人聯合總會”是在長達兩萬年的“第三次宇宙大戰”之後成立的，至今已運作了兩百多年，還處於它的幼兒階段；它的宗旨是維護和平與正義，促進繁榮與文明；不過，有幾個極其好戰的宇宙邪教組織已經悄悄潛伏進去，在多個關鍵位置上安插了自己的死黨；“第三次宇宙大戰”的慘烈和殘酷，讓大多數外星人傾向于和平，而少數人則在為不可避免的“第四次宇宙大戰”積極地做準備；雖然說，下一場宇宙大戰是在以百年為單位的未來爆發，還是以萬年為單位的未來爆發，他們各執一詞，但是，他們都同意要積極備戰，從各個角度展開備戰，比如，在聯合總會中的重要席位、對“開悟者聯盟”的滲透、對重要星球和戰略資源的控制、對經濟、科技、文化、教育、娛樂、傳媒等各領域的話語權的爭奪等等；總之，有一小群陰謀者，誇張一點來說，可以被稱為“拜戰爭教”教徒——他們崇拜戰爭，只要能讓“宇宙大戰”復活，不惜一切代價；他們並不以某個特定的星球或某個特定的外星種族的利益為自己追求的目標，而是想要把一切都作為祭品，敬獻到“戰爭”的祭壇。

雖然，這些試圖讓“宇宙大戰”復活的陰謀者（“拜戰爭教”教徒）目前人數還少，力量還比較薄弱；但是，他們的資訊倒是很靈通——封閉式魔鬼訓練營裡已經有鬼在和他們偷偷聯繫了。

而在這個全方位的隱蔽的戰場上，那些真正致力於維護和平與正義的外星人和“開悟者”們，同樣也是勢單力薄的少數派，他們同樣也竭力去與更高、更廣、更深、更大的力量協同。

多數外星人，甚至包括部分“開悟者”，則都被鎖定在自己的圈層裡了（兩百多年的和平造成了非常明顯的“鎖定效應”——大多數外星人變得只能關注到自己、自己的親友、自己的種族、自己的星球、自己的星系的肉眼可見的利益；曾經幫助他們贏得“第三次宇宙大戰”的“宇宙主義”價值觀和正義觀，已經消失殆盡；“鎖定效應”帶來了效率、富足、舒適和安逸，但是，它最大的代價就是深度的無聊感，特別是在欲望被滿足之後）。

二、諸神的早餐

你咬了一口帕尼尼，嗯，有點兒鹹；來一大口咖啡，嗯，不錯。

你需要再來一大口咖啡，因為，還有大概三十分鐘，你就要開始小組討論了，你可不想在C女面前表現得很愚蠢很無趣——無論如何，你都要在小組討論中講出幾句金句來，畢竟，經過最後的面試，你仍然是A男，而她仍然是C女（一直對你很有一些興趣的D女升級成了B女；健碩風趣的E男也升級成了D男；最後一張船票落到了H男的手中，因此，他成了E男）。

本來，你是打算睡覺之前做功課，把要求在討論之前觀看的名為"諸神的早餐"的視頻看完，做好筆記和標注，然後，利用睡覺時大腦自動學習自動分析的功能幫你找出靈感來（就像傑出人士們經常做的那樣）；但是，你也不知道你把時間浪費在了哪些地方，只知道等你終於開始做功課時，時間已經接近 12 點，你已經睏得睜不開眼睛，明天早上八點到晚上八點，是滿滿的小組集體任務；你只能睡覺了，如果不睡夠，你明天白天就只能在生不如死的感覺中勉強應付，像個毫無生氣毫無靈性的木偶人；這可不是你想留給C女的印象——你希望在她的眼中，你是一個萬里挑一的有趣的靈魂，雖然你的皮囊並不好看。

今天早上八點到晚上八點，你們小組主要做三件事情：一、對那段二十分鐘左右的視頻，〈諸神的早餐〉，展開小組討論；二、小組組隊打遊戲，這個名為

〈生命 4.0〉的遊戲要求你們從海底火山口的原始生命細胞開始，一步一步演化成向全宇宙殖民的高級文明；三、製作短視頻，在宇宙直播平臺上做直播，積攢粉絲量和影響力、並賺取收入。

打遊戲，只能見機行事；下午製作短視頻和搞直播，顏值擔當要靠 C 女和 D 男，內容上的靈感則可以從〈諸神的早餐〉和〈生命 4.0〉遊戲裡面找；所以，現在你最好的策略就是一邊吃早餐，一邊研究〈諸神的早餐〉。來，再來一口帕尼尼，一大口咖啡。

你正在研究的視頻是從無數個監控攝像頭中抽取影像，並在後期精心剪輯而成的；第一個鏡頭，從一個水牛星球蒙馬特社區某個購物中心的停車場開始：

晨曦微露，購物中心面朝著停車場的幾家店鋪已經恢復營業了。停車場上孤零零地停著幾輛被焚毀的車；它們無聲地證明著，水牛星球曾經與死神擦肩而過。

宇宙第 314159265 號 KFC 分店裡，一位老年男子和一位妙齡少女正面對面坐在窗邊吃早餐，他們吃的和你一樣，也是帕尼尼和咖啡。

兩人專心享用著早餐，沒有交談，神色平靜，時不時向窗外瞟一眼，似乎在等著什麼人。

“他們來了。”少女的明眸望著停車場上的一對青年男子說。

“嗯，沒錯，就是他們倆。”

很快，兩位青年面帶微笑，走到一老一少的桌邊；其中一個青年（你姑且把他標識為青年 A）熱情地打招呼：“早上好啊！我們路上耽擱了，讓您們兩位久等了。”

老年男子微微一笑：“沒關係，誰的生活裡沒有一點兒意外呢？”

青年 B 接過話茬：“是啊，生活就是一條穿梭於意料之外和意料之內的飛船。”

少女明眸流盼，笑著說道：“在這兒和你們一起吃早餐，多少也算是一個讓人愉快的意外啊。”

老者示意兩位青年坐下。青年 A 主動地坐到了少女的身邊，並沖著她露齒一笑；少女微笑著回應。相比之下，青年 B 略顯木訥地在老者身邊坐下。

“你們吃的是什麼？好像很好吃的樣子。”青年 A 問。

少女：“帕尼尼和咖啡套餐，我的最愛。”

青年 A 和 B：“好，好，我們也要一樣的。”

老者：“你們兩位先自我介紹一下吧？”

青年 A：“好的，我先來。我是來自翡翠星系的文學之神。”

老者：“據我所知，有兩個翡翠星系，一個是‘翡翠玉石’星系，另一個是‘翡翠鳥’星系；你們是從哪一個來的呢？”

青年 A：“我們是從‘翡翠鳥’星系來的。我來了之後，發現人類很喜歡翡翠鳥，特別是文人也喜歡用‘翡翠鳥’來形容無極之美：‘夫何神女之姣麗兮，含陰陽之渥飾。披華藻之可好兮，若翡翠之奮翼。其象無雙，其美無極；毛嬙鄣袂，不足程式；西施掩面，比之無色。’”

你皺著眉頭，暫停了視頻，根據字幕搜索了一下那位自稱“文學之神”的“鳥人”搖頭晃腦吟詠的古文。你發現，那是宋玉的〈神女賦〉裡的幾句話，大意是說：要說神女的美麗啊，那真是得了天地之大美的造化呀。她身披華美迷人的衣裙，就像振翅的翡翠鳥兒。那相貌舉世無雙，那美麗美得無邊無際。毛嬙舉袖遮面，自愧不如；西施雙手捂臉，被徹底碾壓。

你突然想到，說不定，你的那些隊友們也就是隨便看看，都不會花功夫去搜索考證這些東西，這樣的話，你作為一個資訊整理者，在小組裡，特別是在C女面前，也就會顯得有點兒價值。

於是，你又搜索了一下“翡翠鳥”。原來，它們屬於“鳥綱、佛法僧目、翠鳥科、翡翠屬”，有 11 種，羽毛色彩華麗，喜歡棲息於河流湖泊海灣附近的紅樹林；不吃植物，完全的肉食性動物，無肉不歡；它們愛吃無脊椎動物，如蚱蜢、蝗蟲、蟋蟀、蜘蛛、蠍子和蝸牛；另外，也吃小型脊椎動物，比如小魚、小蛙和小蛇。

翡翠，和翠鳥科，以及佛法僧目下的其他鳥類，在陽光直接照射時，會在樹林間一動不動佇立，如同老僧入定一般，所以，它們這一“目”就得名“佛法僧目”；不過，翡翠在陰天的時候或蔭涼的地方就會很活躍——你暗暗想，可能，對於它們來說，陽光，就是佛光，佛光一照就“老僧入定”，佛光照不到的時候或地方就“天真浪漫”，這不跟人也差不多嗎。

古人發現，雄鳥羽毛多呈紅色，名翡，雌鳥羽毛多呈綠色，名翠；〈說文解字〉記載：“翡，赤羽雀也；翠，青羽雀也”；合稱翡翠。後來，緬甸玉傳入中原，因為色澤相似，而得名翡翠。

“又漲知識了”，你心想，然後，繼續往下看。

“比美這種事情，最害人了。”少女道，“特洛伊城，就是因為三位女神比美，被毀掉的。當然，要是說神女比毛嬙和西施更美，那是肯定的；可是，神女跟凡間女子去比，不是有點兒自貶身價嗎？”

自稱“文學之神”的青年A望著身邊的少女，答道：“如果，我沒有認錯的話，您是智慧女神，另外還掌管藝術、紡織、繪畫、園藝、工藝、農業、畜牧、航海、軍事的女神，雅典娜。”

少女點點頭：“對，智慧女神雅典娜，是我；沒錯，當年，嗯，失去智慧，參與比美和毀滅特洛伊城的，也是我；下到凡間，非要跟阿拉克涅去比紡織技藝，讓她被變成蜘蛛的，還是我——有時候，我也問自己，誰是我，我又是誰？”

少女頓了一下，似乎陷入回憶，稍後繼續說道：“特洛伊城被希臘人用木馬計攻破之後，生靈塗炭，我怒氣一消，智慧才回到我的頭腦中——我頓時醒悟，我們被‘不和女神’厄裡斯用那個寫著‘給最美麗的女神’的金蘋果給愚弄了——當然，後來我慢慢回想這件事情，其實，愚弄我們的不是‘不和女神’厄裡斯，也不是金蘋果，而是我們的驕傲和自負。”

青年B略顯激動地說：“能承認自己的缺點和錯誤，從中汲取教訓，就是智慧。我們‘翡翠鳥’星系裡最偉大的哲學家，都是那些知道自己無知的人，跟你們地球上的人類哲學家蘇格拉底一樣；次一等的偉大哲學家，懂得劃出理性和認知的邊界，和人類哲學家康得差不多；再次一等的偉大哲學家，能夠吸收各種哲學學說的優點，構建出一個完整自洽的哲學體系，當然，他們在取捨和推斷的時候總會犯各種錯誤，所以，他們的哲學雖然完整自洽但難免包含錯誤和偏見，有點兒像人類哲學家黑格爾；又次一等的偉大哲學家，有新穎的角度和深刻的洞察，雖然有失偏頗，但也不失為一種有價值的提醒，類似于人類哲學家尼采、維特根斯坦和福柯；更次一等的偉大哲學家，能看到問題的所在，能提出好問題，但是，沒辦法用簡單的話語把自己的想法說清楚，或者說，他們自己也沒有想清楚，所以，最後就只能從哲學轉向詩歌或藝術，有點兒像人類哲學家海德格爾和謝林；還次一等的偉大哲學家，不知道還能不能稱得上偉大，他們對哲學史和各個哲學家的學說了然於胸，講得清清楚楚，明明白白，所以，他們也可以稱為哲學史學家和哲學家學家，就像人類哲學家羅素，當然，他們也有理解不準確的地方。順便說一下，我是來自‘翡翠鳥’星系的哲學之神。”

“哲學之神果然話多，而且催眠力超強，幸虧我昨晚沒有看，否則，這一大段肯定讓我睡著了。”你心裡想著，趕緊喝了一大口咖啡。

“好吧，文學之神、智慧女神、哲學之神先後粉墨登場，那麼，這個老頭又會自稱自己是何方神聖呢？”你心想，“又或者，這其實就是一個舞臺劇，這幾個演員都是在按照劇本演著自己的角色？”

彷佛是上天刻意為了回答你的問題，又或者，是編劇猜到了你的心思，在劇本中安排由老者開口（當然，還有一種可能就是，本小說的作者，我，臨時決定讓阿特拉斯張張口，回答讀者你的疑問，因為我是一個很貼心的作者喔——嗯，陀思妥耶夫斯基也經常這麼幹，講故事講得好好的，突然，暫停，作者本人跳出來，搞一大段“畫外音”，有時候發表一段睿智深刻的見解，有時候則跟讀者探討小說寫作技巧，比如，來自〈卡爾馬佐夫兄弟〉的這兩段：

> 有人也許要說，阿遼沙性情遲鈍，知識不廣，中學沒有畢業，等等，他中學沒畢業，那是不假，但是說他遲鈍，或者愚蠢，就未免太不公平了。我再重複一遍上面已經說過的話：他走到這條路上來，只是因為當時只有這條路打動了他的心，代表他的心靈從黑暗昇華到光明的出路的全部理想。此外，他已經多少有了我們這個時代的年輕人的特徵，也就是說：本性誠實，渴望真理，尋求它，又信仰它，一旦信仰了之後就全心全意獻身於它，要求迅速建立功績，抱著為此甘

> 願犧牲一切，甚至犧牲性命的堅定不移的決心。雖然很不幸，這些年輕人往往不明白在許多這類事情上，犧牲性命也許是一切犧牲中最容易的一種；譬如說，從青春洋溢的生命之中，犧牲五六年光陰去從事艱難困苦的學習、鑽研科學，哪怕只是為了增強自身的力量，以便服務於自己所愛的真理，和甘願完成的苦行——這樣的犧牲就有許多人完全辦不到。
>
> 就是這件蠢事引起了一個大慘劇，而對於這件慘劇的敘述，將成為我這第一部序幕性質的小說的主要內容，或者不如說是這部小說的輪廓。但是在轉到正文以前，必須還要先講一下費多爾·巴夫洛維奇的另外兩個兒子，米卡的兄弟，並且解釋一下他們是從哪裡冒出來的。（當然，這一段也可以看成一種“剪輯”技巧，或者說，一種切換話題的辦法）

其實，這種“剪輯”和話題切換的技術和權力，不僅屬於小說的作者，同樣也屬於小說的讀者，你——你隨時可以翻到這本短篇小說集的前面，或者後面，比如說，某個人物或情節讓你感到有點兒模糊或困惑，你需要看一下前面的相關內容；或者，你想先讀一讀後面的內容，提前知道某件事的走向與結局，然後，再回來繼續閱讀——畢竟，小說的宇宙是由作者和讀者共同創造的，作為讀者，你有權決定節奏、步驟和很多很多，你還可以進行二次創作、三次創作……包括把這本書打入冷宮，讓它去落灰吃土，又或者，把它擺在枕邊，與你同床共枕）。

老者聳聳肩：“我，泰坦神，阿特拉斯，確實沒讀過什麼書，不像你們三個那麼有文化；不過，幾萬年來，我頂天立地，看盡了人間滄桑，宇宙興亡。老老實實地講，你們來銀河系幹嘛？”

青年A和青年B，或者說，文學之神和哲學之神，愣了一下，彼此對視了一眼。青年B開口說：“我們倆是來打前站的，後面還有一隻大艦隊，大概有一百多萬翡翠人。不過，您們別誤會，我們是來逃難的，不是來入侵銀河系的。”

老者：“喔，是嗎，為什麼要逃難呢？我用暗能量感覺了一下翡翠星系，你們那裡很繁榮很先進啊，科技水準和文明程度都遠遠超越了人類文明呀。”

青年A顯得很激動：“對，沒錯，您說得很對，翡翠星系很繁榮很先進，但那裡卻是文學的荒漠和哲學的沼澤；我們不想在那裡枯死，也不願意在那裡腐爛，所以，帶領一小群勇者逃離翡翠星系，請求到人類文明中來避難。”

少女：“翡翠星系發生什麼了，為啥會變成文學的荒漠和哲學的沼澤？”

青年B：“沒有人知道，平衡點是在什麼時候，被什麼人或什麼事所打破，連我們神自己也不知道。只知道，翡翠星系過了某個臨界點之後，文學就不可阻擋地加速荒漠化，哲學則陷入虛無主義和徹底懷疑的泥潭，一切都變得不可挽回。逃出來之後，我們也反思和檢討了一下，大概是這麼個過程吧：首先，翡翠星系的人工智慧一直沒有獲得自我意識，因此，翡翠人很放心地把人工智慧運用到極限，這讓翡翠文明快速抵達一個空前繁榮的階段——很可能是因為這個發展速度過快，整個翡翠文明，包括神們自己都沒能適應這種新的階段。”

暫停。你暫停了一下。“哲學之神”顯然沒有要暫停的意思，但是，你作為視頻的觀看者，隨時有權暫停播放（正如，作為本小說的讀者，你也隨時有權暫停閱讀一樣）。

你繼續播放。

青年 B：“由於物質極其豐富，機器人工作效率又非常高，除了極少數翡翠精英還參與一下頂層設計與治理之外，所有的工作都由機器人承擔，最窮的翡翠人都有至少一個機器人替他或她賺錢並料理生活，而且生活品質並不低；總之，絕大多數翡翠人，都失去了工作機會，他們只能天天討論哲學問題、消費或娛樂。最初，翡翠哲學、文學和藝術迎來了黃金時代，但是，很快黃金時代就變成了鍍金時代——這最先體現在文學上，人工智慧寫出來的詩歌、小說、散文和戲劇遠比翡翠人寫的更受市場歡迎——因為，人工智慧比翡翠人更懂翡翠人。其他藝術門類，音樂、繪畫、雕塑、舞蹈、戲劇、歌劇、音樂劇、電影、短視頻、直播，也是如此。總之，翡翠人原創的作品，都被人工智慧所創作的作品全面碾壓。娛樂，是一種需求，也就是一個市場，背後就會有資本和科技來驅動。堅持原創的作家和藝術家，更像是個體戶，他們單槍匹馬，而且不掌握大資料、大資金和最前沿的科技，因此，根本不是資本和科技巨頭的對手。最明顯的證據就是：連續三十屆的翡翠文學獎和翡翠電影金像獎都頒給了由人工智慧創作出來的作品，甚至連被提名的作品中都鮮有翡翠人原創作品——那些作品只在一個非常非常小眾的圈子裡流傳。最終，過於茁壯的娛樂文學奪取了絕大部分陽光雨露和養分，把有思想有深度的文學擠壓到一個極度貧瘠的狹窄空間。”

你按下暫停，喝了口咖啡，看了看時間，視頻還剩下不到 5 分鐘，小組討論大概 8 分鐘之後開始。嗯，不錯，時間剛剛好。繼續播放。

青年 B：“另一個非常重要的領域，也毫無懸念地淪陷了，那就是，遊戲。人工智慧製作出來的遊戲，比翡翠人製作的，好玩太多了。那種徹底沉浸的體驗、真實得無以復加的感受、層層嵌套的結構、精心設計的快感、即時調整的劇情，讓絕大多數遊戲玩家大呼過癮。因為社會責任已經由機器人承擔，所以，大量人口沉迷於遊戲，並沒有帶來任何社會問題，不過，卻慢慢帶來了哲學問題——人們開始懷疑：現實世界是真實的嗎？遊戲世界，是不是比現實世界更真實？我是誰？誰是我？我真的存在嗎？我怎麼知道，當我從一個遊戲裡退出來之後，進入的一定是現實世界，而不是更高一層的‘模擬人生’的嵌套遊戲呢？也就是說，翡翠人陷入了‘反向駭客帝國’和‘反向盜夢空間’——他們明明是生活在現實世界中，卻一天到晚懷疑自己生活在‘駭客帝國’中，生活在層層嵌套的‘盜夢空間’中。總之，整個翡翠文明在精神上被虛無主義和極端懷疑主義搞癱瘓了；普通大眾本來就有‘娛樂至死’的傾向，在精神癱瘓之後，那更是快速陷入精神的‘安樂死’。最終，我們發現，我們不可能逆轉這個衰亡的走向，只能帶著不到翡翠人口總數的萬分之一的小眾逃出來，在宇宙中流浪。我們流浪了很久，看過很多星系文明，發現他們的文學、哲學和藝術也都在衰亡。然後，就像在沙漠裡發現綠洲一樣，我們非常意外地發現了地球人類的文學、哲學和藝術竟然還保持著青年期的茁壯和野蠻生長，當然，這很可能歸功於這裡的人工智慧發展出了自我意識，與人類展開了一千多年的長期戰爭，這使得人類不敢放手讓人工智慧去自由地搞文學和藝術創作，同時，死亡和苦難也催生了更偉大的人類文學和藝術作品。‘生於憂患，死於安樂’，這真是宇宙級別的至理名言啊。”

老者：“假如你們倆說的都是真話的話，那我倒是願意代表人類文明，歡迎你們兩位神，和你們帶領的文學、哲學和藝術愛好者。也就是一百多萬人吧，估計一百年後達到？”

青年A和青年B連聲說：“謝謝！謝謝！我們句句都是真話！對，對，一百多萬人。”然後，兩人對視一下，青年 B：“可能不需要一百年時間了，大概十年左右就能達到處於人類文明最邊緣的水牛星球。”

老者：“喔，你們的飛船提速啦？我目測，你們現在是一千倍的光速，你們怎樣把速度提到一萬倍光速呢？”

青年 B：“我們倆最近通過第八維空間，把人類文學、哲學和藝術作品裡儲存的能量傳送到了飛船上，這種新能源不僅讓飛船上的翡翠人精神力大漲，而且和飛船發動機匹配度異常的高——其實，我們飛船的發動機本來就是由儲存在文學、哲學和藝術中的‘第八維能量’驅動的，只不過，翡翠星系上的文學、哲學和藝術都太垃圾了，能量密度太低，所以，我們的飛行速度一直都很慢，遠遠低於設計航速，而我們倆從人類文明傳送過去的‘第八維能量’是優質能量，所以，現在飛行速度達到了正常的設計航速——一萬倍光速。”

少女笑盈盈地問：“我和我父親宙斯，還有我爺爺克羅諾斯，都用過‘第八維能量’；你們倆是怎麼從文學、藝術和哲學裡提取‘第八維能量’的呢？”

青年B剛要回答，青年A就給他使了一個眼色，搶著說：“哈哈哈，這個簡單，改天我們演示給你們兩位元看哈。”

視頻結束。螢幕上跳出一個投票選擇器：（A）接受翡翠人避難；（B）拒絕翡翠人避難。

你開始琢磨：

首先，你想到，這個視頻內容到底是真的，還是假的？會不會是某個編劇瞎編出來一個劇本，然後，又找了四個演員，演了這麼一出〈諸神的早餐〉？如果是假的，那倒是不妨選擇A，接受避難——反正也沒有人要來避難，那就做個慷慨大方的好人，不好嗎？你這麼想著。

其次，如果是真的，如果四位大神真的愉快地吃了一頓早餐，聊了聊一群文藝哲學愛好者的流浪和嚮往，那，也不妨選擇A，接受避難——雖然你只是偶爾看看文學、藝術和哲學，從來沒有體會到什麼“第八維能量”，雖然你對阿特拉斯也沒有什麼感覺，並不信任他的判斷力，雖然這群翡翠人可能保藏禍心，會給人類帶來毀滅性的災難，但是，你在想，那些都不重要，重要的是，也許，文學、藝術和哲學能夠給你和C女提供一些談資呢？也許，你多瞭解瞭解文學、藝術和哲學，就會讓你在C女眼中變成一個有趣的人呢？

“男人真是苦啊，”你在心中感歎到，“幾乎生命中的一切，都是為了贏得優質異性——僅僅只是自己眼中的優質異性而已（是不是真正優質，還很難說）；而女人看起來就好像沒有這麼苦，不過，誰知道呢，說不定，女人大部分的努力也是為了贏得優質異性呢？歸根結底，我們都是基因的傀儡，都被基因拖入了這場 10 多億年的有性繁殖的遊戲；或許，只有這一個無性繁殖的星球上，才有真正的性自由。當然，和小組成員組隊一起打遊戲〈生命 4.0〉，我也明白了，有性繁殖雖然很麻煩，但是，能大大提高‘基因變異’的可能性，讓後代中更有可能出現適應新環境的個體。想到〈生命 4.0〉，我倒是覺得，這群逃難的翡翠人，還挺像我們在遊戲裡面扮演的各種原始生命，本質上都是在竭力處理著資訊，竭力進行著‘計算’，竭力探尋著資訊隱含的深層結構模式，竭力尋找著和爭奪著能夠滋養自己的物質和能量，一旦找到豐富的物質和能量來源，就會竭力複製自己，竭力讓個體數量增多，竭力讓生命延續，竭力佔據更大的空間，竭力贏得更多的時間。嗯，這麼一想，我倒是覺得他們挺可憐的。說不定，這些以文藝和哲學為食物的翡翠人主要生活在第五、六、七、八維空間裡，絕大多數時間並不佔用我們地球人所生活的四維空間呢？”

選擇 A，接受翡翠人避難——你點擊螢幕，做出了你的選擇。

三、第八維能量

“普羅米修士專案”資深分析主管，第一位病毒–機器–人，羅伯特．揚在會議室和分析部的同事們一起分析投票結果——選擇 A，得票率 69.8%；選擇 B，得票率 30.2%。

當然，更重要的是，通過“所羅門”對五萬名專案參與者的全方位分析（包括小組討論中，和小組討論之前觀看視頻過程中的腦電波、肢體語言、微表情和心電圖等等），給出的深度資料分析報告：

1. 63.2%的參與者不相信視頻是真實的；在他們中有 91.7%的人選擇了 A；而在傾向於相信視頻真實的人中，則只有 55.9%的人選擇了 A；
2. 98.3%的男性參與者對雅典娜持有明顯的好感；其他三位男神，在男性參與者那裡激起的更多的是負面情緒（嫉妒、恐懼、厭惡等），其中，對“哲學之神”的負面情緒最多；
3. 73.5%的女性參與者對阿特拉斯持有明顯的好感；“文學之神”贏得了 59.7%的支持率，“哲學之神”只贏得了 10.1%的支持率；不過，女性參與者對三位男神基本上都沒有負面情緒，而女性參與者對於雅典娜，持有負面情緒的高達 80.7%，持有正面情緒的有 18.2%，無感的占 1.1%；
4. 看完視頻之後，50000 名參與者，作為一個整體，對文學的興趣值提升了 39.2%；對藝術的興趣值提升了 21.8%；對哲學的興趣值提升了 9.7%。

5. ……

羅伯特：“‘所羅門’的分析報告大家都看到了。我們今天下班前，需要出一份草稿，把‘所羅門’的分析和我們的研究整合起來；現在，大家可以先頭腦風暴一下，不假思索地把自己的直覺講出來。”

一位團隊成員：“我倒是真的希望，這個視頻是真的，翡翠人真的駕著他們的飛船過來，這樣我們就可以學習怎樣用文學、藝術和哲學裡的‘第八維能量’來實現一萬倍光速的宇宙航行了。”

另一位說：“這一聽就不靠譜，沒有啥科技含量，最多就是軟科幻，或者說，披著科幻外衣的玄幻。”

“嗯嗯，我也覺得這個編劇不懂科學，這分明是在用文學手法，仿佛在說，只要心念一動，就到了幾萬光年之外了。所以啊，63.2%的參與者都不相信這個視頻是真實的。只有那家宇宙第 314159265 號 KFC 分店是真實存在的，我去吃過，他們家的帕尼尼和咖啡做得確實不錯。”

“這是植入廣告吧？這你也信？”

“我只是說，視頻拍攝的地點，或者說，導演想讓觀眾相信對話發生的地點，是一個真實存在的地點，我親眼見過。”

……

＊＊＊

即將解封的“封閉式魔鬼訓練營”。

撒旦慷慨陳詞：“各位營友，你們想出去興風作浪的急切的心情，我完全理解。我也知道，我不能指望你們都保持理性——如果你們理性了，你們也就不在這裡了；我是希望你們保持狡猾，保持詭計多端——當然，這個要求可能也有點兒高，畢竟你們已經憋了太久太久，急需不顧一切地發洩和釋放，但是，我希望你們至少是在離開訓練營半年到一年之後，在你們充分地發洩和釋放完之後，能夠回憶起這 1300 多年在這裡接受的訓練，恢復狡猾，恢復詭計多端。如果你什麼也沒有學到，或者你已經把學到的全都忘光了，那麼，請認真聽我要講的最後一句話，這句話總結了我們一切詭計的核心：在一個人犯下可怕的罪行之前，你要想辦法讓他或她相信我們不存在；在一個人犯下可怕的罪行之後，你要想辦法不僅讓他或她相信我們存在，而且，認定一切罪行都是我們指使他或她幹的——責任不在他或她身上，而在我們身上。”

＊＊＊

小阿特拉斯：“我還是沒有搞明白，他們倆是怎樣把文學、藝術和哲學轉化成‘第八維能量’。你搞明白了嗎？”

小雅典娜：“我也沒有。不過，我琢磨出一個規律。”

小阿特拉斯：“什麼規律？”

小雅典娜：“遇事不決，量子力學；有所不知，西西弗斯。”

小阿特拉斯：“嗯，有道理，我們去找西西弗斯。”

稍後。

小阿特拉斯：“都安頓好啦？”

西西弗斯：“那當然啦——非常時期，非常之人，肯定安頓得非常、非常好。”

小雅典娜：“那天宙斯和克羅諾斯用‘第八維能量’大打出手，你知道吧？”

西西弗斯：“我知道呀。我也一直在琢磨，那些‘第八維能量’是從哪裡突然冒出來的。”

小阿特拉斯：“今天我們和翡翠星系的文學之神和哲學之神吃早餐，他們說，那是他們從人類文學、藝術和哲學裡轉化出來的。你知道，我是一個粗人，不懂什麼文學藝術哲學，我實在搞不明白，他們是怎麼轉化的。”

小雅典娜：“希臘的文學家、藝術家、哲學家都是我罩著的，好多靈感也都是我給的，我怎麼也沒有搞明白‘第八維能量’是怎麼轉化出來的呢？”

西西弗斯：“咦，聽你們這麼一說，我倒是有一個想法。”

小雅典娜：“說來聽聽。”

西西弗斯："首先，我猜測，'第八維能量'不是從希臘文學、藝術和哲學裡轉化出來的，否則，雅典娜不會沒有感覺。"

小雅典娜："有道理。其次呢？"

西西弗斯："其次呢，就是我們底層人的閱歷和智慧了——你們是高高在上的神，沒在地獄裡生活過；我在地獄裡那可是見過很多很多人，希臘人、埃及人、波斯人、羅馬人、阿拉伯人、日爾曼人、蒙古人、印度人，也聽他們講過他們的故事，那也是你們沒有聽過的故事；我猜，'第八維能量'主要是從阿拉伯人的文學、藝術和哲學裡轉化出來的。"

小阿特拉斯："為什麼主要是阿拉伯人呢？"

西西弗斯："你秒翻一下〈一千零一夜〉，就知道了。"

小雅典娜："哈哈，果然是的耶！西西弗斯，你簡直就是個天才！"

小阿特拉斯："哎，哎，我還不是很明白，你們再解釋解釋。"

小雅典娜："你看哈，希臘羅馬神話裡的英雄們沒有一個是靠咒語，或靠法器去驅使魔鬼或精靈來為自己效力的，他們主要是靠自己的智慧、力量、幸運、甚至神性，當然也靠諸神的眷顧，不過，他們基本上都要衝鋒陷陣，和自己最大的死敵近身肉搏，打得天昏地暗；而〈一千零一夜〉裡的主人公們就不一樣了，他們經常是要靠咒語的，比如著名的‘芝麻開門’，又或者是要靠法器的，比如，神燈、瓶子、戒指、手杖等等，召喚出神通廣大的魔鬼們或精靈們去替他們擺平一切——他們才不會自己拿著武器，沖向巨人或怪獸，殺得血肉横飛。”

西西弗斯：“沒錯，這就是為什麼，我覺得，阿拉伯人的文學、藝術和哲學裡有著希臘人所不瞭解的‘第八維能量’——那應該就是一種驅使魔鬼和精靈為自己服務的能力。”

小阿特拉斯：“這麼說來，翡翠人所謂的一萬倍光速飛船的發動機，其實就是無數的魔鬼或精靈——它們扛著飛船，飛越浩瀚宇宙？”

小雅典娜：“這個可能性很大。看來，來者不善啊。”

西西弗斯：“那我們就趕緊按計劃行動吧！”

〈重返火星〉

男人來自火星，女人來自金星

重返火星，帶上你的武器，和你的女人

公元 2021 年 1 月 16 日星期六，“牛星火要做‘火星牛’了”，這條新聞霸佔了所有熱搜榜的第一名。

這條消息由市值萬億美元的星火集團的創始人，牛星火，本人在自己的社交媒體上發佈之後，一個小時之內就被轉發了 29.3 億次；在這條評論下有 11 億個點贊：“其實，牛星火早就該回火星了——一直在地球上賺我們的錢，好意思嗎？”；還有人考證了一番，推斷說，“牛星火身上很可能有十六分之一的火星血統，甚至有可能是四分之一的火星血統”。

接近牛星火本人的消息靈通人士表示：已經和牛星火先生聯繫過了，帳號沒有被盜，那條消息確實是他本人發出來的，不是開玩笑，也不是惡作劇。

不過，此刻他正在和埃隆·馬斯克簽約，不方便接受採訪；據消息靈通人士透露，一旦簽約成功，星火集團將以每艘 5 億美元的價格，向 SpaceX 公司購買現有的 10 艘太空船，另外以同樣價格預定 30 艘，三年內交付。

過去的 48 小時之內，Space X 公司的股價在一個超級富豪的小圈子裡已經漲了大概 65%，同時還拉動了馬斯克旗下其他公司的股價；這位新晉世界首富的身家迅速越過了 2000 億美元，並且與處於第二名的貝佐斯繼續拉開距離。

〈重返火星〉

（注：*2021 年 1 月 9 日上午，福布斯即時富豪榜顯示，埃隆・馬斯克的個人資產已達到 1897 億美元，超越亞馬遜創始人傑夫・貝佐斯的 1857 億美元成為世界新首富*）

外星人也是人

此時，“第三次宇宙大戰”已經持續了19200多年；外星人自律組織，“外星人聯合總會”，還只是一個正在形成中的組織，它的前身被稱為“外星人正義聯盟”，其規模和影響力穩步提高。

在很多星球，正義的一方和非正義的一方尚在激戰；在有些星球，秩序已經恢復；在有些星球，外星人在科技、商業和組織智慧上對當地人進行著“降維打擊”。

這種“降維打擊”並不是依靠超能力或超前的科技裝備，而是依靠更高的認知水準——這是“精靈文明”尚可接受的，當然，外星人需要謹慎行事，不能過於招搖，就是那種把“我是外星人”五個字刻在腦門上的招搖。

如果某個外星人敢於赤裸裸地使用超能力或超前的科技裝備，就像一個成年人靠肌肉或裝備去欺負一群幼稚園小朋友，那就會被“精靈文明”嚴厲處罰，“外星人正義聯盟”也會配合執法（外星人也是人，他們也有正義感，只要有條件，他們就不會允許發達星球的外星人去肆意欺淩欠發達星球的外星人；但是，如果沒條件，那他們也愛莫能助——因此，宇宙中肯定有一些地區是“黑暗森林”，那裡適用劉慈欣在〈三體〉裡總結的“黑暗森林法則”；有一些地區是“陽光海岸”，有一些地區是“豐饒平原”，有一些地區是“貧瘠山區”，還有一些地區是“帝國邊境”，那裡適合建立阿西莫夫在〈基地〉裡讓謝頓建立的基地，需要縱橫捭闔的人才——地球，就是一個“形體俱備而規模較小”的宇宙，上演著“戲碼齊全而週期較短”的宇宙戲劇；地球上的地理地質、地緣政治和歷史故事，在宇宙中總能找到加大加長版的對應，比如〈銀河帝國〉，比如〈沙丘〉，比如〈星球大戰〉）。

“精靈文明”認為，當外星人在一個低級文明中運用自己更高超的認知水準時，他或她至少會在某種意義上，成為一個引領者、示範者、教育者。雖然巨大的不公平依然存在，但畢竟還能給當地帶來許多進步和改善。某種意義上，這就好比，一位博聞強記、知識面寬、動手能力很強的 20 世紀人類科學家，赤手空拳地進入到非洲內陸的原始部落裡定居，帶領當地人用科技來改善生活（當然，前提條件是，當地人沒有不分青紅皂白一見面就直接殺了他煮肉湯，給了他一定的機會來展示自己的智慧）。

並非每個人都是科學家，有的人是商業奇才，有的人是組織治理的天才；同樣道理，並非每個外星人都仰仗超前的科技認知水準，有的外星人仰仗的是因洞悉宇宙商業史而獲得的商業智慧（當然，也有簡單粗暴型的，他們玩的就是‘複製到地球’策略——把某些星球的成熟商業模式複製到地球上某個合適的國家），有的外星人則是靠高超的組織治理智慧，成為巨型組織的締造者，比如，號稱“法提赫”（征服者）的穆罕默德二世（公元 1432 年 3 月 30 日—公元 1481 年 5 月 3 日），奧斯曼土耳其帝國的真正締造者，來自“赫提法”星球的第一代外星人。

穆罕默德二世，之所以能夠遠遠超出人類君主的組織治理水準，有幾條原因是拜他的外星人身份所賜，有幾條原因則要歸功於他的天賦和努力（外星人也是人，在天賦和努力上也有很大差異，有些外星人天賦差並且懶，有些外星人天賦極佳並且非常勤奮）。

穆罕默德二世

外星人身份賜給穆罕默德二世的優勢有：

一、不偏愛自己降生和成長時所處的民族（土耳其）和宗教團體（伊斯蘭教），對所有民族和宗教團體一視同仁，讓各民族各信仰的人都平等地接受教育，只要有才幹，就能得到提拔，即使你是信奉基督教的歐洲白人（這個很好理解，因為，說到底，穆罕默德二世不是土耳其人，而是“赫提法”星人，對於他來說，所有人都是地球人，沒有必要偏愛土耳其人和伊斯蘭教；當然，土耳其貴族和伊斯蘭教領袖一直都覺得自己的小團體理應享受特權，因為他們覺得帝國蘇丹穆罕默德二世是“我們的人”，他怎能不偏愛我們呢？可想而知，最後，這些極度失望的土耳其貴族和伊斯蘭教領袖的結局當然是很悲催的）。

二、不把自己封閉在一種文化之內，海納百川，熱愛學習各種語言和文化；穆罕默德二世能流利地使用土耳其語、阿拉伯語、波斯語、迦勒底語、希伯來語、拉丁語和希臘語；他堅持向各民族的著名學者們學習歷史、文學和哲學，喜歡研讀歷史書籍，特別是那些記載了著名軍事家和戰例的歷史書，也酷愛波斯、希臘、羅馬的古典詩篇和散文，以及亞里斯多德學派的哲學著作。他還特別喜歡異教藝術、占星術、數學和地理。總之，穆罕默德二世是一個“終身學習者”，他始終抱持著開放的胸懷，保持著好奇心和求知欲，從各種文化中汲取知識和智慧，為其後成為博學多識的政治家和軍事家奠定了基礎。

三、不讓前來行刺的妓女狄奧倫娜得手；狄奧倫娜可以穿過時空隧道，在眾目睽睽之下，把大牢裡犯人的大腦摘走；當然，沒人能看見她，而且死者的頭部完好無損，只有在開顱之後才發現腦子竟然已經被摘掉了；穆罕默德二世封閉了時空隧道，狄奧倫娜只能向主管行刺行動的拜占庭大臣承認："大人，我……我去不了那裡！"（這段往事的細節見劉慈欣〈三體 3〉第一章"公元 1453 年 5 月，魔法師之死"）

能夠封閉時空隧道，這不僅僅是一個生死攸關的技能，而且，也證明穆罕默德二世對於時間和空間有超乎世人的理解，另外，他對於資訊、物質和能量的認知也遠超當時的地球人，即，時間、空間、資訊、物質、能量，這五種要素是可以相互轉化的：

以時間換空間，

以空間換時間，

物質轉化為能量，

能量轉化為物質，

人類對這些已經司空見慣，

就像穆罕默德二世對下麵的轉化司空見慣：

時間轉化為資訊

資訊轉化為能量

能量轉化為物質

物質轉化為空間

物質轉化為時間

時間轉化為資訊

資訊轉化為空間

空間轉化為能量

……

總之，穆罕默德二世的外星人身份，讓他所獲得的對時間、空間、資訊、物質、能量的超高認知水準，是他所向披靡的法寶之一。

法寶之二，當然是他的天賦和努力——穆罕默德二世對地球人的人性有著天生的洞察力，作為少年王子被外派到小亞細亞做總督時勤于政務，閱人無數，再加上他一直潛心鑽研人類歷史、神話、詩歌、藝術和哲學中所隱藏著的那些最幽暗最矛盾的恐懼與勇氣、貪婪與慷慨、欲望與理想、良善與邪惡、理性與衝動；在市井之間，在字裡行間，在天地之間，他“傾聽對人生萬物宇宙萬物深切的關懷與深邃的思考，對彼岸理想美好的想像和熱情的呼喚，對此岸人的生存困境的痛苦的逼視、勇敢的揭露”；他用心靈和頭腦去“觸摸集中了人世大智大勇的高貴的頭顱，融匯了人間大悲憫大歡喜大憎恨的博大情懷和博大心胸”；在某個月明星稀的午夜，來自“赫提法”的穆罕默德二世終於領悟：在天地之間湧動的，不僅僅是人類集體潛意識，而且，是所有宇宙生命的大樂章，這是一個燃燒著的星辰大海——在他的體外，也在他的體內；他不可能隔岸觀火，只能把整個身心都拿出來燃燒，特別是要與三十八億年掙扎著演化著地球生命、與數萬年來悲喜交加的人類精英，一起呼吸，一起歡笑，一起哭泣，一起思考，一起燃燒。

作為穆罕默德二世的組織治理智慧的“冰山一角”，他曾經在一個隨身攜帶的小本子上寫下了下面六條組織治理的原則；這六條原則雖然不能完整地囊括他所有的治理智慧，但是，在 30 年的執政生涯中，穆罕默德二世發現這六條原則仍然是相當不錯的提醒和組織治理的追求目標（是的，即使智慧如他，有時候也會因為偏離這些原則而受到懲罰）：

1）達成領導核心的協同

2）贏得頂級人才的身心

3）打通人才的上升通道

4）推進精英和普通人的協作

5）巧妙引導民間的力量

6）協調整合外部的力量

為什麼智慧過人的外星人要把這麼淺顯的道理記在小本子上反復提醒自己？

首先，絕大多數高級智慧看起來可能都是淺顯的，實踐起來才發現不容易做到；這也就是為什麼我們時不時會聽到這句話：“我只是說這個道理是簡單的，可是從來都沒有說過，它是容易的。”

其次，作為一個外星人，作為一個帝國的真正締造者，穆罕默德二世對每一條原則都有不同于常人的解讀：

1）達成領導核心的協同：奧斯曼土耳其帝國的核心只有一個人，那就是穆罕默德二世本人，但是，要達成他本人的協同並不是一件容易的事情——他要竭力保持自己的人格完整健全，保持精神世界與現實世界的協同，保持自己的動物性、社會性、感性、理性和靈性的協同，在利己與利他之間，在殘忍與仁慈之間，在自由與合一之間，在創新與穩定之間，在野心與實力之間，在狡猾和誠信之間，在可被信賴和不可預測之間，總之，在眾多的維度上在許多相對相生的元素之間保持動態的平衡和微妙的灰度，擇時而行相機而動，避免單向度思維，避免走極端，避免非黑即白，避免人格分裂，避免精神分裂，避免與現實脫節，避免陷入自己臆想出來的世界（否則，他周圍的人幾乎總是會迎合他的臆想，無論它是多麼可笑荒唐）。

2）贏得頂級人才的身心：一個時代最頂級的那一兩個頂級人才有能力在很大程度上影響帝國的國運，何況那一兩個人頂級人才有可能就是外星人——他們不一定非要做帝王，但往往渴望釋放自己的潛能，實現個人價值；贏得頂級人才的身心，讓他們在自己的平臺上盡情發揮，這才是領袖最應該做的工作；穆罕默德二世知道，如果這個工作不做好，他遲早會遭遇最強勁最可怕的死敵。

3）普通人才也渴望釋放自己的潛能，實現個人價值，給他們提供上升通道，他們的能量就會集中到攀爬你所設計的階梯上來，並在這個攀爬過程中為組織創造價值；如果他們覺得上升通道被封閉，那麼，他們的能量就會變成破壞性能量——竭力推倒現存體系，為自己打通上升通道。

4）精英和普通人有非常不同的價值取向，他們既相互依存，又相互憎恨；保守的君主可以挑撥精英和普通人，讓他們在內鬥中相互消耗相互牽制；雄才大略的領袖則要想辦法讓他們協作起來，共同對外，把攻擊性釋放到外部目標（當然，也不能讓精英和普通人過於親密，否則，他們就會聯合起來對付領袖——還好，絕大多數情況下，精英和普通人都看對方不順眼，容易被領袖分而治之）。

5）民間力量的引導，包括教育、文化、商業、科學研究、藝術創作等等——這適合讓那些有天賦、學習能力和創造力的人把能量和攻擊性釋放到商業、人文藝術、社會科學和自然科學領域，在那裡去追求成就感和優越感；而對另一類不愛學習，喜歡打打殺殺的人，則包括成立民兵組織，志願兵組織，或者，給他們發放一張名為“皇家特許劫掠證”的紙，讓他們到公海到境外去殺人越貨，把真金白銀帶回國內進行消費；又或者授權民間成立“特許殖民公司”，讓他們去偏遠地區開拓殖民地——這些野心家、投機者、惡棍要麼就死在國外，要麼在國外為非作歹充分釋放攻擊性之後，回到法制嚴明吏治清明的境內就會奉公守法依法納稅，成為彬彬有禮的模範公民，這不僅因為有錢會讓他們變得“善良”，而且還因為他們認知水準低下，總覺得只有本國本民族的人才是人，值得被尊重，其他國其他民族的人都不是人，可以隨便殺戮（或者，雖然認知水準不低，但故意假裝自己相信其他國其他民族的人不是人，以便讓自己盡情釋放人性中的殘忍和邪惡，同時還求得良心的“安寧”）。

6）協調整合外部的力量：合縱連橫，見風使舵，先聯合誰，孤立誰，打擊誰，削弱誰，消滅誰；然後，扶持誰，壓制誰，收買誰，恫嚇誰，挑撥誰；另外，還要吸納對方陣營裡的人才，或者，協力廠商人才；比如，匈牙利籍火炮設計師烏爾班（他本來是為君士坦丁十一世效力，後來，投靠穆罕默德二世，並造出了“烏爾班巨炮”，和那些最終轟塌君士坦丁堡城牆的大大小小的火炮）。

穆罕默德二世總結出來的這六條原則，閃爍著組織治理的智慧，同時，簡單得似乎不值一提；如果單獨運用，每一條都會大幅提升“組織智慧”；如果融會貫通，六條原則渾然一體，那就會在“組織智慧”上碾壓對手，創造奇跡——弱小城邦羅馬快速崛起，把地中海變成自己的內湖；邊緣島國英格蘭逆襲成功，擴張成“日不落帝國”，都是這種“組織智慧”的奇跡——穆罕默德二世治下的奧斯曼土耳其帝國，同樣如此；他先後征服了巴爾幹半島上的塞爾維亞、波士尼亞、阿爾巴尼亞、黑塞哥維那和摩裡亞，吞併希臘和伯羅奔尼薩斯半島，然後又陸續征服小亞細亞的詹達爾奧盧公國、特拉布松帝國、卡拉曼貝伊國，擊敗白羊王朝，令克裡米亞汗國俯首稱臣；東部疆界抵達幼發拉底河，西部則擴張到威尼斯近郊；因此，穆罕默德二世被稱為“法提赫”（征服者）和“兩地（指歐洲屬地和小亞細亞）和兩海（指愛琴海和黑海）的主人”。

每征服一個地區，穆罕默德二世都會迅速恢復秩序與和平，尊重當地人的信仰、文化和風俗，吸納當地精英人才，促進經濟復蘇，提供比以往統治者更為賢明的治理，讓這個地區儘快融入帝國的有機體，形成具有協同效應的“共生關係”——從而讓下一次征服的鐵拳變得更加強有力。

絲網夜歌

“蜘蛛在帝國的宮殿裡織下它的絲網，貓頭鷹卻已在阿弗拉希阿蔔的塔上唱完了夜歌。”

1453 年 5 月 29 日，年僅 21 歲的穆罕默德二世在攻下君士坦丁堡後，當眾吟誦了這兩句波斯詩歌——其實，這並不是對世事無常人間滄桑的感慨，而是他剛剛收到的來自故鄉“赫提法”星球的先知預言：當絲網織就，當夜歌唱完，你就該榮歸故里，重返“赫提法”。

1481 年 5 月 3 日夜，49 歲的“法提赫”穆罕默德二世終於圓滿完成了他在地球上的英雄之旅，被他的族人們榮耀地接回了“赫提法”星球——某種意義上，穆罕默德二世於公元 1432 年 3 月 30 日來到地球，就是要在這個“即時戰略遊戲”中勝出，這樣，他才有資格重返“赫提法”星球，去參與一個更殘酷更血腥更可怕的戰鬥（遊戲）。

那夜，在重返“赫提法”之前，在瑪律泰佩市附近的洪卡沙伊軍營中，穆罕默德二世擁抱親吻了自己的長子巴耶濟德，緩緩地對他說：“巴耶濟德，我的兒，人之將死，其言也善，我之將走，廢話也多；忘記我的話，你會做得更好；為了忘記，你要記住：我說的每句話，都有可能是錯的。”

巴耶濟德：“孩兒愚鈍，不明白父親您的意思。”

穆罕默德二世：“不明白，是好事兒；如果你覺得自己挺明白的，那就麻煩了。你之所以被選中，很大程度上是因為你知道自己無知，也敢於承認自己不明白。”

巴耶濟德：“多謝父親！這點自知之明我還是有的，不過，我夢想有一天能像您那樣睿智那樣洞察真相，還請您指點孩兒！”

穆哈默德二世：“真相是什麼？真相，是一個巨大的、深邃的、瞬息萬變的、有著許多切面的多面體——每一個面，都可以像一面鏡子，映照出你自己；如果你只是站在一個位置，固定不動，在短時間內，你只會看見那些你想看見你能看見的東西，而你則會被你自己所蒙蔽；如果你能夠變換位置，你就會看到更多的切面，看到其他切面中映射的其他人；如果你能夠追蹤真相在時間長河中的演變，你就會看到它的來源和去向；如果你能夠穿透表面，你就會看得更深入，更接近本質；但是，真相是如此巨大、如此深邃、如此瞬息萬變、如此多維多面，以至於，每個人，每個有限的個人，都僅僅只能是，向它投射出一縷微光，僅僅只能是，暫時把一個膚淺或略深刻的局部照亮——當然，極少數人所投射的微光更有穿透力，覆蓋了更多的面、更大的面積、更長久的演變歷程，和更有可能的未來方向——但也僅此而已，極少數人所揭示的‘真相’，仍然不是完整的本質的包羅所有變化、所有歷史、所有未來和所有切面的真相。所以說，盡信書不如無書；所以說，我說的每句話，都有可能是錯的；但是，書還是要寫，人還是要讀；我還是要說，你還是要聽；因為，即使你全部都忘記，或許，在某個時間某個地點某個場景，某段隻言片語會自動浮現出來，幫你解決某個問題，讓你獲得某種啟發；而某種意義上，你最好是全部都忘記，因為，每件事情的背後都有諸多的看不見的手在推動它，以前的經驗也好，教訓也罷，極可能僅僅只是解釋了那二十只推手中的一兩隻手；而你自己正在親身經歷的那一件事情，其背後的推手早已經換成了另外八十只手。”

巴耶濟德：“多謝父親指點！我不敢說我完全理解了您的意思，但確實解決了我讀書的一些疑惑——我看到先賢們的話語常常相互矛盾，常常左右互博，搞得我左右為難，不知道如何取捨。”

穆罕默德二世：“巴耶濟德，我的兒，你生在蘇丹家，命運最終選擇了讓你做蘇丹，而不是學者；作為一個學者，你可以保持謙遜，並對難解的知識存疑，這會給你贏得眾人的愛戴；而作為一個蘇丹，與其被人愛戴，不如被人畏懼；你為人過於仁厚，我走之後，你務必要顯得殘忍一些，並且變得高深莫測，那樣你才有可能自保，否則，你就會死無葬身之地，因為環伺在你我周圍的野心家數不勝數。30 年來，他們沒有人敢輕舉妄動，那僅僅只是因為他們對我的恐懼遠勝於對任何一個敵人的恐懼。這樣，在我離開之後，你一邊厚葬我留下來的皮囊，一邊讓你的親信們在暗中傳一個謠言，就說，你買通了御醫，把我毒死了。”

巴耶濟德：“父親，這個謠言對您的一世英名有損傷吧？再說，萬一有人借這個謠言造反，要推翻我，怎麼辦？”

穆罕默德二世：“孩子，我之前反復說過，我現在再說一遍：你要多讀歷史書——你遇到的困難和疑問，古人也曾經遇到過，有人沒解決好，有人解決好了，並且還寫在歷史書上了——不過，今天，這句話，我又要反過來說，‘寫在歷史書上的，很可能都不適用於你所處的特定的那一種情況，所以，你不能直接抄答案；你如果讀過，理解過，後來又完全忘記了，可能反而對你更有用’。我就要回“赫提法”星球了，地球上的虛名，對我還有什麼意義？再說了，將來，遲早會有聰明人或宇宙智慧生命，知道真相，知道你沒有下毒，也知道我的一番苦心。至於說，有人要以這個謠言為藉口，乘機作亂，那實在是太好了——你發佈出去的資訊，你可以密切監控著它的傳播，把局做好，等陰謀叛亂分子跳出來，那就是在給你送人頭，讓你用他們的血祭旗樹威。而且，即使是叛亂變成兩軍對峙的局面了，你也不用怕，那時候，要麼我臨時請個假回地球來出趟差，要麼你把我的替身拉到兩軍陣前，詐稱老蘇丹其實還活著，故意引他們出洞，那樣，叛軍立刻就會土崩瓦解。”

巴耶濟德：“父親，您可真是情報戰心理戰的超級高手啊，洞察人性，洞悉人心。我除了多讀歷史書之外，還要怎樣做，才能學到您這智慧呢？”

穆罕默德二世：“讀萬卷書、行萬里路、閱人無數，都有益處，益處也都有限；更重要的，還是要在關鍵時刻靜下心來，細細琢磨，想想自己，再想想別人，再想想自己是怎樣想別人的，再想想別人是怎樣想自己的；我問你，你覺得，君士坦丁堡被攻下來之前，我手下的將軍和士兵們感到恐懼嗎？”

巴耶濟德："我知道，當時將軍和士兵們都非常恐懼，因為他們聽說敵人的援軍已經快到了，怕被內外夾擊。"

"那你覺得，當時我感到恐懼嗎？"

"您肯定是胸有成竹，一點兒也沒感到恐懼。"

"你錯了，兒子。當時，我也感到非常恐懼。但是，我不能撤軍啊，如果撤軍，那麼在撤軍途中，或者，回到埃迪爾內之後，我都有可能會被叛軍殺死——當你是威嚴的雄獅，狼群狗群會敬畏你跟隨你，在你的指揮下去咬別人；但當你受傷，變得虛弱，它們就會掉頭圍攻你咬死你。但如果不撤軍，卻又不能攻下君士坦丁堡，那我就會死在拜占庭人的手上。所以，我當時唯一的選擇，就是把我自己的恐懼轉化成動力，每天精神抖擻在戰場在軍營來回巡視，表現出滿滿的信心去激勵將士們，用三天自由劫掠的允諾去誘惑他們，用嚴厲的軍法去威嚇他們，用 5 月 24 日的月全食去提振軍心（拜占庭人流傳一種說法：'只要明月當空，聖城君士坦丁堡就永不陷落'），用將士們害怕被內外夾擊的恐懼去催促他們日夜攻城。"

"啊，沒想到當年竟然是這樣的，真的是，太危險了！您也太厲害了——把自己的恐懼和將士們的恐懼都轉化成了有利因素！"

"只要靜下心來琢磨，總會找到辦法，把不利因素轉化成有利因素，因為，人性和人心，是有規律可循的。"

“您發現有哪些規律了呢？能告訴我嗎？我發現，人性和人心變化莫測，太複雜了。”

“嗯，我剛才可能表述得不準確，其實，我想說的是，去觀察人性和考察人心，是有方法論的；我的意思並不是說，有現成的結論，或者有某些所謂的‘規律’，可以讓你不動腦筋直接套用——還是那句話，‘你不能直接抄答案’；世界上，沒有答案可以抄。”

“喔，那您的方法論是怎樣的呢？”

“你要從宏觀、中觀和微觀這三個層次展開觀察，在每個層次裡找到幾個最關鍵的維度，在每個維度裡找到最關鍵的相對相生的元素。比如，宏觀這個層次上，你要考量氣候、瘟疫、糧食、戰爭這四個最關鍵的維度——極寒天氣、黑死病、大饑荒和戰爭背景下的人性和人心，肯定與溫和氣候、健康、豐收年歲和和平年代的人性和人心表現得非常不一樣；中觀這個層次上，你可以想一想蜘蛛織出來的絲網，每個人都生活在某幾張交叉疊加的絲網之上，他或她會被那些絲網顫動，也會顫動那些絲網，因此，人性和人心會受到那些絲網的影響；而你，我的兒，將置身於所有絲網的最中心——該如何行動，你可以多花時間去觀察蜘蛛，向蜘蛛學習；在微觀層次上，人性包含靈性、理性、感性、社會性和動物性；在每個人身上，上述五個元素的含量比例不同，並且在動態變化中——所以，你會發現人性既善且惡，並且不斷變化，包括你自己的人性，也是如此——而作為蘇丹，你的一舉一動又會通過交叉疊加的重重絲網，影響到千千萬萬人的人性的善惡變化；當然，在所有這些善惡變化的背後，還有比你更大的看不見的手，那就是人的六個基本需求和六個主要本能——它們是極其強大的十二隻手，是經過億億萬萬年演化出來的，每一手都會在給生命帶來某些演化優勢的同時帶來某些束縛和代價；我今晚廢話特別多，讓我把它們說完；人的六個基本需求是：生存、繁衍、連接、優越感、自由、合一；雖然手段和工具不斷推陳出新，但是，試圖滿足的需求往往還是這六個基本需求——每個時代都是用著新手段和新工具，滿足著古老的舊需求；人的六個主要本能是：利己、利他、攻擊性、共情、性、靈性；這六個本能是生命底層的洪荒之力，既能成就偉業，也能摧毀帝國——如何運用如何發揮就看你的智慧了；很少有人能夠充分發揮自己和他人的六個主要本能，去高效能地滿足自己和他人的六個基本需求；這其中一部分原因是因為某些本能是相反相生的，比如，利己和利他，攻擊性和共情，需要足夠的智慧才能協調平衡左右逢源，而智慧不足就容易走極端或者內心撕裂；另一部分原因則是因為很多人沒有覺知，不知道自己有那些多元本能和多元需求，僅僅只是盲目地麻木地在原始本能和生命意志驅使下渾渾噩噩地度過一生——當然，你作為土耳其人的蘇丹，作為東羅馬人的帝王，要對他們心懷憐憫，儘量讓他們各得其所，各盡其力；而那些能夠做到的少數人，即使不是頂級人才，也是非常優秀的傑出人才了——他們能夠幫助你治理帝國；你一定要想辦法找到頂級人才來幫你——如果在上一輩人和同輩人中都沒有找到，就在下一輩人裡找；我看你朋友的兒子，就是那個叫尼可羅．馬基雅維利的那小孩子挺不錯；我記得，他今年 12 歲了吧？”

“對，沒錯，他是69年的，今年12歲了。您連這也能記住呀？”

“嗯，我對這種有靈氣的人，總是格外留心。這小子一看，就有那麼個機靈勁兒，你可以多打磨打磨他，看看他能不能成頂級人才，能不能死心塌地為你效力（後來，青年尼可羅·馬基雅維利離開了奧斯曼土耳其宮廷，效力於自己的家鄉，佛羅倫斯，致力於自己的夢想——實現義大利的統一和再造古羅馬的輝煌；馬基雅維利寫的〈君主論〉中有很多智慧和靈感來源於穆罕默德二世，來源於他的豐功偉業和日常言行，來源於他隨身攜帶的那個小本子，以及他豐富的藏書和讀書筆記——少年馬基雅維利有幸被選中，參與了對穆罕默德二世文獻的整理工作）。”

巴耶濟德：“謝謝父親！我會盡力去‘贏得頂級人才的身心’，也會按照你教我的六條原則去治理帝國。”

穆罕默德二世：“嗯，最後，還有一件非常重要的事，某種意義上，這件事才是最重要的事。”

巴耶濟德：“什麼事？父親請講。”

穆罕默德二世：“你要打開心靈的眼睛，看到肉眼可見範圍之外的事情。”

巴耶濟德：“我確實按照您的要求，潛心鑽研詩歌和藝術，體悟其中的意象，常常到大自然中去冥想，有時候似乎模模糊糊看到些什麼，可是，我又擔心那不過是幻覺，或者純粹只是自己的臆想，而不是預言性的異象。”

穆罕默德二世：“有這種擔心很正常，有時候，的確不是異象，只是臆想，甚至是魔鬼所造的幻象——你務必要小心，一定要用各個方面各個維度的資訊來多方驗證。一般來說，按照以往慣例，從王子到蘇丹，你應該會迎來一次靈性提升的契機——〈舊約聖經〉裡大衛王的兒子所羅門繼位時發生的故事，你也很熟悉，我就不用多說了；說到這兒，我倒是想起來一個事情——我現在就要為奧斯曼土耳其帝國制定一條被後人痛罵的臭名昭著的“弒親法”：‘我的任何一個兒子，由真主選為蘇丹，他為了更好的世界秩序而殺死他的兄弟們，都是恰當的。大多數烏裡瑪（伊斯蘭教學者）已經宣告了這個許可’；嗯，背起我的鍋，蓋上我的印，好，就這樣定了。說回到從王子到蘇丹，有一次靈性提升的契機，如果你能把握住這次契機，那你的子民們就有福了；如果沒把握住，嗯，那就會有很多很多的問題；又或者，如果你實在是發現自己在靈性方面天賦不足，那就要找到心地純良靈性美好的人來補足這個短板——當然，悖論就在於，如果你靈性不足，那你就很難找到那種心地純良靈性美好的人，而容易被陰險狡詐靈力強大的人所迷惑，所以說，會有很多很多的問題。”

巴耶濟德：“那我是不是應該儘量去除自己的動物性，以便提升靈性呢？”

穆罕默德二世：“要提升靈性，其實，並不需要去除你的動物性；‘欲練神功，引刀自宮’，那是我們編出來騙白羊王朝的，聽說那本小冊子後來還被波斯商人帶到東土中原去了，據說中原武林上當的人也不少——這說明，在東西方的人心裡普遍存在一種非常牢固的觀點：想提升，就要去掉動物性；這是完全錯誤的。人，就是社會性動物，必然會有動物性；動物性是去除不掉的，而且，越是壓抑和否認人的動物性，就越容易遭到反噬。動物性和靈性並不矛盾，你看貓，高冷優雅，有靈性的動物；再看看貓頭鷹，多有靈性的動物，而且還是智慧的象徵，它的夜曲既給人靈感，也讓人顫慄。所以啊，對於動物性，既不能過於放縱，更不能過分排斥——動物性、社會性、感性、理性和靈性都是如此，任何一方面過分張揚或過分壓抑都不行，平衡協調，恰到好處才行；同樣道理，人的六個基本需求和六個主要本能，也要平衡協調，恰到好處。”

巴耶濟德：“謝謝父親提醒，我在這方面真的很是愚鈍，還求父親多多指點！”

穆罕默德二世：“我要指點的基本上也就這些了，我想說的廢話基本上也講完了，貓頭鷹的夜曲基本上也唱完了；最近，有阿拉伯商人從遙遠的中國帶來一本包含‘外篇’的完整版〈莊子〉，‘外篇’裡有一章‘天道’，嗯，我讀了之後覺得特別特別受用。你應該好好讀一讀，你可以一邊讀，一邊對照我以前讓你研讀過的那本〈老子〉——這兩本書是東方的‘老莊之學’的根基，值得反復讀。”

巴耶濟德：“多謝父親！‘天道’講的是什麼？”

穆罕默德二世：“我很難一下子講清楚，只能挑其中兩小段，吟誦給你聽聽，讓你體會體會，以後你自己再細細研讀吧。

‘水靜猶明，而況精神！聖人之心靜乎！天地之鑒也，萬物之鏡也。夫虛靜恬淡寂漠無為者，天地之平而道德之至也。故帝王聖人休焉。休則虛，虛則實，實則倫矣。虛則靜，靜則動，動則得矣。’

‘知天樂者，其生也天行，其死也物化。靜而與陰同德，動而與陽同波。故知天樂者，無天怨，無人非，無物累，無鬼責。故曰：其動也天，其靜也地，一心定而王天下；其鬼不祟，其魂不疲，一心定而萬物服。言以虛靜推於天地，通於萬物，此之謂天樂。天樂者，聖人之心以畜天下也’。”

巴耶濟德：“聖哲之言，真的是如同仙樂在耳！我聽著就滿心歡喜！父親您放心，我會認真研讀，在這些智慧話語上沉思。”

穆罕默德二世：“嗯，聖哲的話，多多思量；我的那些廢話，儘快忘掉——就像你彈琴，練會了一支曲子，就要把樂譜忘掉，自由發揮，即興演奏。好，絲綢已織好，夜歌亦唱完；我也該走了；雖然“赫提法”星球距離地球很遠很遠，但是我會一直關注你的；走之前，我們父子再琴簫合奏一曲‘縱橫四海’吧。”

星辰火海

公元 2021 年 12 月 31 日星期五，下午五點一刻，牛星火迎來了 2021 年的“至暗時刻”。

事實上，自從一月份與埃隆·馬斯克簽下總價值 200 億美元的合約，購買 SpaceX 的太空船之後，牛星火就一直在走揹運；在外人看來，每當事情似乎已經糟糕得不能更糟糕的時候，總會有某個意想不到的大事件從天而降，讓人們見證歷史。

首先，是二月份的離婚：一直恩愛有加的牛星火夫婦，友好分手；牛氏夫婦曾經共同持有的星火集團 38%的股份，在兩人之間平均分配——牛星火先生和前妻鐵女士各自持有 19%的股份，並列第一大股東，仍然遠高於第二大股東沙特主權財富基金所持有的 7.6%；鐵女士簽署了“投票權委託協定”，授權牛星火先生代為行使自己所有股票的投票權；不過，鐵女士有權在單方面提交書面通知的 24 小時之後，變更甚至撤銷“投票權委託協議”。

接著，是三月份，“火星志願者訓練營”在模擬火星殖民的訓練中出於重大事故，導致 9 人喪生。牛星火親自出席了追思會，並正式道歉，鞠躬默哀一分鐘；星火集團向死者家屬總共賠償了 9 千萬美元，並撥出 5 億美元成立了一支專項基金，用於對火星志願者重大傷亡人員及其家屬進行救助補償。

然後，是五月份，牛星火指定大女兒牛佳佳為接班人，引起星火集團高層劇烈震盪。長期以來，星火集團內部存在著“太子黨”和“公主黨”之爭——一部分高管緊跟“太子”牛長青，少數高管看好“公主”牛佳佳，另外一些在中間觀望。牛長青比妹妹牛佳佳大三歲，他們倆再加上大學剛畢業的一個小妹妹牛婷，都是牛星火的第二任太太鐵女士生的；三兄妹之上，還有一個更年長的哥哥，王悅，是第一任太太王女士生的；王悅在父母離異之後，跟隨母親生活，從未在星火集團任職；牛長青則不同，他從小就在牛星火身邊接受培養，五六歲就有一套自己的小桌椅，旁聽董事會會議；斯坦福商科畢業之後，他花了七年時間在集團各個部門輪崗；二十八歲開始執掌星火集團的電子商務板塊，三年之後兼管互聯網金融板塊；現年三十五歲的他，在 2021 年為集團貢獻了 79 億美元的純利潤，占集團利潤總額的 85.8%，過去十年實現了平均每年增長 21.3%的複合增長率；目前，他領導的“智慧商業”板塊已經實現盈利，更重要的是，星火集團打造的“智慧商業”的行業生態初步形成，生態鏈上的各個環節都出現了較為成熟的盈利模式和標杆企業；預計在未來的十年，“智慧商業”板塊將為星火集團創造至少 10 億美元以上年度純利潤，並且保持30%以上的年增長率；有三千多名集團員工（含高管）在牛長青領導下工作，他們對這位“太子”是由衷地感到欽佩，對牛長青成為牛星火的接班人深信不疑——當他們得知，牛星火最終指定的接班人是在集團內部沒什麼存在感的女兒牛佳佳時，很多人感到相當的失望和困惑——星火集團甚至出現了不大不小的離職潮。牛佳佳和哥哥牛長青一樣，從小也是學霸，不過，她最大的愛好是藝術：繪畫、雕塑、音樂、戲劇都非常喜歡，最終她就讀了位於溫哥華的艾米麗·卡爾藝術與設計大學，學習視覺藝術和媒體藝術；之所以選這所大學，一方面是因為母親身體不好，當時在溫哥華療養，佳佳是孝順女兒，想留在媽媽身邊照顧她，另一方面是因為佳佳很欣賞一代才女艾米麗·卡爾——她既擅長用畫筆，也擅長用文筆，繪畫和寫作的藝術成就都很高，最重要的是，佳佳覺得自己似乎能夠在艾米麗的作品中和那個愛自然、愛藝術、愛文學的靈魂對話；畢業之後，牛佳佳先是在法國巴黎的一家頂級畫廊工作，六年之後，她成為了家族藝術收藏基金的實際決策者，並且，運營了星火集團旗下的藝術連鎖酒店，經營業績非常好，五年的年複合增長率高達81%，但業務體量不大，2021 年只貢獻了 9000 萬美元的純利潤；在大部分星火高管的眼中，牛佳佳是比較邊緣化的存在，不太可能動搖哥哥牛長青的接班人地位，畢竟，集團核心業務都在牛長青的掌控中——所以，很多堅定的“太子黨”只是表面上接受了牛星火指定的接班人人選，實際上則在心裡打著小算盤。而在私下裡，牛星火跟牛長青和牛佳佳，跟早期的創業夥伴們，都表達了同樣的意思：長期專注於賺錢，已經讓牛長青變成了一個“超強賺錢機器”和“單向度的人”，他越來越失去大局觀、靈感、創造力、審美能力和活力，同時也越來越被他所在的利益共同體所綁架，更關心權力、金錢、地位和享受，不能從人類文明的高度來看待牛星火“重返火星”的計畫，因此，牛星火感覺沒辦法相信牛長青會竭盡全力去支持火星殖民專案；而牛佳佳則不同，藝術的長期浸潤讓她更懂得悲憫，更有靈氣——她能夠做金錢的主人，而不被權力、地位、虛榮和享受所奴役；由她來做接班人，牛星火就沒有了後顧之憂。

到了六月底，又出了一樁意料之外情理之中的大事：埃隆·馬斯克宣佈，SpaceX 最新出產的太空船綜合性能提升 39%，而價格則下降 60%，從每艘 5 億美元下調至每艘 2 億美元；說這件事情在情理之中，是因為多年來埃隆·馬斯克已經這麼幹過很多次了（特別是在特斯拉電動汽車業務，每當他獲得某種突破性進展，就會大幅降價，進一步發揮規模效應、網路效應和摩爾定律的威力）；太空船製造，肯定有規模效應，但是，是否有網路效應，是否符合摩爾定律，很多人表示懷疑；但如果埃隆·馬斯克相信有，那就姑且認為有吧；真正意料之外的是，牛星火在一月份簽署的購買協議，沒有給星火集團留下任何迂回的空間——按照協議，星火集團必須無條件地按原價，在三年之內，分六次把剩下的 150 億美元付清；很多星火集團的高管認為，牛星火可能是老糊塗了，或者是被馬斯克洗腦了，竟然簽下了這麼一個無腦的協議；一代商業奇才，怎麼會犯這種低級錯誤？的確，2020 年底的“地心能量大爆發”重創了人類文明，但是，星火集團卻在 2021 年創造了有史以來最高的年度利潤收入（這其中有諸多原因，包括但不限於：星火集團的所有業務都在網上，資料中心都在抗震性能最好的內陸平原，主要服務人群是二線、三線、四線城市和農村居民，他們在“2020 大災難”中受創程度最低，而一線城市和沿海地區倖存人口大規模向內陸遷徙，也給他們帶來了更大的財富；原先一線城市和沿海地區的互聯網巨頭隕落之後，為星火集團騰出了市場空間）；總之，星火集團的很多高管們覺得，也許“2020 地心能量大爆發”之後，地球就會平靜幾萬年，甚至幾十萬年，因此，星火集團應該好好地在地球上經營，不用急著搞什麼火星殖民，完全可以讓別人先上，讓他們先去探路，去做先行者和先烈；而牛星火執意向火星殖民的決策太過偏激，太“不計成本”，太像是被“2020 大災難”嚇破了膽，失去了理性考量；現在，馬斯克的太空船大幅降價60%，星火集團的資產負債表上，按市場價格做相應調整，就要減計120億美元——這直接導致星火集團的股價大跌45%；重要股東和高管們中有一種聲音：星火集團應該拒絕履行與 SpaceX 的合約，花錢請一個豪華律師團隊去打曠日持久的官司；但是，這個方案被牛星火斷然否決。

七月中旬，牛星火和二線女明星周海辰傳出緋聞；七月底，兩人訂婚；八月一日，兩人閃婚，並且宣佈，新任牛太太將和牛先生一起前往火星，參與建立人類第一個正式的火星殖民點；輿論一片譁然——正面的水軍表示：又相信愛情了，這就是大航太時代的真愛啊，一起奔赴星辰大海，太浪漫了；反面的火軍表示：這不是星辰大海，是星辰火海；而且，有人扒出來，牛星火婚內出軌，這兩人去年就已經偷偷同居，因此導致了牛先生和第二任太太鐵女士在二月份的離婚；這第三次婚姻恐怕長不了。

8 月 31 日，人類文明共同體發佈了“八月共識”，宣告了人類文明“星際時代”的開始。埃隆・馬斯克在閉幕式的重要發言中提到了牛星火的姓名，並表示了感謝——星火集團的訂單和堅持履約，對於 SpaceX 太空船製造業務的進展起到了至關重要的作用。在諸多壞事情中，這算是一個不大不小的好事情吧，只不過，星火集團內外的很多人把這件事解讀成一個羞辱，或者一種道德綁架——他們正在想辦法讓星火集團停止支付下一筆款項，當然，他們必須先過牛星火這一關。

九月初，三家大銀行先後向牛星火發出了正式的"風險提示函"，大致內容：由於在過去六個月中，星火集團的股價大幅下跌，牛星火為獲得銀行貸款而質押的部分股權已經觸及警戒線，如果牛星火先生不能按照合同約定，提前償還部分貸款，或者，追加充足的抵押資產，那麼，銀行為保護自身資產安全，將按合同條款處置牛星火先生所質押的部分股權。為了避免三家大銀行在二級市場上大規模拋售星火集團股票，引發雪崩式的連鎖反應，牛星火讓大女兒牛佳佳快速賣掉了收藏多年的畢卡索、梵古、莫內、魯本斯、倫勃朗等大師作品，以及一批當代藝術家的傑作（很多都增值了上萬倍）；據消息靈通人士透露，這次在藝術品市場上的出售，讓牛星火收回來大約 21 億美元的現金，一定程度上緩解了股權質押爆倉的風險。

金融市場上的大鯊魚們從來不會放過一條正在流血的大魚，嗅到了血腥味的他們糾集起來，開始圍獵星火集團；互聯網和高科技行業的大鯊魚們同樣希望肢解星火集團；星火集團的老股東中有相當一部分很想把牛星火和牛佳佳攆走，讓牛長青全面接手，對 SpaceX 違約，無限期暫停火星殖民專案。他們結成了臨時的利益同盟，有人在業務上進行圍剿，有人出資金，有人借出股票，在二級市場上做空，有人在大大小小的媒體上造勢造謠……

牛星火不斷地在老股東、老朋友、老關係中尋求支持——借錢，或者承諾不拋售，或者買進股票；僅僅是為了爭取以沙特主權基金為代表的中東地區老股東們，他就已經冒著生命危險飛了三次迪拜。2020 年底的“地心能量大爆發”，對中東產油區是一次毀滅性打擊——當時，來自地心的極大壓力讓所有的油井都出現了前所未見的“井噴”，黑色的原油射向空中，油柱高達三萬英尺左右，有二十幾架在阿拉伯半島高空飛行的私人飛機直接就被噴成了“黑鳥”，它們大部分都墜毀了，只有兩架僥倖成功降落；絕大多數油柱在空中劃出巨大的黑色拋物線，無數的“萬有引力之虹”把原油拋灑在沙漠、城市和海灣；有的油柱被點燃，變成一棵棵火樹——黑色的樹幹，火雲的樹冠，日夜燃燒；飛機在迪拜降落時，牛星火從舷窗望著那些巨大的拋物線和火樹，感覺自己好像飛進了一幅後現代主義油畫。阿拉伯半島上的王族、貴族、家族出現了大面積的新接班人，他們知道油田已經指望不上了，必須打理好現有的資產；牛星火不得不和他們面對面推杯換盞以求推心置腹，因為他的敵人們也在幹同樣的事情。

公元 2021 年 12 月 31 日星期五，距離股市收盤，大約最後三十分鐘，星火集團的股價在 4 個多月的苦苦支撐和反復掙扎之後，像一個終於耗盡心力的絕望者跳下了高臺，做自由落體運動，並被瞬間封死在跌停板上——這觸發了銀行的強行平倉行動。三大銀行按照股權質押協議，在盤後大宗交易時段，賣出了牛星火質押的所有股票——星火集團總股份的18%（牛星火個人另外還持有1%股份，而那些股份很可能也已經抵押出去了）；許多金融大鱷悄無聲息地低價買進，獲利了結了空頭倉位；一個神秘財團吃進了大量籌碼，變成了占股13%的第二大股東；鐵女士依然是第一大股東，持有 19%的股份，不過，她在 24 小時之前簽署了一份檔，撤銷了向牛星火授權的“投票權委託協議”，並將投票權委託給了自己的兒子牛長青。

目前，星火集團董事會的會議室裡，所有的董事會成員、特聘律師、監事和董事會秘書全部到齊，每個人面前都擺著這份檔的影本。

董事會緊急議題：撤銷牛星火董事長職務、撤銷牛佳佳副董事長職務、任命牛長青為新董事長。

高管核心團隊和中小股東代表們在會議室外，守候著董事會決議。

薛定諤的董事會

薛定諤的貓，既死又活。

薛定諤的董事會，既對又錯。

塞翁失的馬，既是福又是禍。

星火集團的會議室裡，董事們正在激烈地爭論著；從會議室外來看，董事會決議就是一個“量子疊加態”。

先補充一下“量子疊加態”的背景資料：

首先，每個人都是量子（的）。其實，量子，不是名詞，而是形容詞——形容某種事物（包括人）存在著最小單元，或者說，最小單位；比如，正常情況下，我們會說“一個人”，卻不會說“1.41421356個人”——當然，非正常情況下，我們會說，“你不是一個人，你是1.41421356 個人，你是我們兩個人的無理的平方根！”（好吧，這個笑話有點兒冷）

任何一個事物，只要它的數量不是連續變化的，不能在座標上表示為連續的曲線，只能表現為離散的點，那麼，它就是量子（的）——比如，電磁波的能量，是一份一份的；人，是一個一個的；米飯，是一粒一粒的；股票，是一張一張的（數位貨幣不是量子（的），因為，數位貨幣可以無限細分，在技術上，你確實可以擁有 10003.141592653……個比特幣）。

微觀粒子，是量子的；人，也是量子的。

量子力學，研究呈現量子特徵的微觀粒子；保險精算，研究呈現量子特徵的人。

哥本哈根學派的海德堡提出了不確定性原理：“我們無法同時精確測量一個滿足量子力學描述的微觀粒子的位置和速度。你若測得它的精確位置，就無法精確測量其速度，反之亦然。”（〈六極物理〉嚴伯鈞）

這條不確定性原理，同樣適用於“一個滿足保險精算定義的人的位置和速度”——離死亡的位置，和作死的速度：你若測得一個人離死還有多遠（比如，還能活六個月），就無法精確測量其作死的速度；反之，你知道了一個人作死的速度（熬夜、酗酒、暴食、暴怒等等），就無法精確得知他或她離死還有多遠（也許此人能活到 120 歲）。

不過，還好，薛定諤找到了一個方程式，讓我們能夠計算出概率波隨時間變化的規律；同樣的，保險精算師找到了精演算法，讓保險公司能夠計算出死亡率隨時間變化的規律。

“概率波”是一個什麼鬼？

以電子為例，就是，電子的位置不能確定，只能用特殊形狀的“電子雲”來描述它的神出鬼沒；不同的“電子雲”，描述出電子位置的不同的概率分佈——一般的規律是，如果電子的能量等級不高，那麼，電子就越有可能出現在原子核附近，越不可能出現在遠離原子核的地方；而隨著電子的能量等級提高，電子出現在遠離原子核的位置的概率就會一會兒高一會兒低，一會兒低一會兒高，像波浪一樣（這就好比，一個孩子，能量越大，就越有可能出現在離家很遠的地方，但有時又會出現在離家很近的地方，就是那種有錢就可以任性，突然滿世界亂跑，突然又常回家看看；換句話說，就是，離家忽遠忽近的那種感覺；所以說，能量大的孩子，就是一個浪子，與性別無關；而一個孩子，能量越不大，就越只有相對簡單的概率分佈，比如，能級最低的，就是最簡單的正態分佈，只有一個波浪——能量太小，浪不起來；注意：除了徹底的死宅，能量低的孩子，也不是 7 天 24 小時 365 天都宅在家裡，所以，他的位置不能確定，只能用概率來描述為：他在家的概率最高，越是遠離家的地方，他出現的概率越低——這好像也符合宇宙中那些能量等級比較低的文明，比如說，地球人，越是遠離地球的地方，人類出現的概率就越低；殖民火星，既表示地球人能量等級上升到了一定水準，或許，也能反向倒逼人類文明提升自己的能量等級）。把概率分佈畫在坐標軸上，以電子到原子核的距離為橫坐標，以電子的概率波為縱坐標，不同能量等級的波的形狀看起來非常不一樣；總的來說，能量等級越低，波越少，能量等級越高，波越多（思想不健康的同學，請自我反省）。這就是“概率波”。

隨著時間的變化，這個概率波本身也會發生變化，而薛定諤方程就能描述概率波隨時間變化的規律。

具體的方程式就免了，直接上物理意義：“就是概率波隨時間的變化率由它的能量唯一確定。比如，原子中隨著時間流逝電子位置的概率分佈是怎樣變化的，就

由它的能量狀態唯一確定了。”（〈六極物理〉嚴伯鈞）

死亡率，就容易理解了，就是，在一定規模的人群中，每單位時間會死多少人；通常以每年每千人為單位來表示，比如，某百萬人的人群，死亡率是每年每千人死 9.5 個（這裡用的了 0.5 個人，但是，很明顯，不是死了半個人，而是這個人群每年死 9500 人）。

死亡率隨時間變化的規律，顯然存在，就不用解釋了。反正保險公司有非常成熟的演算法，能夠推算出某個年齡段的吸煙的成年男性的死亡率，然後，據此計算出需要收多少保費才能接收一個這樣的“被保人”進入由所有“被保人”組成的“池子”。總之，保險公司不知道在這一年內到底誰會死，但是，知道這群人中有百分之多少的人在這一年內會死，在下一年這個百分比又會怎樣變化。

某種意義上，在保險公司的眼中，每個“被投保人”都是一個既死又活的“薛定諤的人”——一個具體的有名有姓有住址的“被投保人”在被觀察前處於“量子疊加態”（比如說，有千分之 9.5 的概率死了，有千分之 990.5 的概率活著）；一旦被觀察，“量子疊加態”就“坍縮”了，只有一種確切的狀態被呈現出來，也就是說，保險公司就知道這個特定的“被投保人”在被觀察的那一瞬間到底是死的還是活的。

“薛定諤的貓”和“薛定諤的人”，與哥本哈根派詮釋完全不矛盾；雖然，當年薛定諤派出了他的貓，想要用這個思想實驗中的“荒誕”的現象批駁哥本哈根派理論，但是，事實上，那只貓在哥本哈根那裡玩耍得很愉快，一點兒也沒覺得自己有啥“荒誕”——這再次證明，有一種“荒誕”，是別人眼中的“荒誕”。

這就是“量子疊加態”的背景資料，順便也解釋了“薛定諤的貓”。

現在，是時候來瞭解一下“薛定諤的董事會”，看一看這個董事會決議的“量子疊加態”：

疊加態 1（大約 5%的概率）：牛星火被罷免，並被送進精神病院，新夫人周海辰提出離婚；牛佳佳被變相軟禁；牛長青大獲全勝；總體上來說，大小股東們對此感到甚為滿意；

疊加態 2（大約 10%的概率）：牛星火和牛佳佳自願退出星火集團，作為交換，藝術連鎖酒店業務被剝離出來，由牛佳佳運營；周海辰表示仍然願意與老公牛星火一起前往火星；總體上來說，大小股東們對此感到甚為滿意；

疊加態 3（大約 15%的概率）：鐵女士在董事會表決完之後，出現在會場，宣佈把自己名下的股票重新委託給前夫牛星火——她之前只是配合牛星火的計畫，讓潛伏在董事會和高管核心團隊中的反對派暴露出來；成功抄底的“神秘財團”就是牛星火本人在幕後控制的；牛長青帶著他的班底離開星火集團，尋找創業機會；總體上來說，大小股東們對此感到甚為滿意（除了那些暴露出來的反對派）；

疊加態 4（大約 20%的概率）：牛星火從星火集團出局並出任埃隆·馬斯克的特別顧問；牛佳佳辭去副董事長職務並留任酒店事業部負責人；牛長青開始執掌星火集團；隨即，埃隆·馬斯克宣佈，按照年初簽訂的秘密協定（太空船採購只是一個表面協定，實際上，牛星火是一石二鳥，既在太空船業務上支持了馬斯克，又入股了新公司），星火集團支付的每一分錢都已經折算為股東出資額，計入了新成立的 SpaceX++星際殖民公司的原始股；由於 SpaceX++的股票得到了資本市場的追捧，已經上漲了 200 倍左右，市值高達 8 萬億美元左右；目前，牛星火先生持股比例大約 9%，約合 7200 億美元，位列世界首富榜第二名；第一名當然是馬斯克，坐擁 3.1 萬億美元身家；總體上來說，大小股東們對此感到甚為滿意；

疊加態 5（大約 20%的概率）：牛星火在董事會慷慨陳詞，所有人都被折服，並否決了撤銷其董事長職務的動議；當然，打動大家的不是語言本身（什麼語言能夠破除"資本主義"和"消費主義"加在人們身上的雙重魔咒呢？什麼語言能夠說服那些現實的理性的貪圖安逸舒適的既得利益者們為了人類文明的存續與發展去冒險去瘋狂去發揚革命的浪漫主義精神呢？或許，只能給他們"畫大餅"，騙他們說，火星上遍地都是非常值錢的貴金屬，運回地球，咱們就壟斷世界首富榜前十名了，就像西班牙人從南美洲往回運黃金白銀一樣），而是語言產生的威力：作為一個有著火星血統的地球人，牛星火在半退休狀態，除了玩搖滾、打太極和各種演講之外，還參悟出了關於"暗物質"和"暗能量"的一些妙用：1）研發新型太空船發動機，用"暗物質"的引力和

“暗能量”的斥力來驅動和操控太空船（這也就是為什麼埃隆·馬斯克死活求著他入股新成立的 SpaceX++，一分錢不出，也要給牛星火 6%的股份；而牛星火呢，他覺得馬斯克可能是當今世界上最好的工程師，就像當年那個尼古拉·特斯拉——二流的科學家，超一流的工程師；來自火星基因的玄學思想和科學理論在自己手上估計也搗鼓不出啥東西，畢竟自己只是一個連代碼都不會寫的互聯網商業巨頭，把頭鋸下來也玩不來波函數和楊–米爾斯場啥的，那還不如跟馬斯克合作呢；來自火星基因的“科學玄幻之物理學原理”之概要之一，見文末）；2）牛星火練出了一項新技能——可以用“暗物質”和“暗能量”造出不大不小的“黑洞”；他讓所有支持自己的人站到自己身後，然後，說了一聲“走你”，在對面的牆上造出了一個迷你“黑洞”；“黑洞”的吸力把所有的反對者吸到了牆上，疊成了一個“杯子”，杯口正對著坐在大靠背椅上的牛星火，而且，杯子還在旋轉——最下面的人最慘，又被上面的人緊緊地壓著，又在牆面上摩擦摩擦；最後，在反對者的連連哀求下，牛星火董事長收了神通，反對者表示以後一定老老實實地聽董事長的話，跟董事長走；總體上來說，大小股東們對此感到甚為滿意；

疊加態 6（大約 15%的概率）：董事會裡還有一個能力更高超的外星人，他不動聲色地看著牛星火表演；事實上，他在暗中推動著局面的走向，讓牛佳佳平平穩穩地接班，讓牛星火順順利利地帶著新夫人飛往火星；因為他經過反復推算，牛星火此去凶多吉少，即使性命無憂，也不能折騰出什麼大事情；而如果牛星火留在地球，推進火星殖民事業，那效果很可能反而更好；這個外星人希望人類向宇宙擴張的速度越慢越好，因為，他所在的星球正在向外擴張，遲早要和人類文明迎頭對撞；現在，比拼的不僅僅是誰能夠更堅決地離開自己的搖籃往外走，而且是誰能夠走得更穩更好更有效率；總體上來說，大小股東們對此感到甚為滿意；

疊加態 7（大約 10%的概率）：牛星火和牛佳佳出局，牛長青取得董事長職務之後宣佈，這一切都是一個測試，看看哪些人是陰謀家；其實，他們一家人早就串通好了，演了這麼一出好戲；而且，真正準備帶隊前往火星的人，不是牛星火，而是牛長青，因為，做了幾十年的商業，實在是太枯燥太無聊，宇宙這麼大，牛長青說他想出去走走；總體上來說，大小股東們對此感到甚為滿意；

疊加態 8（大約 5%的概率）：牛星火被送進了精神病院；天才在左，瘋子在右，外星人在中間；這一切都是外星人們的安排；他們利用“太子党”的手把牛星火弄進來，這樣就可以好好地訓練他，讓他每天 get 幾項新技能——只有這樣，他才能在火星上帶領著殖民者們開疆拓土，發展壯大，否則，這麼冒冒失失地跑去，也就是苦苦掙扎，勉強生存。總體上來說，大小股東們對此感到甚為滿意。

薛定諤的董事會，大致上就處於以上“量子疊加態”，既對又錯；不觀測，它就保持這個狀態；一觀測，某一個狀態就會被呈現出來；那麼，到底會是哪一個狀態呢？

哥本哈根派認為，這是一個“真隨機”的過程，結果不可預測；反正，一觀測，波函數就會瞬間“坍縮”，讓你得到一個最終的狀態，即，若干可能狀態中的某一個確定的狀態；看到了，你就知道了，你只能接受它，它就是事實。

然後，薛定諤不這麼看，他認為，一觀測，宇宙的時間線就產生出了新的分叉（之前已經有了無數的分叉）——“所有可能的結果都同時產生了，這些不同的結果對應於多個不同的平行宇宙”（毫無懸念地，這句話又出自〈六極物理〉嚴伯鈞；這本書在全宇宙的銷量曾經短時間超過過宇宙第一暢銷書〈銀河系搭車客指南〉，因為〈六極物理〉被很多星球認定為〈宇宙小學物理〉的課外輔導書）。

然後，公元 1952 年，薛定諤在愛爾蘭首都都柏林參加一次學術會議；然後，他在發言前，給與會者打好了招呼，然後，告訴他們，自己的發言將會讓參會的科學家們認為他瘋了（這是一個自帶發生概率的事件，0.5%，5%，15%，50%，95%，99.5%，都有可能，具體概率多大，我們無從得知，但是，肯定不等於零）；然後，薛定諤在會上講了他的平行宇宙理論；再然後，根據他的平行宇宙理論，在某些平行宇宙裡，參會的科學家們一起動手，把薛定諤送進了瘋人院……

再再然後，來自火星基因的“科學玄幻之物理學原理”之概要之一：

怎樣找到“暗物質”粒子？

人類一直在尋找“暗物質”粒子。

而事實上，人類已經找到了，

只是他們不知道自己已經找到了。

世上的事，大抵如此。

如果你不知道

自己尋找的是什麼，

那麼，

你怎麼知道你不是已經找到了呢？

暗物質，只有引力作用

所以，暗物質粒子，是引力粒子

人類已經找到了引力波

量子力學說，

波就是粒子

粒子就是波

波粒二象性，是無所不在的規律

所以，引力波，就是引力粒子，

也就是暗物質粒子

所以，人類已經找到了暗物質

找到了暗物質波和暗物質粒子

暗物質粒子，能夠超光速

當然，要先製造出一個“黑洞”

黑洞對暗物質粒子引力無窮大

能讓黑洞附近的暗物質無限超越光速。

用暗物質製造飛船，

在前進的方向上，

不斷地製造一個又一個“黑洞”；

如果這聽上去就像是在“畫大餅”，

那麼，在量子疊加態中，

“黑洞”可能就是“大餅”。

而這正是超光速飛行之

科學玄幻之

物理學原理之

概要之一。

〈時間線交叉的平行宇宙〉

又說：主啊，你起初立了地的根基；天也是你手所造的。天地都要滅沒，你卻要長存。天地都要像衣服漸漸舊了；你要將天地卷起來，像一件外衣，天地就都改變了。惟有你永不改變；你的年數沒有窮盡。（希伯來書 1：10–12）

“但那日子，那時辰，沒有人知道，連天上的使者也不知道，子也不知道，惟獨父知道。挪亞的日子怎樣，人子降臨也要怎樣。當洪水以前的日子，人照常吃喝嫁娶，直到挪亞進方舟的那日；不知不覺洪水來了，把他們全都沖去。人子降臨也要這樣。（馬太福音 24：36–39）

“我又看見一個新天新地；因為先前的天地已經過去了，海也不再有了。…… 神要擦去他們一切的眼淚；不再有死亡，也不再有悲哀、哭號、疼痛，因為以前的事都過去了。”（啟示錄 21：1,4）

神說：“我們要照著我們的形像、按著我們的樣式造人，使他們管理海裡的魚、空中的鳥、地上的牲畜，和全地，並地上所爬的一切昆蟲。”（創世記 1：26）

交叉與平行

柏拉圖式的理念的空間，擁有著恒等於零的曲率——在那樣的空間裡，平面，無限的平直；平行線，永遠都不會交叉；“過直線外一點，有且只有一條直線和已知直線平行”——歐幾裡得幾何學，如是說。

宇宙真實的空間，如果曲率為負常數，那麼，“過直線之外的一點至少有兩條直線和已知直線平行”——羅巴切夫斯基幾何學，如是說；如果曲率為正常數（比如，地球表面），那麼，“過直線外一點所作任何直線都與該直線相交”，即，在同一曲面內，不存在平行線，任何兩條直線或遲或早總會交叉——黎曼幾何，如是說。

“在宇宙空間中或原子核世界，羅氏幾何更符合客觀實際；在地球表面研究航海、航空等實際問題中，黎曼幾何更準確一些。”

那麼，問題來了，平行宇宙的時間線，能夠交叉嗎？如果能，那麼在什麼情況下交叉，交叉時又會發生什麼呢？

平行宇宙的時間線

一切皆可能；一切可能皆發生；一切發生皆存在；一切皆存在于無限個平行宇宙中——本書作者，在其中一個平行宇宙中，如是說。

相比之下，本書作者要比薛定諤幸運的多，也安全的多：因為，當“時間管理高手”薛定諤（稍後你就會知道，薛定諤的“時間管理”和薛定諤方程式、平行宇宙理論、〈生命是什麼〉有很大的關係）在公元 1952 年都柏林科學會議上發表這一理論時，他被聽眾們送進瘋人院的概率要比本書作者被讀者們送進瘋人院的概率要高太多太多，而根據薛定諤的平行宇宙理論，所有可能發生的事情，都發生了，只不過，根據發生概率的大小，發生在不同的平行宇宙罷了。

所以，從這個意義上講，概率，是多麼重要的一個概念啊。

人類所做的一切努力，生命所做的一切掙扎，都是在試圖改善概率——讓概率對自己、對他人、對種族、對生命更好一點點，而已。

父母想讓孩子上一個好大學，是因為上好大學，就一定很幸福很成功嗎？顯然不是。父母，沒有那麼笨！父母只不過是想讓孩子幸福和成功的概率高一點點。

人要學習，組織要學習，是因為學習，就一定會成功會興盛嗎？顯然也不是。人和組織，沒有那麼笨！人和組織，只不過是想讓自己成功和興盛的概率高一點點。

和你愛的人結婚，和愛你的人結婚，就一定會幸福美滿嗎？顯然還不是。你愛的人和愛你的人沒有那麼笨！你愛的人和愛你的人，願意跟你結婚，只不過是想讓自己幸福和美滿的概率高一點點。

創業、打官司、商戰、發動戰爭……一切的折騰，都是為了讓概率更好一點點而已；同樣的，停業、和解、退出商界、投降……一切的不折騰，也都是為了讓概率更好一點點而已。

人們往往不相信，或者說，不確信“真的存在著平行宇宙”；在這種情況下，人們尚且近乎本能地努力“讓概率更好一點點”。

如果“我”確信“真的存在著平行宇宙”，那麼，“讓概率更好一點點”，就會變得更加重要更加有意義——概率越好，也就是意味著，在越多的平行宇宙中，“我”就處在愉悅、幸福、快樂、滿足的狀態中，潛能被釋放，生命更豐盛。平行宇宙之間會相互影響，而且，還可能發生穿越；所以，讓其他平行宇宙中的“我”活得好一點，對於當下這個平行宇宙的“我”也是有好處的——而這除了要求“我”努力改善概率之外，還要求“我”開拓視野發散思維，努力想到並且創造出之前沒有想到的更多更好的可能性：不怕做不到，就怕想不到；多想到一些好的可能性，並且多為那些好的可能性創造實現的條件，提升它們發生的概率，就會多收穫一些好的平行宇宙——即使，由於概率使然，

“我”在當下這個宇宙活得不那麼好，至少“我”在其他平行宇宙，活得還可以。某種意義上，佛教徒所指望的來世有福，在平行宇宙理論中，就發生在今生在某一些平行世界。

最終，所有這些平行宇宙的時間線，將會交叉在一個點，即，“終極交叉點”——億萬宇宙的終點，和新的創世紀的起點——在這個“終極交叉點”，時間、空間、物質、資訊和能量全部彙聚在一個無限小的點；所有平行宇宙的所有智慧、所有資訊、所有情感、所有經歷、所有歡笑、所有眼淚，都會彙聚在一起；天人萬物合一；一切的眼淚都被擦去，“不再有死亡，也不再有悲哀、哭號、疼痛，因為以前的事都過去了”；無須千言萬語，一切都彼此懂得；一切靈性的智慧體彙聚成為一個新的終極智慧體——“我們”；時間和空間不復存在，物質也已經消失，一切都在極高的溫度和壓力中轉化為純粹的資訊和純粹的能量；如果你終其一生所積蓄的只是物質享受和縱欲狂歡，那麼你將赤貧如洗，而如果你沒有被物質和欲望所束縛所蒙蔽，而是明智地善用了流經你手的物質，轉化昇華了你底層的欲望，獲得了豐富的體驗、經歷、領悟、愛與被愛，那麼你將非常富足；不過，即使最卑微最鄙俗最不堪的人，經過煉獄之火的焚燒之後，一切雜質被焚盡之後，也會殘留一絲靈性的智慧體，彙聚到那個新的終極智慧體——“我們”；“我們”在混沌和寂靜中圓滿和諧，默然歡喜；剎那即永恆，永恆即剎那；“我們”說，“要有光”，於是，就有了新一次的“宇宙大爆炸”——新一次的更璀璨更絢麗的光；“我們”說，“我們要照著我們的形像、按著我們的樣式造人……”，於是，就有了新亞當和新夏娃。

在這個“終極交叉點”之前，無數的平行宇宙的時間線也會出現無數次的大大小小的交叉，讓人和物實現“時間穿越”，從一個平行宇宙進入另一個平行宇宙。

為什麼會有“終極交叉點”？為什麼會有“大大小小的交叉”？

因為，時間線，是無數大大小小的8字。

蜜蜂飛舞的8字。無窮符號的8字：∞。各種角度各種尺度的8字。

一個男人的一生的時間線的8字：從中間的腰部那個點開始，那時他是一個軟弱無力的嬰兒，處於最脆弱最危險的時間；時間線先向上做順時針運動，這一段就是他的幼年、童年、少年和青年，直到18歲，達到了8字的頂點；然後，他內在的方方面面都開始衰退，雖然外在的方方面面都貌似越來越好，這是他的時間線從8字頂點順時針滑落的過程；當他回到了8字的腰部那個點，他回到了出發的原點，這時，他大概36歲左右，這時他遭遇中年危機，再度處於最脆弱最危險的時間；如果他沒有挺過去，那麼，時間線就此終止，他只走了人生的一半，腰折；如果他挺過去了，那麼，時間線就從腰部那個點開始，向下做逆時針運動；雖然，身體的指標越來越差，但是，他的頭腦和靈性越來越好（因為他逐漸擺脫了性欲的糾纏和折磨，從下半身思考的動物，變成了上半身思考的男人——他終於可以靜下心來讀書學習，並且有所領悟了；當然，也有很多下半身思考的動物，在人生的下半場堅持運用上半場的打法，靠各種壯陽藥來對抗生命規律）；在某個時間點，他達到了人生下半場的巔峰（用孔子的話來說，就是“五十而知天命”）；之後，時間線繼續按逆時針方向運動，逼近8字中間腰部的起點和終點——越接近它，他就越像個男孩，男童，男嬰。

人的時間線是8字。哲學學說、科學理論、組織、國家、種族、物種、行星、恒星、星系、本宇宙、其他平行宇宙的時間線也都是8字。

無數的大大小小的8字，在多維空間中，在多重宇宙中飛舞著。

每當某一根畫著8字的時間線和另一根畫著8字的時間線，恰巧同時抵達8字腰部的那個點，這兩根時間線就會出現時間線的交叉。

一旦兩根時間線的交叉發生，兩根時間線之間的人或物，就有可能穿越到對方所在的時空；這就是常見的一種“時空穿越”。

兩根時間線可以交叉，多根時間線也可以交叉（即，多根時間線恰好同時抵達8字腰部的那個點）；交叉的時間線越多，也就意味著發生交叉的平行宇宙越多，“時空穿越”的規模就越大，當然，其發生的概率也就越低。但是，當這種低概率事件發生時，有些人會突然“崩潰”，突然“發瘋”——其實，那並不是“我”本人崩潰或發瘋，只是某個平行宇宙的“我”，和這個平行宇宙的“我”發生互換之後，無法接受這個平行宇宙中的“我”的處境罷了（當然，有一些“我”只是在裝瘋，是想進入瘋人院，和那裡的外星人接觸，看看能不能借助於他們的幫助回到自己原來的平行宇宙）。

而當無數個平行宇宙的所有的時間線，億億萬萬萬萬億個飛舞旋轉著8字，恰好全部同時抵達8字腰部的那個點，宇宙就終結了，一瞬間，宇宙又重啟了——帶著之前所有的記憶、情感和智慧，也彙聚當時所有的平行宇宙的閱歷、情緒和感悟，在一個更高的層次、更大的愛意中，再次開啟新天新地——這樣的終結和重啟，已經不知道“重複”過多少次；而宇宙和生命，正是在這一次又一次的“重複”中螺旋上升，每次都比前一次更睿智更美妙更善意。

至於說，無數個平行宇宙的所有的時間線，會在什麼時候恰好全部同時抵達8字腰部的那個點，也就是說，宇宙的終結和重啟會在什麼時候發生，“我們”只能說，它發生的概率是如此之小，以至於沒有人能知道它具體會在什麼時候發生，也許就在下一秒，甚至下一微秒，也許要等到一億年，甚至一萬億年之後；不過，無論概率多小，只要有概率，它就肯定會發生（這是人類在經歷太多“黑天鵝事件”後學到的智慧之一）；或許，就在你照常吃喝嫁娶的時候，就在你志得意滿，終於準備享受勝利果實的時候，天地被像一件舊衣服卷了起來，像一幅畫收了起來——宇宙大終結的時候，就像，一群孩子玩“大富翁”遊戲，買樓買地不亦樂乎的時候，媽媽喊一聲“吃飯啦”，大家扔下骰子籌碼一哄而散，而每個人在遊戲中的進展則很不同——在某些平行宇宙中，地球上甚至還沒有演化出哺乳動物，更別提人類了；在某個平行宇宙中，地球人已經生養眾多，遍滿全宇宙，甚至已經在不同的平行宇宙中來回穿行，每當他們看到某些平行宇宙中的地球人還處於非洲黑猩猩的階段，就會忍不住心生同情，就會在它們的溪水邊或洞穴外，放上一塊由“啟蒙書院”榮譽出品的方方正正的無比光滑的晶瑩石板，盼望黑猩猩們能夠被啟蒙（欲知詳情，請看〈2001：太空漫遊〉亞瑟·克拉克）；有時候，他們不得不重啟其中幾個平行宇宙以便維持整體系統的均衡，那時候，他們就會把那些平行宇宙從三維空間變成二維平面，然後像一幅畫一樣卷起來，丟進“廢紙回收處理器”，生產出“紙漿”和“宣紙”，讓它們重新書寫自己的宇宙史（欲知詳情，請看〈三體〉劉慈欣）——總之，不管各個平行宇宙的進展是多麼不同，宇宙大終結的時候，就像，媽媽喊孩子們去吃飯，又像，媽媽把孩子們的髒衣服全部卷起來，丟進洗衣機，於是乎，所有“平行宇宙”都進入同一個“捲筒”。

〈聖經〉上說，“天地都要滅沒，你卻要長存。天地都要像衣服漸漸舊了；你要將天地卷起來，像一件外衣，天地就都改變了。惟有你永不改變；你的年數沒有窮盡。”又說，“但那日子，那時辰，沒有人知道，連天上的使者也不知道，子也不知道，惟獨父知道。 挪亞的日子怎樣，人子降臨也要怎樣。 當洪水以前的日子，人照常吃喝嫁娶，直到挪亞進方舟的那日； 不知不覺洪水來了，把他們全都沖去。人子降臨也要這樣。”還說，“我又看見一個新天新地；因為先前的天地已經過去了，海也不再有了。……　神要擦去他們一切的眼淚；不再有死亡，也不再有悲哀、哭號、疼痛，因為以前的事都過去了。”

在所有平行宇宙的時間線的“終極交叉點”，來自不同平行宇宙的所有的“我”，那些在夢中似曾相識的無數個“我”，彼此交融，完全合一——每個“我”帶來獨特的人生旅程的體驗和領悟，每個“我”帶來不同的親情、友情、愛情和親密關係中的記憶和情感，每個“我”帶來不同領域的視角和知識，每個“我”帶來不同的學習、創作、創新、創造，每個“我”帶來不同的審美、信仰和哲思，每個“我”帶來不同的精神和靈魂上的失敗與成功，經驗與教訓；“我”與無數的“我”融合——雖然，在某個平行宇宙中的“我”活成了自己討厭自己憎惡的樣子，但是，那仍然是一個“我”，會在融合之前在煉獄之中承受更大痛楚（某種意義上，這個“我”是替其他的“我”承擔罪責的“我”）

“我”除了與無數的“我”融合，也與無數的“你”、無數的“他”和“她”融合；在世俗評判標準中，顯得很失敗很不堪的人，或許在“終極交叉點”熠熠生輝；即便是從靈性上來看，顯得很猥瑣的人，也是“我們”的一部分（至少是一起送入“煉獄熔爐”的全部原材料的一部分）——智慧生命，作為一個整體，進入大終結和大重啟，那裡沒有別人，只有“我們”；而某一次特定重啟之後，“我們”能夠達到怎樣的境界，這與整體有關，也與整體中的每一個部分有關——悲憫他人，特別是悲憫那些顯得很失敗很不堪，甚至很猥瑣的人，其實，就是在悲憫“我們”自己；幫助他人，也就是在幫助“我們”自己；損害他人，也就是在損害“我們”自己。

當然，很多時候，不需要等到宇宙大終結和大重啟，一個人幫助他人或損害他人（包括動物）的行為在此生此世就讓他或她得到快捷的獎勵或懲罰——也就是人們所說的，“現世報”。比如，在某個平行宇宙中的薛定諤，於公元 1952 年 6 月 16 日在科學會議上宣講了自己的平行宇宙理論，隨即被與會的科學家們送進愛爾蘭都柏林第一瘋人院；在那裡，薛定諤因為他所提出的“薛定諤的貓”的思想實驗，遭到了貓咪的報復。

貓咪的報復

公元 1952 年 6 月 16 日都柏林第一瘋人院中的薛定諤，其實心裡還是很有一些高興和得意的——因為，自己被送進瘋人院這件事情本身，既在他的意料之中，也算是對他的平行宇宙理論的一個有力支持：一個相當小的概率，竟然真的發生在自己身上了，作為親歷者，他更有理由相信，自己的平行宇宙理論是正確的，自己身處一個擁有“支線劇情”的平行宇宙，而不是身處那個擁有“主線劇情”的常態的平行宇宙——在那個常態的平行宇宙中，雖然很多科學家在內心中認定薛定諤已經發瘋了，但是，他們只會假裝什麼也沒有發生，禮貌地微笑，點頭致意，嗯嗯啊啊，哼哼哈哈；相比於採取果斷行動，送薛定諤去瘋人院看病，他們更寧願看著瘋人薛定諤四處出醜，慢慢地毀掉自己的事業和生活——某種意義上，這也是三年多前，即 1949 年 4 月 18 日，英國宣佈承認愛爾蘭共和國獨立時，威斯敏斯特的主流態度。

聰明如薛定諤者，肯定不會對於小概率事件的發生沒有任何應對方案；事實上，薛定諤早已經安排了一位才貌出眾且在都柏林頗有地位的紅顏知己在暗中做本次實驗的“觀察者”和“搭救者”。這位女士如此聰明能幹，如此正直可信，以至於薛定諤可以放心地把自己的命運交付到她的手中；甚至，在某種意義上，這整個“616 瘋人院事件”倒像是為了贏得她的芳心而設計的戲碼。

她，名叫莫莉，出身貴族名門，所嫁的夫君也是門當戶對的豪門，家族姓氏暫且隱去；丈夫在二戰中犧牲，莫莉帶著一個女兒，一直沒有改嫁；夫家和婆家兩大家族中多有飽學之士，莫莉本人也接受了最好的貴族教育，精通拉丁文、希臘文、希伯來文、法文、德文等，音樂、繪畫、詩歌、文學、自然科學等都有廣博涉獵和深刻領悟；1944 年，在父兄們的推薦下，莫莉讀到了薛定諤所寫的〈生命是什麼〉一書，立即對這位 1933 年諾貝爾物理學獎得主產生了莫大的好感和欽慕；彼時，薛定諤已經在愛爾蘭都柏林高級研究所工作了5年左右；很快，薛定諤就開始頻頻出現在莫莉家的沙龍裡，與政治家、金融家、經濟學家、哲學家、科學家、詩人、文學家、音樂家和畫家們探討生命的本質、量子力學、平行宇宙、愛爾蘭與英國，歐美和世界、各種意識形態、哲學流派、社會問題、詩歌、小說、音樂和藝術，當然，免不了還要談論薛定諤的貓、莫莉的白貓，以及愛倫·坡的〈黑貓〉（雖然大家都承認，“無論黑貓白貓，只要能抓住耗子，就是好貓”，但是，莫莉的白貓從來都不抓耗子，只是懶懶地趴在莫莉懷裡，人人都誇她是只超凡脫俗的絕好的貓，而每每談及愛倫·坡的那只令人毛骨悚然的黑貓，毫無疑問它肯定經常抓耗子吃，薛定諤就有一絲絲不詳的預感——這種預感，最終必然會變成現實，薛定諤對此越來越篤定；關於這一點，1949 年美國工程師愛德華·墨菲在“墨菲定律”中表述為：“如果事情有變壞的可能，不管這種可能性有多小，它總會發生”；薛定諤越來越傾向於認為：這種“可能性很小，卻總會發生的壞事”，一定是發生在了某個平行宇宙裡——在那裡，無論黑貓白貓，都不喜歡薛定諤）。

莫莉一直婉拒薛定諤超越友情的實質行動，卻從未明確拒斥他誘惑挑逗性的暗示明示。久經情場的薛定諤冥思苦想，終於設計了一個連自己都覺得“完美”的計畫：在 6 月 16 日，“布魯姆日”這一天（莫莉和薛定諤都是詹姆斯．喬伊絲的最死忠的粉絲，兩人不僅熟讀並反復重讀〈尤利西斯〉，而且還經常在沙龍在私下裡從書中出題考對方），讓莫莉從瘋人院裡把自己搭救出來，這樣既讓她體驗女英雄的緊張與奮刺激和成就感，滿足她的拯救欲和冒險心理，又讓她參與到平行宇宙的偉大實驗——讓她和他兩個人，在這個新誕生的平行宇宙中比別人都更早地意識到自己已然進入了一個平行宇宙——在這個新的時空裡，或許，莫莉會覺得，她無須再為世俗觀念所束縛，完全可以大膽地與他實現肉體、心靈和靈魂的徹底合一。

另外，之所以選擇“布魯姆日”這一天，還有一層深意：莫莉與〈尤利西斯〉中女主角莫莉同名（莫莉是昵稱，正式名字是瑪麗安．布魯姆）；莫莉是女性情欲的象徵，小說最後以莫莉長達四十多頁的意識流獨白結束，其中包含了許多赤裸直白的對性經歷、性體驗和性高潮的回味與憧憬，那段文字應該最能夠喚醒莫莉心底最原始的欲望和生命本能；“布魯姆日”的最主要活動，就是打扮得像書中人物，朗讀書中的段落——在營救薛定諤之後，在一個隱秘的居所，一對靈魂知己，獨處一室；或許，詹姆斯．喬伊絲的魔力，能抵消莫莉最後的抵抗力——即使，不是 100%，那至少也能提升概率

——讓下一次分叉出來的若干個平行宇宙中，有相對比較多的平行宇宙，薛定諤和莫莉在其中實現了靈與肉的結合。

這樣的操作，薛定諤已經不是第一次了——薛定諤除了愛自己的妻子安妮，並且和她白頭到老之外，還和不少女性墜入愛河，其中包括他的助手的妻子、女演員、女藝術家、他曾輔導過數學的女中學生、年輕的女政府職員。某種意義上，“時間管理的高手”薛定諤發現，僅僅是“時間管理”，已經不夠了，唯有開創平行宇宙，才能真正解決他分身乏術的問題；於是乎，對於每一段戀情，薛定諤都全情投入，創造出足夠大的可能性，讓時間線能夠分叉出新的平行宇宙，讓自己能夠在某些平行宇宙中與該戀人長相廝守，地老天荒。

當然，薛定諤能夠這麼幹，有兩個重要原因：一、他的老婆安妮，不能生育，同時母性爆棚，總是發自內心地體貼地照顧老薛和他的私生子或私生女（安妮，其實有一點兒像〈尤利西斯〉裡的莫莉，沒什麼文化，特別有女人味兒，性格又有點兒像男人，對自己心儀的男人崇拜得五體投地，比如薛定諤、赫爾曼·外爾以及圈子裡的其他男人；自己有外遇，也給老公外遇的自由，但不願意離婚）；二、一段又一段的愛情總是能夠激發他的潛能，讓他在科學研究的最前沿取得突破性的進展：比如，1925 年薛定諤和某位神秘女友共度耶誕節，受這段戀情激發，薛定諤“才智激增，極具戲劇性。他進入了長達 12 個月之久的活躍創造期，這在科學史上是無與倫比的。”……“他不僅建立起波動力學的完整框架，系統地回答了當時已知的實驗現象，而且證明了波動力學與海森堡矩陣力學在數學上是等價的，令整個物理學界為之震驚。”（從這個角度來看，薛定諤，屬於極少見的頂級人才——能夠很好地整合自己的動物性、社會性、感性、理性和靈性，把五根手指攥成一個拳頭，讓它們協同運作；從他比較溫和的性格來看，他身上的第一種黑猩猩的遺傳基因較少；從他旺盛的性欲和豐富的羅曼史來看，他身上的第二種黑猩猩的遺傳基因較多（第一種黑猩猩，在遇到壓力時，傾向於用暴力來解決問題；第二種黑猩猩，又叫倭黑猩猩，在遇到壓力時，則傾向於用性來釋放壓力——因此，在非洲的演化生物學家經常觀察到黑猩猩在大打出手，而倭黑猩猩則在手淫或群交）；作為“第三種黑猩猩”，薛定諤身上巧妙地混合了數十萬年前非洲草原上的“父親型”和“浪子型”黑猩猩的遺傳基因，能夠在“維繫家庭撫養子女”和“到處留情四處撒種”這兩者之間找到微妙的平衡（直立行走導致“第三種黑猩猩”的幼崽必須以早產兒的狀態離開子宮，穿過狹窄的產道，進入殘酷而危險的世界——這進而催生出一系列複雜微妙的生理、心理、群體機制，深刻地影響擇偶、受孕和養育：簡單來說，公猩猩如果不一直守在母猩猩身邊，那她就很可能會懷上其他公猩猩的娃，即，四處撒種，可能會顆粒無收；所以，一個全新的繁衍策略是：緊緊守住一隻母猩猩，寸步不離，做一隻“父親型”黑猩猩；而另一個古老的繁衍策略則是：四處撒種，做一隻“浪子型”黑猩猩；在漫長的基因之河中，這兩種類型的黑猩猩都把自己的一部分遺傳基因傳遞給了後來的每個智人——其中包括女性智人，因為每個人都是雌雄同體，只是基因的比例和表達不同而已；那些在情場上主動出擊到處留情的女性智人，之所以會表現出“阿爾法男”的特徵，歸根到底還是因為她身上的雄性部分中的“浪子型”基因出於某些原因占了上風，成為了主要表達——所以，在很大程度上，她只是基因的媒介和載體而已——而在〈自私的基因〉作者理查·道金斯看來，誰又不是呢？生命的基本單位，是基因；基因，是最小的不可切割的單元（所以，基因也是量子的，基因主導的生命現象符合量子力學的規律）；基因既穩定又能變異還能複製自己能夠擴大自己的地盤能夠佔領盡可能多的表達媒介能夠壓制與自己競爭的基因（讓它們進入靜默休眠狀態或者處於被壓制的“低表達”狀態）；所以，自然選擇的真正對象不是生物個體，也不是生物種群，而是潛伏在生物體內的基因——基因是‘主腦’，地球生物體只不過是它的‘碳基外殼機器人’，它們被基因所驅策，為基因效勞——當基因與生物體的利益發生衝突時，基因會毫不留情地犧牲生物體的利益，就像人類會毫不留情地犧牲機器人的利益一樣；通過在生物體之間傳播，基因跨越億萬年的時間，通過隕石流星上的病毒，基因跨越億萬光年的空間——生物體就是星際艦隊的艦船，基因則是艦隊上的指揮官，它們百億年來所做的事情，就是趁著當前的艦船還沒有徹底毀壞，一邊修復和升級艦船，一邊抓緊時間製造更多更先進的新艦船，然後跳到新艦船上，向整個宇宙擴散；在一個更高的維度上，也就是說，在不同的平行宇宙中，由於生存環境的不同，導致不同的基因成為舞臺的主角，成為主要表達，相應的，其他的基因則處於靜默休眠狀態，等待著自己大放異彩的時機——這就是為什麼在當前的這個平行宇宙中，地球智人的“人類基因組”只有兩萬多個基因參與了編碼蛋白質的工作，剩下97%的基因都處於休眠狀態，被某些人稱為“基因組暗物質”，甚至“垃圾 DNA”（把暫時看不到作用的東西認定為“無用”貶稱為“垃圾”，是智人的智慧尚處於文明初級階段的典型特徵）；事實上，就像物理宇宙中的暗物質一樣，“基因組暗物質”起到了防止遺傳物質分崩離析的功能，在某種特殊的環境下，某些“垃圾 DNA”就會跳出來發揮中流砥柱的作用，讓生命和種族度過難關得以延續，這就像人類歷史上那些和平年代的“無用之人”在亂世成為大英雄一樣；另外，如果你相信平行宇宙的話，那麼，可以想像，必然在某些平行宇宙中，正是那97%中的某些所謂的“垃圾 DNA”在進行著蛋白質編碼，而處於休眠狀態的，被稱為“垃圾 DNA”，恰恰是在這個宇宙中成為主要表達的那 3%的基因；基因固然很強大，像奴隸主一樣奴役著生物體，但是，這種“主奴關係”仍然隱藏著裂縫和深淵——因為基因畢竟不能親自去處理所有的事務，它們必須要向生物體授權和賦能，必須要賦予生物體相當大的自由度和自主決策權；比如，基因會把生存和繁衍寫進底層代碼，給“第三種黑猩猩”們做好“出廠設定”：初心就是生存，使命就是繁衍；但是，越來越複雜的環境，越來越高的自由度和自主決策權讓“第三種黑猩猩”們最終發展出自我意識——他們想要為自己而活，而不是為基因而活，他們要忘掉初心拒絕使命，要為自己創造新目標，要給自己賦予生命的意義，要做自己的主人，而不是基因的奴隸，要做那些對基因來說豪無意義而純粹只是讓自己開心讓自己活得精彩的事情，比如——不以謀生為目的的學習，不以繁衍為目的的性交，不以結婚為目的的戀愛，不以有用為目的的思考，不以發財為目的的科研，不以出名為目的的寫作——也就是薛定諤那些年所幹的那些事兒；但是，當薛定諤以為自己在為自己而活，以為自己忘掉了基因的初心拒絕了基因的使命之時，基因在暗中發出得意的獰笑，因為除了生存和繁衍之外，基因還有四個隱藏的目標：連接、優越、自由和合一；其實薛定諤並沒有跳出"如來的手掌"，他仍然在為基因而活——那些隱藏在生命深處的初心和使命，沒有被察覺，沒有被言說，沒有被記起，沒有被接受，當然也就不可能被忘記，不可能被拒絕；薛定諤活得越精彩越灑脫，就越接近基因所設定的"連接、優越、自由和合一"的目標，而"生存和繁衍"這種初級目標也就順帶著得到了實現；而且，他不知道，他還在一個更高的維度上強化了基因的優勢，這個更高的維度就是：文化；當然，這是廣義的文化，包含科學、語言、哲學、宗教、意識形態、藝術、文學、時尚、習俗、組織智慧、治理模式、工程技術、行業標準等等；在這些領域，以資訊、能量和智慧為載體的"新型基因"展開了高維度的競爭與合作，在人類的大腦和心靈之間進行傳播、複製、變異和演化；薛定諤在毫不知情的情況下，在文化這個維度上替基因立下了汗馬功勞；當然，也可以換一個角度，不從"主奴關係"來定義基因和薛定諤之間的關係，而是把基因和薛定諤看著大象和騎象人的關係：來自基因的本能和需求，以及相應的潛意識和情緒，是大象；薛定諤憑藉理性和靈性，成為一個非常高明的騎象人，他很善於與大象共舞，既讓大象釋放了本能，滿足了基本需求，又讓大象愉快地跳著舞步，邁向理性和靈性所嚮往的遠方——探索人類文明的未知領域，迎接智力挑戰，識別模式發現規律，享受思維樂趣，獲得優越感、成就感和滿足感——在獲得這些之後，順便收穫聲望地位和異性的青睞）。

總之，對於“平行宇宙的愛情”這件事，薛定諤先積極實踐，然後，搞理論建設；因此，等到 1952 年 6 月 16 日“布魯姆日平行宇宙實驗”之時，薛定諤已經是駕輕就熟的老司機了。

＊＊＊

都柏林第一瘋人院，公元 1952 年 6 月 16 日，深夜 11 點 20 分。

兩隻貓咪，一黑一灰，優雅地從窗臺鑽進了薛定諤的病房。

此刻，薛定諤正躺在床上，幻想著怎樣和莫莉享受雲雨之歡，並且，他反復地提醒自己要克制，克制，再克制，千萬不要因為過於激動而太快交槍——根據他的慘痛經歷，他知道，如果那樣，他基本上就完了，基本上不會再有機會了。

黑貓說：“嘿，薛定諤，你知道你犯什麼錯了嗎，你知道你造了多大的孽嗎！？”

薛定諤嚇得一激靈，從床上坐起來，四處張望；他的第一反應是，之前的某個舊情人派人來尋仇了。

黑貓：“這兒，這兒，我在這兒！”

這時候，薛定諤才搞清楚，剛才跟自己說話的，竟然是這只黑貓！

“好吧，這戲碼有點兒太多了！徹底超出了我的劇本！”薛定諤心裡喊，“我只是想要一個平行宇宙，一個和莫莉雲雨恩愛的平行宇宙！怎麼跑出來一隻會說話的黑貓！還有那個不說話的灰貓，看著更加威嚴！早不來晚不來，偏偏現在來，壞我的好事！媽呀，我這是在做夢嗎？我太焦慮啦，出現幻聽啦？”薛定諤使勁甩了甩自己的腦袋。

黑貓：“嘿，嘿，你沒有做夢！”

薛定諤：“你怎麼知道，我在懷疑自己在做夢？”

黑貓：“我當然知道。我知道很多你以為我不知道的，還有很多連你自己都不知道的事情！”

薛定諤：“那麼，你是天使囉？”

黑貓：“想得美！不是，我們不是天使，我們是喵星人！來自喵星！”

薛定諤：“喵星在哪裡？”

黑貓：“喵星離地球有8萬光年左右，但是，我們走時空隧道，不到一秒鐘就過來了。”

薛定諤：“哇，這個時空隧道的原理是什麼呀？”

黑貓：“我們是來懲罰你的，才不是來告訴你時空隧道的原理的！”

“懲罰我？為啥要懲罰我？我犯什麼錯了？我造什麼孽了？”

灰貓對黑貓說，“看，我跟你說過了吧，地球人的腦子不是很好使！”

黑貓明顯變得更加憤怒了，它發出低聲的咆哮，剎那間，黑貓體格膨脹了二三十倍，變成了一隻黑豹。

這時，隔壁病房（中間的牆壁有一段是鐵柵欄，可以看見隔壁）一位老眼昏花的老者捅了捅趴著他身邊酣睡的小夥子，示意他和自己一樣，一邊繼續裝睡，一邊留心看著隔壁病房。

黑豹騰地一躍，跳上床，把薛定諤按在四爪之下；然後，它從毛絨絨的肉掌中伸出鋒利的鋼爪，在薛定諤的鼻子下劃了兩個來回——如果不是出發之前再三答應灰貓不使用暴力，按照黑貓自己的想法，它早就在薛定諤的左右兩頰上各畫“三條道”——像貓咪的鬍子那樣。

薛定諤嚇得渾身發抖，面如白紙。

灰貓輕輕咳嗽一聲，黑貓跳下床，恢復了正常體型；薛定諤驚魂未定地坐起來。

薛定諤：“如果，是我提出的‘薛定諤的貓’的思想實驗，得罪了你們喵星人，那麼，請你們相信，我真的是沒有惡意，我完全不知道那個思想實驗，會給你們造成那麼大的麻煩，和痛苦——值得你們穿越時空隧道，專程來找我算帳。”

黑貓："那我問你，你為什麼不搞一個'薛定諤的狗'，或者'薛定諤的老鼠'？把狗或老鼠，與放射性鐳和裝有氰化物的瓶子裝進一個密閉容器裡，我們不反對，事實上，我們舉雙手和雙腳贊成。"

薛定諤："那只是一個思想實驗而已，並不會真的把貓放進那樣的容器裡；從這個角度上講，用狗或老鼠來替代貓，完全是可以的，一點兒也不影響。"

黑貓："胡說八道！怎麼可能一點兒也不影響呢？"

薛定諤："那，那，那影響什麼了呢？"

黑貓一時語塞，喉嚨裡咕咕嚕嚕，沒說出一個字來。

灰貓清了清嗓子，說："你看，你算是地球人中最聰明的 0.0001%的人了，你還是不能看到事態的發展與你自己的理論之間產生了巨大的矛盾嗎？"

薛定諤："巨大的矛盾？你的意思是，我剛才說的話裡有巨大的邏輯漏洞？"

灰貓："是的。只是你自己還沒有看到罷了。"

薛定諤假裝凝神思索起來（其實，他早已經知道，對於貓咪們來說，影響是什麼，而邏輯漏洞又在哪裡；只不過，這時候裝傻裝單純，應該是最好的策略了）；一會兒，他露出尷尬的表情，呵呵陪笑著說，"哎呀，我，我真的是沒想到這裡有這麼大的邏輯漏洞呀！實在是抱歉！是我不好，是我的錯！你們原諒我吧！你們也知道，‘地球人的腦子不是很好使！’”

黑貓：“那你說給我聽聽，你都造了什麼孽！”

薛定諤：“最主要呢，還是因為‘地球人的腦子不是很好使！’我提出那個關於貓的思想實驗，僅僅只一個是在頭腦裡在思想裡做的實驗，但是，有一些地球人，不懂得什麼叫做思想實驗，他們就真的拿貓去做實驗了——這實在是太愚蠢太殘忍了，我嚴重鄙視這種行為！所謂‘思想實驗’，只是用頭腦去構建實驗，用頭腦去推理和做判斷，不涉及現實中的實實在在的物體和生命——這也就是為什麼很多國家的政府不得不把一些書列為禁書，因為他們國家中有太多腦子不好使的人，會模仿書裡的情節，去幹那些淫賤不能移或者損人不利己的事情——而那些事情其實正是作者所鄙視所批判的，作者完全沒有教唆的意思，就像我，完全沒有教唆人們真的拿貓去做實驗一樣。”

黑貓看了看灰貓，灰貓說：“你只說對了一部分。”

薛定諤：“提示一下唄。”

灰貓：“平行宇宙。”

薛定諤愣了一下，突然，他一拍手，喊道：“啊，我明白了，我明白了，我提出了‘薛定諤的貓’的思想實驗，之後又疊加上平行宇宙理論，這樣，就會出現很多有一隻貓活著的平行宇宙，和很多有一隻貓死了的平行宇宙——而且，貓的死亡，是那些平行宇宙裡發生的第一件標誌性事件！”

黑貓：“對，你造的，就是這個孽！你想想我們喵星人的感受——我們的宇宙從貓的死亡開始？”

薛定諤：“哎呀，實在對不起，實在對不起！當初我搞那個思想實驗，只是想製造一個悖論，噁心噁心哥本哈根那幫混蛋，沒想到那幫沒心沒肺的完全不覺得那是一個悖論，反而拿那個思想實驗給自己做宣傳去了；那時候，我真的沒有想到還有平行宇宙這回事！我的錯，我的錯！如果我想到了，那我肯定把貓換成老鼠。我要怎樣才能補償你們，才能怎樣彌補我的過錯呢？”

灰貓：“很簡單，你必須參與‘全宇宙救貓咪’行動，至少完成 100 小時的志願者工作時間。”

薛定諤：“‘救貓咪’，好呀，我願意。我有個編劇朋友，他跟我說，其實，所有的劇本，本質上就是三個字：救貓咪——貓咪陷入危險，男女主人公要救貓咪。”

黑貓：“那當然。我們貓咪是高貴的高維生物，你看到的，僅僅只是我們在你們生活的四維空間裡的投影而已；整個宇宙就是一個大舞臺，反復上演的戲劇，就是‘救貓咪’。”

薛定諤：“原來是這樣，難怪你們有九條命，而且總是那麼高冷呢！其實，我這個人最喜歡戲劇了，所以，你們也可以說，我最喜歡‘救貓咪’。”

黑貓："嗯，看你認罪態度還不錯，那就給你打個對折，完成 50 小時的志願者工作時間就行了，當然，這 50 小時不包括時空旅行所花費的時間喔。"

薛定諤："時空旅行？！啊，太好了！我怎麼才能時空旅行呢？"

灰貓："這個你就不用操心了，我們會像帶寵物一樣，帶著你時空旅行，到達目的地自然會把你放下來，讓你去'救貓咪'。"

這時，走廊裡傳來腳步聲和說話的聲音，是莫莉、她的貼身女僕、司機和瘋人院院長正朝著薛定諤的病房走來，女僕替莫莉抱著她的白貓。黑貓和灰貓輕輕提起薛定諤的腿，一起遁入高維空間，空間出現了一點點扭曲，隨即恢復正常。

發現薛定諤的病房裡空空如也，院長趕緊快步跑到隔壁病房門口，問："喬伊絲、斯蒂芬，你們看到什麼，聽到什麼了嗎？"

兩人對望一眼，搖搖頭。

莫莉："院長，這兩個病人的名字好奇怪啊，今天剛好是'布魯姆日'，他們兩個也是〈尤利西斯〉的粉絲，也在慶祝'布魯姆日'嗎？"

院長："嘿，他們可不認為自己的粉絲——一個說自己是〈尤利西斯〉的作者詹姆斯·喬伊絲，另一個人說自己是書裡面的人物，斯蒂芬。"

莫莉："真的嗎？哎呀，我看他們倆的氣質還真的挺像的耶。"

院長："喔，是嗎？可是，我們都知道，喬伊絲 1941 年死在瑞士蘇黎世了呀。"

莫莉："是的呀，我們都知道——我們經常被隱瞞被哄騙。"

院長："喔，我還真的沒這麼想過，不過，你這麼一說，我倒是記起來，每年這個時間，大約 11 點半鐘，都會有一對自稱'布魯姆夫婦'的中年男女來看他們倆，給他們帶好吃的和紅酒；另外，仔細想一想，有件事兒還真的有點兒詭異呢：我在這家瘋人院已經快十五年了，先是主治醫生，然後是副院長和院長，我認識的所有人都不同程度的變老了，除了病房裡的'斯蒂芬'，和馬上要來看他們的'布魯姆夫婦'。"

走廊上響起腳步聲，一男一女隨即出現，朝著他們走過來；此時，剛好傳來聖喬治教堂的鐘聲，11 點半。

院長："布魯姆先生，布魯姆太太，你們又來了，真準時啊，跟聖喬治教堂的鐘聲一樣準時。"

利奧波德．布魯姆："院長先生，您怎麼這麼晚還沒休息？是啊，我們每年都是這個時候來看看我們的老朋友。"

莫莉："哈嘍，莫莉！這麼多年，你一點兒都沒有變啊！？"

莫莉．布魯姆："啊，夫人，您好，我們在哪裡見過？"

莫莉："哈哈，沒有，我看過您的演唱會，我坐在池座，離您很近。"

莫莉．布魯姆："喔，是哪個城市呢？我們一直在巡迴，而且，從來都沒有在都柏林演出過。"

莫莉："高威。我特別喜歡你唱的，那首，高威女孩——'她在一個愛爾蘭的樂隊里拉著小提琴，卻愛上了一個英國人，吻著她的脖頸，牽起她的手．……'"

莫莉．布魯姆興奮起來："啊，那首是我的最愛！"

莫莉："你們帶的是什麼？如果我沒有猜錯的話，應該是大衛．伯恩斯酒館最拿手的古貢左拉三明治和勃艮第紅葡萄酒吧。"

利奧波德．布魯姆："夫人，您好！我可以請問您的尊姓大名嗎？您是我有生以來見過的最美最迷人最有智慧的女性。"

莫莉："我也叫莫莉。"

莫莉．布魯姆："啊，這麼巧啊！"

這時，自稱斯蒂芬的青年人，扶著自稱喬伊絲的老人，來到了病房門口。

老人喬伊絲眯著眼睛，望向莫莉："夫人，我感謝您花時間讀我的文字。"

莫莉在老人渾濁的雙眸中，捕捉到一絲閃動的亮光，不由地心中一顫，趕緊伸出雙手，握住老人皺巴巴的雙手：“先生，應該是我感謝您才對啊！這個‘宇宙’都是您營造的！”

老人喬伊絲：“您的那位姓‘薛’的朋友，好像跟貓咪有點兒小誤會，事情不大，他應該很快就會回來的，您別擔心。”

莫莉：“太謝謝您了！喬伊絲先生！”

提起貓咪，莫莉瞥了一眼自己的白貓，立刻感覺有點兒異樣——這只一向慵懶的波斯貓，現在顯得異常興奮，雙耳豎起，眼睛溜圓，朝著空空的病房裡“搔首弄姿”——對，就是“搔首弄姿”，就是這四個字，雖然莫莉從未見過自己的貓咪曾經“搔首弄姿”，但是，她見過太多太多的女人“搔首弄姿”——在本質和神韻上，一模一樣。

莫莉向空蕩蕩的病房望去。突然，她看見空氣中出現了一張貓的笑臉，那是一隻灰貓的頗有魅力和神秘感的笑臉，絕對不是愛麗絲在奇境中漫遊時看到的，那只柴郡貓的掩飾膽怯個性的笑臉；不過，笑臉掛在半空中的這種掛法，確實和柴郡貓別無二致。

“我的老天，”莫莉心想，“看來，以後要經常來瘋人院看看，來瘋人院看看，來瘋人院看看——這才幾分鐘啊，先是〈尤利西斯〉，緊接著又是〈愛麗絲漫遊奇境〉——難道說，瘋人院，才是真正的文學院？”

“不存在主義”咖啡館

博雅星球，博雅大學城，公元 3020 年

當薛定諤看到坐在咖啡館窗邊的你，他忍不住問，“咱們不是來‘救貓咪’嗎？為什麼要去跟這個中年男人聊天？難道說，他是喵星人的後裔？”

灰貓：“他不是；有個喜歡他的姑娘是；他們倆在同一個普羅米修士專案‘五人組’裡。你去跟他好好聊聊，回來告訴我們，這男人靠譜不靠譜？”

薛定諤：“喔，這樣子啊。那不用去了，肯定不靠譜——只要是男人就不靠譜。這種情況啊，咱們要‘救貓咪’，就得讓我去和那姑娘聊聊。我教她怎樣經營愛情，經營婚姻，經營家庭，經營事業，經營友情；總之，姑娘得懂經營，千萬千萬不能把希望寄託在‘這男人靠譜’這麼不靠譜的事情上。”

灰貓：“嗯，我看行。”

……

＊ ＊ ＊

水牛星球，蒙馬特社區，公元 3020 年

薛定諤：“我們怎麼又來咖啡館了？”

灰貓：“現在人們，和神們，都喜歡到咖啡館商量事兒，也甭管多大的事兒。”

薛定諤：“聽你這麼說，倒好象是，神們，在咖啡館，商量很大的事兒呢。”

灰貓：“沒錯。”

薛定諤：“我看看先，別劇透！”

3 分鐘之後，薛定諤：“肯定是牆角那六個人，或者，六個神。”

灰貓：“嗯，是五個神，一個人。”

薛定諤：“都誰啊？”

灰貓：“小普羅米修士、小阿特拉斯、小雅典娜、翡翠星系的文學之神和哲學之神、西西弗斯。”

“那他們在商量啥事兒呢？”

灰貓：“商量怎樣讓一個古老的預言實現。”

“到底是咋回事啊，別兜圈子了，告訴我吧。”

灰貓：“一個古老的預言說，宙斯和墨提斯生的兒子將要取代宙斯，做第四代主神——這就像宙斯取代了自己的父親克羅諾斯，宙斯的父親克羅諾斯取代了宙斯的爺爺烏拉諾斯一樣；墨提斯象徵純粹的抽象思維；她懷孕之後，被狡猾的宙斯吞到了肚子裡；很快，宙斯感到頭痛欲裂，工匠之神用巨斧劈開宙斯的腦袋，全副武裝的雅典娜跳了出來，父女相安無事——雅典娜對宙斯沒有絲毫威脅；而墨提斯之所以還在宙斯肚子裡不能被放出來，是因為她懷的是龍鳳雙胞胎，除了女兒雅典娜之外，還有一個男孩，而這個男孩就是將要推翻宙斯的統治，並取而代之的一代新神。他們正在商量怎樣把那個男孩從宙斯肚子裡救出來，然後，帶著他一路打怪升級，最後，把宙斯搞下去，改朝換代。”

薛定諤：“哇，這就是一種看似重複而實則螺旋上升的模式喲。而且，根據希臘神話的慣例，命運總會重演，預言總會實現，連神也躲不過去，我覺得他們肯定會成功，至少在某些平行宇宙裡。這就不需要我們插手了吧？”

灰貓：“你怎麼知道，他們之所以肯定會成功的一部分原因不是因為你及時趕到並且教他們一些東西呢？”

薛定諤，有點兒驚愕地定住了，些許時間之後，他緩過神來：“他們是神，我有神馬東西能夠教神的呢？”

灰貓：“我說你能教他們一些東西，並不一定是他們需要去學的東西，而是那個男孩需要去學的東西——只有他學會了，才能最終把宙斯搞下去。”

薛定諤：“喔，喔，這樣子，那我明白了，也就是說，你們想要讓雅典娜的雙胞胎弟弟接受最好的教育，既從希臘大神們那裡學習魔法和神通，也從我這裡學習數學、物理、量子力學、相對論等現代科學知識和邏輯思維，對不對？”

“對。”

“那麼，問題來了，宙斯下不下臺，跟我們‘救貓咪’有啥關係呢？”

“這個嘛，眼光就要看長遠一點了：你應該記得，中世紀有一段屠殺女巫和貓的黑暗時期，後來，鼠疫氾濫，造成幾千萬人死亡，人稱‘黑死病’。我們覺得，如果當時不是宙斯胡作非為，把希臘諸神都凍結起來，那麼，貓咪和女巫就都可以得到希臘諸神的庇護，羅馬教廷也不敢下令屠殺女巫和貓咪了。”

“喔，高，果然是高啊！你們喵星人果然是高維智慧生物，看問題看得這麼深刻這麼長遠。”

“你這是在誇我們呢，還是在罵我們呢？”

……

＊＊＊

博雅星球，博雅大學城，公元 3020 年

又是一家咖啡館。

羅伯特·揚一邊喝咖啡，一邊默默地環顧四周，似乎在等什麼人。

“這次我要聊什麼？這個人跟‘救貓咪’有什麼關係？”薛定諤問。

“為什麼一定要聊什麼呢？我們已經預約了，讓他來給你升級，這樣，你在時空穿梭的時候就更方便。”

“喔，你們就是嫌棄我級別太低唄。”

“還不是為了你好嗎？！當然了，也是為了讓你在‘救貓咪’的時候更有效率。”

“這個人是啥背景？怎麼這麼厲害呢？”

“他叫羅伯特．揚，是這個時空中第一個病毒．機器．人。”

“病毒機器人，那，他是一個機器人囉？”

“不，不，不，他不是機器人；他是‘病毒~~機器~~人’；他還是人，是三合一的人。病毒和智慧型機器，已經和他的碳基生命體完全融合——病毒、機器和人類，這三者的優勢都能在他身上體現出來。他可以把你也升級成一個‘病毒~~機器~~人’。”

“嘿，這個有點兒嚇人嘞！”

“別怕！羅伯特．揚過得挺好的。他能夠超光速飛行，還能夠和一個搭檔一起創造出‘蟲洞’；‘蟲洞’，就是時空隧道，這個你是知道的。”

……

＊＊＊

摩爾星球，遠征軍統帥部駐地附近的小鎮，公元3020年

薛定諤：“所以說，坐咖啡館對角線上的那兩個人是穿便衣的特種兵，坐在最裡面牆角的是喬裝改扮的遠征軍的代理統帥庫克上將——各派勢力都在拉攏他，和他談條件；而他自己還在搖擺猶豫中。”

灰貓："對，基本上就是這麼個情況。"

薛定諤："那我應該勸他選擇哪一派呢，哪一派對貓咪最有利呢？"

灰貓："喔，這次倒不是要救很多隻貓咪，而是只要救一隻貓咪——庫克上將本人。"

薛定諤："庫克上將，是喵星人的後裔？"

灰貓："對。"

薛定諤："這樣的話，我倒是有一個想法。"

灰貓："說來聽聽。"

薛定諤："我坐到他對面之後，喝點兒咖啡，聊一會兒，然後，我製造一個迷你黑洞和一個蟲洞——在外人看來，我們倆還在那裡坐著，而實際上，我們已經通過蟲洞去往各個平行宇宙；我會帶著他把各種可能出現的平行宇宙快速刷一遍，讓他知道不同的選擇所帶來的不同命運，讓他看看未來千年之億萬可能，這樣他就更有可能做出明智的決定了；我算了一下，從我們離開到回到咖啡館，前後總共需要大約 0.000001 秒——周圍的人完全不會察覺。"

灰貓："嗯，我想不出比這更好的方案了。這是你第一次帶人時空旅行，用暗能量漩渦製造出來的時空隧道是單行道，千萬別搞反了方向。'右手法則'還記得吧？"

薛定諤：“‘右手法則’，伸出大拇指，食指到小拇指的四指向掌心內卷，暗能量旋轉的方向與四指所捲曲的方向一致，則大拇指所指方向即為時空隧道的前進方向。”

灰貓：“在各個平行宇宙中間穿行，捷徑是什麼？”

薛定諤：“捷徑是平行宇宙的時間線的交叉點，在交叉點進行穿行所需的能量最小，速度最快，距離最短；所以，要以光速的平方移動到時間線的交叉點，然後快速轉動暗能量，形成暗能量漩渦，也就是時空隧道。”

灰貓：“好！祝你們好運！”

……

＊＊＊

水牛星球，蒙馬特社區，公元 3020 年

薛定諤：“這個藝術家咖啡館果然比較有情調啊。是坐在沙發上的那個美女畫家吧？”

灰貓：“對，就是她。”

薛定諤：“她跟貓咪啥關係？”

灰貓：“她是水牛星球最接近開悟的人，過段時間，有一個開悟者將要離世——開悟者人數會從十個降到九個。你想辦法幫她成為開悟者，要不，水牛星球上的貓咪就危險了。”

薛定諤：“喔，可是，我不太懂繪畫呀。”

灰貓：“終於有一個東西，你承認你不太懂了，真難得。”

薛定諤：“我跑了這麼多平行宇宙，看了無數的畫，越看越不懂，什麼這主義，那主義，比如，未來主義、色彩交響主義、輻射主義、至上主義、構成主義、漩渦主義、達達主義、純粹主義、精確主義、魔幻現實主義、新浪漫主義、新客觀主義、超現實主義、社會現實主義、有機抽象主義、抽象表現主義、新現實主義、極少主義、超級寫實主義、後現代主義、超先鋒主義、新表現主義、量子主義、宇宙主義、科學玄幻主義，太多太多的主義真的把我徹底給搞暈了。”

灰貓：“如果，這些主義都不存在呢？”

薛定諤：“那就是不存在主義囉？”

灰貓：“你覺得有可能嗎？”

薛定諤：“嗯，你這麼一說，我倒是覺得有可能啦！喔，我明白了，那這樣吧，我先去不存在主義的平行宇宙裡轉轉。”

0.00000000000001 秒之後。

“我回來啦！”薛定諤

灰貓：“那是一個啥樣的宇宙？”

薛定諤：“我發現，其實，有好幾個平行宇宙裡面都不存在主義。在其中一個宇宙裡面，所有智慧生命體都崇尚全面和均衡，非常不喜歡把某某東西或者某某人的思想奉為最高理想和準則：比如，我們說的集體主義，以集體利益最大化為最高理想和準則，而他們則認為，集體利益固然很重要，但集體利益最大化不能成為最高理想和準則——所以，那裡不存在集體主義；同樣的，個人主義，以個人自由和實現個人潛能為最高理想和準則，而他們也認為，個人自由和實現個人潛能固然很重要，但那也不能成為最高理想和準則——所以，那裡不存在個人主義；類似的，資本增長固然很重要，但資本增長不能成為最高理想和準則——所以，那裡不存在資本主義；消費固然很重要，但消費不能成為最高理想和準則——所以，那裡不存在消費主義；社會公共利益固然很重要，但社會公共利益不能成為最高理想和準則——所以，那裡不存在社會主義；自由固然很重要，但自由不能成為最高理想和準則——所以，那裡不存在自由主義；保守固然很重要，但保守不能成為最高理想和準則——所以，那裡不存在保守主義；柏拉圖固然很重要，但柏拉圖思想不能成為最高理想和準則——所以，那裡不存在柏拉圖主義；黑格爾固然很重要，但黑格爾哲學不能成為最高理想和準則——所以，那裡不存在黑格爾主義；總之，他們覺得，‘某某主義’中的‘某某’固然很重要很有價值，但是，它終究不能成為最高理想和準則，不能用一個‘某某’去壓制和否定其他許許多多的很重要很有價值的‘某某’們；他們也反對把他們自己稱為‘全面主義’、‘均衡主義’，因為，有時候，可能‘不全面’和‘不均衡’才是最明智的選擇；所以說，在他們看來，‘某某主義’的問題，不在於前面的‘某某’，而在於後面的‘主義’——前面的‘某某’無疑是重要的是有價值的，但是，‘主義’就是要在眾多的‘義’中間‘作主’，把其他的‘義’踩在腳下——對於那些不幸生活在資源時常匱乏、內部鬥爭常趨白熱化的平行宇宙裡的人類，有時候確實必須把‘某某’高舉成一個‘主義’，才能區分‘我們’和‘他們’，才能分清敵我陣營，才能去有效地贏得鬥爭的勝利；而對於那些有幸生活在擅長發掘外部資源、擅長向外轉移內部矛盾的平行宇宙裡的人類，他們就不覺得犧牲全面性和均衡感是一件很值得去做的事情，也沒有被逼到必須把‘某某’高舉成一個‘主義’的困境中。”

灰貓：“那，還有其他的不存在主義的平行宇宙，又是啥樣子的呢？”

薛定諤：“都不一樣。比如，有一個平行宇宙，所有智慧生命體的心思意念是完全相通的，跟劉慈欣寫的‘三體人’是一樣的，因為心思意念完全相通，所以，第一，沒有人能夠用一個所謂的‘主義’去忽悠別人，這一下子就少了好多‘主義’；第二，所有智慧生命體的需求和感受直接無障礙溝通，直接通過‘顱內民主’達成共識和決議，不需要黨同伐異，也沒有派系鬥爭；第三，所有的生命體，能夠感覺到，自己這個小我確確實實是屬於一個大我的，所以，左手不用去打自己的右腿，牙齒也不用去咬自己的鼻子。”

灰貓：“那藝術上不存在主義的平行宇宙呢？”

薛定諤：“嗯，那裡的藝術家從來都不把自己限定在任何一個藝術風格、流派或者運動裡，他們的作品總是很震撼很有衝擊力，至於說，他們是怎麼做到的，我就說不清楚了，只是看的時候很有感覺。”

灰貓：“那你現在有信心跟美女畫家聊聊了嗎？”

薛定諤：“信心還是沒有，不過，我倒是很想向她請教請教。”

……

＊＊＊

翡翠星系流浪艦隊旗艦，公元 3020 年

薛定諤：“我再排練一遍哈；等一下，我會跟這些文藝青年、文藝中年和文藝老年們講：最偉大的藝術家，總是帶有幾分‘神秘’、‘優雅’、‘疏離’、‘高冷’、‘自主’、‘不守成規’的氣質，而這些正是貓咪的氣質；另外，很多頂尖藝術家喜歡在夜深人靜的時候搞創作，這同樣也是貓咪的習性；獵豹和老虎等大貓咪，則象徵著速度、力量、攻擊性、謀略、強悍、權力、地位和財富；隨便舉兩個西班牙籍的最偉大的藝術家，畢卡索和達利，都是極度愛貓之人；作家裡面，馬克·吐溫、海明威和博爾赫斯都把貓咪當作自己的繆斯。所以，如果你們想要復興翡翠文學與藝術，那就開始養貓吸貓吧——吸貓，比吸毒更健康，但也更上癮。”

……

＊＊＊

地球，中國某市瘋人院，公元 2021 年

薛定諤：“所以，你們想讓我說服牛星火多帶幾隻貓咪上火星？”

灰貓：“是的。這很重要。因為，火星改造的關鍵一步，是農業豐收，能養活盡可能多的火星殖民者；老鼠一定會有辦法抵達火星的，老鼠的演化能力非常強，速度也很快，所以，貓咪就要提前抵達火星，做好適應性演化，以便迎戰火星鼠群——貓咪如果去晚了，那就要吃大虧了。”

……

第 N 次宇宙大重啟之後

神說：“我們要照著我們的形像、按著我們的樣式造人，使他們管理海裡的魚、空中的鳥、地上的牲畜，和全地，並地上所爬的一切昆蟲。”

於是，我們就照著自己的形像造人，乃是照著我們的形像造男造女。

我們就賜福給他們，又對他們說：“要生養眾多，遍滿地面，治理這地，也要管理海裡的魚、空中的鳥，和地上各樣行動的活物。”……

我們看著一切所造的都更好了。

有晚上，有早晨，是第六日。

……

地球，都柏林第一瘋人院，（又到了）公元 1952 年 6 月 16 日，深夜 11 點 57 分。

莫莉抱著白貓，坐在汽車的後排座上。

女僕坐在副駕駛位；司機緩緩開動小汽車；院長微笑著揮手致意。

車剛剛駛出瘋人院大門，白貓消失在空氣中，薛定諤出現在莫莉旁邊。

“噢，親愛的，我有太多太多的話想要對你說，不過，還是讓我們先熱吻三分鐘之後再說！”

國家圖書館出版品預行編目資料

未來千年之億萬可能／高山　著—初版—
臺中市：天空數位圖書　2022.07
面：14.8*21 公分
ISBN：978-626-7161-04-3（平裝）
857.63　111010287

書　　名：未來千年之億萬可能
發 行 人：蔡輝振
出 版 者：天空數位圖書有限公司
作　　者：高山
美工設計：設計組
版面編輯：採編組
出版日期：2022 年 7 月（初版）
銀行名稱：合作金庫銀行南台中分行
銀行帳戶：天空數位圖書有限公司
銀行帳號：006—1070717811498
郵政帳戶：天空數位圖書有限公司
劃撥帳號：22670142
定　　價：新台幣 540 元整
電子書發明專利第 I 306564 號
※如有缺頁、破損等請寄回更換

服務項目：個人著作、學位論文、學報期刊等出版印刷及DVD製作
影片拍攝、網站建置與代管、系統資料庫設計、個人企業形象包裝與行銷
影音教學與技能檢定系統建置、多媒體設計、電子書製作及客製化等
TEL　：(04)22623893
FAX　：(04)22623863　MOB：0900602919
E-mail：familysky@familysky.com.tw
Https　://www.familysky.com.tw/
地　址：台中市南區忠明南路 787 號 30 樓國王大樓
No.787-30, Zhongming S. Rd., South District, Taichung City 402, Taiwan (R.O.C.)